U1013710

诸客列传

野　莽◎著

中国文史出版社

图书在版编目（CIP）数据

诸客列传 / 野莽著. -- 北京 : 中国文史出版社,
2021.10
（锐势力·名家小说集）
ISBN 978-7-5205-3275-4

Ⅰ. ①诸… Ⅱ. ①野… Ⅲ. ①中篇小说－小说集－中国－当代②短篇小说－小说集－中国－当代 Ⅳ. I247.7

中国版本图书馆 CIP 数据核字(2021)第 208294 号

责任编辑：全秋生

出版发行：中国文史出版社
地　　址：北京市海淀区西八里庄路 69 号　　邮编：100142
电　　话：010－81136602　　81136603　　81136606（发行部）
传　　真：010－81136655
印　　装：北京温林源印刷有限公司
经　　销：全国新华书店
开　　本：787×1092　　1/16
印　　张：15　　字数：236 千字
版　　次：2022 年 1 月北京第 1 版
印　　次：2022 年 1 月第 1 次印刷
定　　价：49.80 元

文史版图书，版权所有，侵权必究。
文史版图书，印装有错误可与发行部联系退换。

CONTENTS

目录

CONTENTS

桃花源记

武陵渡

公元三九六年，晋太元二十年，阳春三月的一个晚上，武陵渡口的摆渡女趁着麻麻夜色，走进山坳里那间茅草盖的小房子，把她新做的一双布鞋送给渔人。季节换了，他脚上的那双棉靴也得换下来，棉靴自然也是她做的。渡女还托他在上庸郡的大码头上给自己买一副玉镯，一盒胭脂，说完这话她就一溜小跑着离去，回到渡口的石头屋里，那儿有不许她夜晚外出一步的瞎子老娘。

渔人明儿一早要去大河打鱼，大河不是门前的汇湾河，大河是汇湾河下游的一条名叫堵河的河，管辖着武陵县的上庸郡，郡治就建在那条大河边上，那一河两岸就成了红火闹腾的大码头。码头上除了卖河里游的，也卖天上飞的，地上跑的，土里长的，手里做的，特别有一些从外地运来的稀奇东西。比方说是玉石珠宝、金银首饰、绫罗绸缎，胭脂香粉，有钱的男人喜欢，爱美的女人更是迷恋，武陵渡口的摆渡女为这一副手镯和一盒胭脂，已经做了一冬又一春的梦了。

去堵河打鱼的人不会早出晚归，他们的做法是顺着这条河水边打边卖，白天把刚打的鲜鱼尽量就地卖掉，实在卖不掉的就用鱼刀剖腹刮鳞，铺在河边的石头上叫风吹日晒，留下一个暗记在这儿，回来的时候把船开过来，石头上的鱼正好成了鱼干，收进口袋，运回家中，冬天仍能在集市上卖出价钱。因此去堵河打一回鱼，少说也得一个多月，武陵的渔人一般都是小打小捞，就近在河里网些小鱼变卖，愿意去堵河打鱼的人要么是有网住大鱼的野心，要么就是想顺便逛一趟大码头，在那儿买回一些武陵县买不到的好货。这些货有些是自家用的，有些是给乡邻带的，能给乡邻代买货物的渔人，人品信用应该是非常好，不然人家不敢把铜钱交到他的手里。

渔人这回到堵河去打鱼，一半是为自己，一半是为渡女，是为渡女想了一冬一春的手镯和胭脂。渡女的爹和渔人的爹，一个摆渡，一个打鱼，两人相好得像是一人，酒后都曾说过做儿女亲家的醉话，正是因为这不同一般的情义，几年前一场洪水从山上冲下来，渡女爹的渡船被卷到河心，渔人爹竟驾着渔船去救，结果两个人，两条船，一起葬进了堵河的深潭。

第二天，河边的石屋里就还剩下渡女和她的瞎子老娘，而渔人的老娘早在三年前就死了，山上的那个茅草棚子也只留给了他一个人。一河两岸的明眼人都看得出来，这三个人迟早要住在一处的，要么住石屋，要么住草棚，要么把草棚拆了，在石屋的背后另外搭出一间，门上贴出一个大红的喜字，对河边来回坐船的渡客宣布这是洞房，这真是用石头砌出的洞房呢。

两条新船都是托人买的，卖船的是南阳郡的老船商，那人听说了渡女好看的容貌，他出盘缠，托付一个来武陵看亲戚的朋友试着说一说媒。那一天，南阳来的朋友嘴里刚说一句“老船商想问姑娘愿不愿到南阳……”，瞎子老娘还没听出这话的意思，渡女自己就冷着脸回了他一句道：“莫说是老船商，小船商那儿姑娘也不愿去，这船钱不是已经付清了吗？要嫌不够，退了另买一条就是！”

船商的朋友是一个读书人，事先已报了自己的姓氏名号，说他家住南阳，姓刘名子骥，字云飞，这一回到武陵来是看一家姨表亲。听渡女一口回绝了这事儿，语气冷得像三九天从冰下打捞的鱼，当时他的脸就红了，不敢再说第二句话，害怕再说渡女就会生出疑心，认定想娶她的不是船商，而是他南阳的刘子骥。

刘子骥发现他跟渡女说话的时候，有一条停在河边的渔船上，一个渔人在远远地望着他笑，渔人背对着天上的太阳，一张脸显得很黑，年龄大概在二十啷当岁，笑的样子有些古里怪气。渡女对他说出那句回绝的话后，也对船上的渔人笑了一笑，两人分明是很友好的样子，刘子骥就揣摸出其中的奥妙了。他转身走到河边，对那船上的渔人打了一拱说：“这位兄弟，请问您的尊姓大名？”

渔人笑着答道：“还真叫您说对了，我以国为姓，当然是尊姓，以业为名，当然是大名。”

刘子骥伸出一只手来，用指头在另一只手里写了两个字，试着又问：“兄弟莫不是姓晋，名渡？”

渔人又一笑说：“我料定您会这么猜的，晋是当今的朝代，却不是我祖上的国家，我这船也不是渡人的船，刚才您是坐我船过河的吗？”

刘子骥睁了一睁眼睛，连人带船又过细地看了一遍，张嘴“哦”了一声道：“我晓得了，这武陵县属上庸郡管，上庸郡是古庸国的属地，春秋时楚国灭了庸国，废了庸君的姓氏，庸君的后人就以庸为姓了，这么说，原来先生还是庸君的后人！南阳刘子骥无知无识，胡言乱语，庸先生莫要见怪啊，不嫌弃的话我们交个朋友！”

渔人说：“我是一个打鱼的人，船是弯的，人是直的，见怪也不觉怪，何况您并不怪，连给人做媒都做得跟俗气媒婆大不一样，撞了南墙，晓得缩头，就凭这一点儿我也愿意跟您交个朋友了！不过您莫要叫我庸先生，我是一个大耳朵百姓，您看我的耳朵是不是比您要大一些？老百姓虽说有一百个姓，其实到底姓啥别人是记不住的，叫啥别人也是记不住的，这就等于无名无姓，所以不如不叫姓名，既然我在河里打鱼，还不如索性叫我渔人好了！您说跟我交个朋友，这个主意倒是不坏，但我要交朋友就交真的，交真朋友就得为朋友着想，我想您的船商朋友托您做媒，俗话说受人之托，忠人之事，您这女媒没有做成，倒交一个男友，回到南阳咋好对他交代呢？”

刘子骥说：“不好交代我就不交代，索性对他实话实说，就说造船的人更要晓得同船过渡，前五百年所修的道理，人生无缘，武陵渡女是不在乎富贵钱财的呀……”

话刚说到这儿，就听得背后的渡女叫了一声：“渔哥，你莫跟他费油盐唾沫子了，今儿天气好，还不快些打你的鱼去！”

渔人听刘子骥有话还没说完，就对渡女挥个手说：“听他说话像是个读书人，还晓得一些庸国的事儿，这样的人倒是打起灯笼也很难找到的，我跟他多扯几句闲话，交个朋友也还值得！”

说完又转向刘子骥，笑道：“您是上我船来，我们一边打鱼一边说话呢，还是跟我回家，我们一边喝酒一边说话呢？好不容易遇上一个能够说话的人，我真有点儿不想去打鱼了。”

刘子骥看着他想了一阵子，也笑起来说：“我这辈子还没坐过渔船，只怕坐在船里脑壳发晕，一个倒栽葱掉进河里，那就不是打鱼，那就是喂鱼了，你要是真的愿意交我这个朋友，还是把我带到您家去吧！”

渔人就大笑下船，把他带到自己家里，拿出五香鱼干和苞谷酒来，一边陪他吃喝，一边跟他说古道今，谈诗论赋。刘子骥越听越觉得这个渔人的才学不在自己之下，甚至还有过处，心里暗自吃惊，又感叹深山中的武陵真是卧虎藏龙，连一个打鱼的也是古庸君的后人，也超过南阳的大文士了！两人从白天玩到晚上，半夜时分，刘子骥瞌睡先来，脱了读书人的衣裳，跟渔人倒在一张柴床上，一头睡着一个。渔人嘴里打着呵欠说："白天虽没同船过渡，夜里却能抵足而眠，赶明儿一觉醒来，人还是这两个人，却变成一对朋友了！"

从第二天起，他们真就成了一对朋友。以后刘子骥每到武陵来看表亲，表亲还没见着，先要在渔人这儿玩上三天。可惜渔人是不到南阳去打鱼的，因为武陵到南阳不直通水路，要去南阳，得先坐船到堵河边的上庸郡，上岸再乘车马，或者步行，那样他的渔船没处安置，所以他们每回相见，就只能是刘子骥到武陵来。刘子骥一来就坐渡女的渡船，然后徒步走到山上，当晚跟渔人睡在一床。一来二往，渡女从渔人嘴里晓得，这个南阳读书人已由船商的朋友变成渔人的朋友，她对他也就不再是那天的态度，当面背后，把他改叫南阳的骥哥。

这一回再来武陵，刘子骥一路上耽耽搁搁，走到河边天都黑了，正赶上渡女给她渔哥送了换季的布鞋转来，听到河对岸有人喊要过河，渡女心想：天这晚了，急着过河的是啥人呢？就听夜色下的那个人影嘶声叫道："我是南阳的刘子骥，我是去看庸先生的！"

一听出是刘子骥的声音，渡女赶紧就去解了船绳，把船摇到对岸，叫刘子骥上船，身子坐稳了才问他说："骥哥，你多久都不来了，这回为啥单单走夜路来，莫不是做了啥见不得人的坏事儿？"

刘子骥气喘着说："看你把我想的，有人教我做坏事儿我也不会做，我要做就做一件好事儿！不瞒你说，上个月我在南阳郡谋了一个饭碗，是给郡守管理公文，自己也动笔写一些，刚一到任就听说上庸郡的太守也在打听这样的人才，我就想到了庸先生，想劝他不妨托人举荐一下，庸先生读了一肚子诗书，又是庸国国君的后人，不说是名满天下，至少从武陵县令到上庸郡守都晓得他，要是能在郡里谋个事儿做，总比下河打鱼要好一些吧！”

渡女听着听着，出气急了，脸上的笑慢慢儿收了回去，猛地一下子变了色说:“他不是不要你叫他庸先生吗？他不是要你叫他渔人吗？既然你们成了朋友，你这样叫他倒是显得生分了！你劝他到郡里去谋差事，这样的话你莫对我说，要说你对他说去，对我说了我也只当没有听见！”

刘子骥故意逗她道:“你是不是怕他做了上庸郡太守的幕僚，抹脸不认你了，转过身去娶了太守的女儿？”

渡女冷笑说:“我渔哥要是那样的人，我就跟我娘一样，算是这辈子瞎了两眼！”

船到对岸，刘子骥要从包袱里取钱付给渡女，渡女白他一眼，也不说话，拴好船绳自己扭脸就走，态度又回到他为南阳船商做媒的时候。刘子骥觉得脸上好没意思，心里同时又为渔人欢喜，独自一人走路找到渔人住的茅草棚子，从门缝里往里瞅了一眼，见有人的影子在灯下一晃一晃，就伸出手来啪啪地拍门。

渔人送走渡女，去灶上烧了一锅水，想的是好好儿洗一个烫水脚，然后试试渡女送他的新布鞋，合脚的话明儿就穿了它去打鱼，也叫她看上一眼。昨夜她就逼他当面试给她看，因为脚脏他没舍得。渔人的一只脚刚放进盆里，第二只脚还在盆外搁着，这时听得外边有人拍门，并且声音又响又急，拍法跟别个还不一样，拍三下停一阵子，接着再拍三下。渔人晓得天下只有南阳刘子骥是这样拍他门的，就一脚穿着鞋子，一脚流着热水，奔过去把门开了，果不其然，门外站着的正是刘子骥。

刘子骥见了渔人并不说话，一步跨进屋里，解下肩上的包袱往墙角一扔，抽了几抽鼻子，眼睛就顺着香气盯在窗台上的那一只酒罐上了。渔人晓得他一路走得干渴，肚子肯定也饿了，就从墙上取下一条五香干鱼，端来几碟凉菜，把罐子里的苞谷酒倒出一碗，叫他坐下边吃边喝，自己坐在对面看他，却跟他一样也不说话，重又把脚放进热水盆里，互相搓得咯吱咯吱地响。刘子骥勾着脑壳自斟自饮一阵，见渔人真不理他，到底忍不住了，扬起脸来问渔人说："你也不问我一声从哪儿来，到哪儿去？"

渔人咯吱咯吱地搓着脚说："我是从来不问人这些废话的，人都是从该来的地方来，到该去的地方去。"

刘子骥说："不过我还是得对你说了，这回我是从襄阳隆中的孔明那儿来，到浔阳柴桑的陶渊明那儿去，按说不会绕路到你这儿的，可我着实是太想你了啊！"

渔人听他提到这两个名字叫"明"的人，随口就说："从明处来，到明处去，你这真叫作明来明去，只可惜走到我这儿天就黑了，不会是明珠暗投吧？你说的这两个明，孔明我是晓得的，陶渊明我就不晓得了，也是个死人吗？"

刘子骥笑道："你真是一天到晚只顾得打鱼摸虾，孤陋寡闻，连陶渊明都不晓得，陶渊明就是陶潜，我的一个写诗的朋友哇！"

渔人眨着眼睛又问："那陶潜又是哪一个呢？"

刘子骥盯着他说："嘿，你莫不是故意这么问的？晋朝大司马陶侃的重孙、武昌太守陶茂的孙子，他本人也曾经做过江州祭酒，镇军将军幕府的参军，又是当今赫赫有名的大诗人、大隐士，自称是五柳居士，你真的连这个人都不晓得吗？"

渔人皱着两条眉毛问道："既然是诗人，你提他的太爷和爷爷，提他的官职做啥呢？既然是隐士，你又咋晓得他的名字，到哪儿去找他的行踪呢？还说是赫赫有名，既然名声有那么赫，门前有几棵柳树别人都数过，他哪儿还是一个隐士呀！”

刘子骥听他连陶渊明也敢奚落，有点儿不高兴了，勾下脑壳独自吃喝了一阵子，扬起脸来，拿筷头子点着渔人的鼻子说：“你就是这么个格古伶仃的人！要不然为啥一个庸国国君的后人，竟落到一个打鱼的下场呢？我们是老朋友了，世上也只有我才会这么说你！隐士隐士，归隐之前必须是士，他要是没得一个像样的身份地位，隐了也是白隐，他就不是隐士，他就真是个老百姓了！”

格古伶仃是武陵县的土话，这话在上庸郡一带也都流行，意思是这人的行为格外，性情古板，喜欢孤身一个，不跟别人合群。刘子骥家住的南阳离武陵不远，长年在这一带往返行走，他也学会说这个话了。

渔人故意张大了嘴说：“哦，我晓得了，做隐士原来还是有窍门儿的呀！那你是不是也打算走这条路，想法子去弄一个官儿当，当一当要么当不上来，要么当不下去，就对人说自己不想当了，袖子一甩，屁股一拍，回到乡下假装去种萝卜，存心种给人看，引得人来问你，你就势天上地下高谈阔论一番，或者脸朝着天唱几声古里怪气的歌，然后拂袖而去，人就到处传说你是一个隐士了？”

这些话句句都说在刘子骥的心坎儿上，他只觉得脸上发热，灯光下肯定是有些红了，本来想对渔人说的那个事儿，现在陡然间又不好开口。可再一想既然来了，又是朋友，不说终究是不行的，就又喝了一口酒说：“你这是自己煮的苞谷酒吧？真是厉害得很哪，那我就借着酒兴对你说一个事儿，这个事儿我刚在船上对渡女说了，也算是我这回来见你的意图，可她听了很不高兴，下了船扭脸就走，理也没再理我！”

渔人说：“你一定是伤着她的心了，你说的是哪个事儿呢？”

刘子骥的眼睛不看渔人，却看着墙说：“说是一个事儿，其实是两个事儿，一个是我的，一个是你的。先说我的吧，上回我们两个分手以后，我先去浔阳柴桑陶渊明那儿住了几天，又回南阳，正好南阳郡的太守那儿还缺一个管理公文的人，大小也算是个官儿吧，每月的俸禄也还不少，我就去了……”

渔人淡然道：“原来你当官儿了，这事儿跟我不沾边儿的，你换一个说吧。”

刘子骥料定他会这样，硬着头皮又说：“那我就说你的，听说你们上庸郡的太守也在物色同样的人才，我就想到了你，你应该托人去见见太守，凭着你的学识，还有你的氏族，太守是不得小看你的……我并不是劝你就这么做下去，我想的是做到有一天不想做了，你也可以像陶渊明一样……”

渔人笑着拦住了他的话说：“怪不得渡女不理你了，原来是你自己的不对，你去当官也好，当差也罢，我是不管你的，可你为啥要来管我，要把我也拉下水呢？多少年前有个朋友劝我也做一个隐士，说是孔子说了，邦有道则现，无道则隐，我说我一个打鱼为生的人，本来就没有现过，咋又谈得上隐呢？他就教给我一个秘方，说是先写一篇文章，提出几条修身齐家治国平天下的主张，托人推荐给名流政要，或者武陵邑宰，或者上庸郡守，或者荆州刺史，总之是官儿越大越好，要是能想法见上一面，亲自谈上一谈就更好了。就说自己是古庸国国君的后人，又读了一肚子的诗书，提笔做文，倚马可待，争取求得一官半职，当上几年，然后碰上不顺心如意的事儿，就一拍屁股不干了，对人留下一段语录，从此躲到一个地方儿去写诗作赋，纵酒清谈，一会儿叫人使劲儿都找不着，一会儿又假装露出个小马脚，引得人找上门来，强行弄去再给个像样一点儿的官职。那个朋友劝我，说做隐士的人无非是有三种，一种是没有做上官儿的，二是官儿做得不大的，三是那官儿做得太窝囊，太别扭，太下作的，所以才会弃官不做。现在既然有人上门求着去做官儿，他又不是一个傻子，为啥不去做呢？做官儿再不好也比打鱼好吧？做一做你实在不想做了，再回来打你的鱼，你也是一个隐士，你也不是一个普通的渔人了！”

笃的一响，刘子骥把手里的酒碗笃在了桌上，碗里的几口残酒溅了他一袖管。刘子骥甩着手上的酒说：“你这个朋友说得不错，就比方说最清高的竹林七贤，最出名的隐士阮籍之流吧，他们不都是做一做官儿，做一做隐士，回头再做一做官儿，再做一做隐士？阮籍要不是建安七子阮瑀的儿子，哪儿会有那大的名气！嵇康写信跟山涛绝交，人家都说是因为山涛向魏文帝推荐他去做官儿，其实他骨子里是嫌那个官儿小了，又是山涛做剩下的，他再去做面子上过不去！还有一个跟他一起打铁的隐士向秀，他一死就到文帝那儿做官儿去了，还是自己跑去求的！我刚去看过孔明以前的住处，当年他一边隐居隆中，一边广交朋友，不就是为了把他的名声传出去，等着有人来三顾茅庐的吗？这跟姜子牙在渭水用直钩钓鱼有啥两样？陶渊明眼前想走的路，我看就是这一条呀！”

渔人说：“庸国灭亡以后，我们这儿成了楚国的一个邑，那时不叫武陵，那时还叫上庸，前后也有两个来隐居的人，一个是春秋的老子，在偏头山是建了座庙，住在里头修真养性，那老头儿没得说的，是个神仙一流的人物；一个是汉朝的张良，也想修仙，躲在小终南山里辟了一阵子谷，每天只喝山里的泉水，饿得烟长气短，不成一个人形，后来吕后派兵来捉他回去，他巴恋不得的，立马儿屁颠屁颠跟着走了！

要说是真隐士，尧舜时候的许由、巢父，他们倒是真像那样的人。”

刘子骥说：“你又格古了不是！刚才你还说既然是隐士，世上就没人晓得他，那按你的这个说法，许由、巢父也不能叫隐士了，因为尧还晓得他们的名字，派人到处去找，要把帝位让给他们！其实隐士就是这样的人，你的朋友劝你听孔子的话，邦有道则现，无道则隐，这话没错，做一个时隐时现的隐士又有啥不可呢？”

渔人说：“可，可，你说的隐士就像那风流游摆的鱼，在洞子里钻进钻出，逗得人下河捉来捉去，它一会儿露出一个脑壳，一会儿露出一条尾巴，越是不好捉，人越是要捉，扑通扑通闹得一河二岸的人都晓得河里有这么一条鱼，它的美名就流传开了。可它早晚也得落在人的手里，所以我觉得与其做一条鱼，还不如做一个渔人！”

两人横直也说不到一处，刘子骥吃了渔人的五香鱼干觉得嘴软，不再跟他争讲，再说争也争不过他，就把话岔了开去，看看窗外问道：“我都来过好几回了，还不晓得你这山坳叫啥名字！”

渔人说：“渔人无名，坳也无名，你就叫它渔家坳吧。”

刘子骥在嘴里连着念了两遍，笑起来道：“渔家坳，渔家傲，坳里住的这个渔家可真够傲的呀！”

渔人也笑笑，不再说话。刘子骥自己动手又从罐子里倒了一碗苞谷酒，就着凉菜喝了个精光，一边打着酒嗝，一边踉跄着到门外撒尿。撒完了尿回来，在渔人洗过脚的盆子里洗了个脚，也不拿布巾擦干，脱了身上的衣裤，这夜还跟渔人睡在一架柴床上。

第二天一早起来，刘子骥的酒醒了，回忆起昨儿夜里两人说过的话，觉得渔人对做隐士的看法跟他是水火不相容的，就不再跟他说陶渊明的事儿了，怕他还会打出更不好听的比方来。刘子骥把一身上下收拾齐整，催着渔人做早饭给他吃，吃了他好上路回家，渔人留他还跟上回一样，再玩三天，刘子骥死活也不肯，说他自从做了南阳郡守的幕僚，再不能像以前那样自由，这回他是去浔阳郡办一件公事，拐个弯儿，到柴桑看一眼刚刚归隐的陶渊明。

渔人晓得了他的意图，就说："那你坐我的船吧，我把你带到堵河，上岸以后你再走旱路去浔阳柴桑，这样你还能省俭一些路费，看着我撒网打鱼，你也能帮我拉拉网，跟着我上岸去卖，你也能帮我看看秤，收收钱。"

刘子骥的心里动了一下，接着却笑了说："我省俭这个路费做啥？羊毛出在羊身上，横竖都是官府出钱，又不会花我一文，我真是省得冤枉，俭得何苦！看你打鱼，我也看得亏心，我想打鱼往后我就自己去打，选个冬天下雪的日子，穿着一件蓑衣，戴着一顶斗笠，拿着一张破网，把昨夜我俩洗脚的那个大脚盆当作是船，坐在盆子当中，颈脖子上再挂一个葫芦，葫芦里装着酒，嘴里一边喝酒唱歌，手上一边撒网打鱼。我要是坐你的船，只怕是害得你的鱼也打不成，我的歌也唱不成了！"

渔人用半边嘴角笑道："你那不是想打鱼，你那是想做鱼，惊动人来把你一网打去，养在他家的池子里，实现你的所谓抱负。其实在那个世界哪儿有你抱的负的，养不了三两天，看你噼里啪啦跳得讨厌，就抓起你来一刀拍死，刮鳞剖肚，油炸水煮，做人家的下酒菜了，下场还不如昨夜我给你吃的五香鱼干！"

刘子骥脸上又燥热起来，叹了一口气说："唉，说不拢，我跟你说不拢！"

渔人说："是啊，上回我们两个还有几句说得拢的，这回你做了那个啥东西以后，简直一句都说不拢了，既是这样，那我们就还不如各走各的好，不然在船上一会儿说说笑笑，一会儿争争吵吵，河里的鱼鳖虾蟹看见了都要看我们的笑话！”

刘子骥又被他逗笑了说：“说得好，昨儿我是从水路来的，今儿我就从旱路走吧！”

渔人就起身去灶前烧火做饭，炒了几个腊味，又倒出两碗苞谷酒来。两人吃饱喝足，剩下的全都装进刘子骥的包袱，又塞给他一些五香鱼干，叫他路上饿了再吃，刘子骥也不道谢，背上鼓囊囊的包袱就走了。

桃　花　源

送走了南阳刘子骥，渔人再转身回来，脚上换了渡女昨夜送来的那双单鞋，背起昨儿补好的渔网，一手拎着钩秤，一手挎着鱼篓，怀里抱着棉被和枕头，还有一个吃饭的乌窑碗没处安顿，他就用嘴叼着，到河边去找他拴在石桩上的渔船。

他的渔船有渡女帮他看着，没人能够偷得走的，渔人纵身跳到他的船上，把身上所有的东西都卸进舱里，又下船解开拴在石桩上的纤绳，重新上船拿起撑竿，左右看看，把竿头慢慢儿地伸过来。才要一竿子把船撑走，正好渡女摆来一船过河的客商，脆着嗓子叫了一声“渔哥”，渔人等的就是这一声叫，立马儿收起了手里的竿子，两眼望望自己的脚，又抬起来望着渡女。

渡女问：“合脚吗？”

渔人说：“是你做的，就合得很。”

渡女抿嘴儿一笑，又问，“南阳骥哥对你说了那个事儿？”

渔人说：“说了。”

渡女呼哧出气道：“你答应了？”

渔人反问她说："你猜呢？"

渡女心里更有数了，说："我就算定你不得答应他的！"

渔人说："我也算定你算定我不得答应他的。"

渡女又一笑道："到了上庸郡的大码头，莫忘记我托你的事儿啊。"

渔人说："我要是忘记了你，你也就忘记了我。"

渡船上的客商听他们说话像是暗语，听不懂却觉得蛮有味的，下船的时候有的忘了给船钱，怪的是渡女也忘了要。她的心思不在渡船上，她的心思叫渔人带到那条渔船上去了。

就这样白天行船，夜晚靠岸，渔人摊开身子睡在舱里，梦里做着他跟渡女白天不便做的事儿。渔船漂漂荡荡，停停走走，多少天后渔人这条渔船已经来到了河的尽头，再往前去，这条河里的水就流进了一条更大的河里，两条混合的河水由窄变宽，水色也由白变绿，河面上只摇晃着绿绸一样的皱纹，却看不见了游动的鱼。武陵渔人的渔网对付不了这样深不可测的局面，他不能再往前去了，他把渔船撑向岸边，想找一个有人的码头，卖掉船里刚刚网来的鲜鱼。

这个时候，渔人发现这条河水的侧边有一条小溪，是从远处的一座山下流过来的，山下好像有一个洞，洞里好像还有一束亮光，从有光的山洞里流出的溪水很清，清得能够看见水底灰白两色的石子，洞里的亮光一闪一闪地照着溪水，晃得他的眼睛有些发花，他好像看见了一群一群的小鱼，不是在水里游动，而是漂在水面上，鱼儿的身子圆乎乎的，并不太长，颜色像是三月盛开的桃花。渔人立马儿想起桃花鱼来，心中暗自喜了一跳，他想把渔船撑过去撒上几网，可又看着那溪水太浅，恐怕只够淹住三尺深的船底，渔船要想过去却是不行。

渔人被那桃花色的鱼群吸引着，就把渔船停靠在岸边，搬块大石头压住船绳，又上船去捡拾了一下渔网和渔篓，把随身的包袱搭在肩上，跳下船来，逆着小溪往上游的山洞走去。刚只走了几十步远，山洞里的光亮又不见了，溪水就不再晃眼，他看见水面上漂着的根本不是桃花鱼，而就是桃花的花瓣，逆着溪水再往前走，到了接近洞口的地方儿，溪水的两边长满了桃树，树上的桃花开得树叶都看不见了，落在地上的是粉红一片，漂在水上的是粉红两串，在溪水的两侧往下游流着。渔人庆幸自己下船时没有背上渔网，不然打下一网桃花的花瓣，到哪儿去当鱼卖呢？

溪水边的那个山洞只有一人宽窄，半人高低，必须是瘦小的人匍匐着身子才钻得过去，渔人索性想看个究竟，就把身子弓成一只大虾，贴着两边的石墙钻进洞子。洞子那边的景色把渔人惊得呆了，眼前出来的是一幅画儿，那边的土地宽大而又平展，除了一大片开花的桃树，还掺杂了一些桑树和竹丛，从粉红中露出几处绿阴，竹丛边多半藏着一院泥灰色的房屋，屋后有长着荷叶、莲花和莲蓬的池塘，白鸭子在荷叶间游来游去，其中也有几只长得花哨的，并且成双成对，一猜那就是恩爱的鸳鸯。屋前的地里长着庄稼和蔬菜，菜花恰好是金黄色的，那种不知名的庄稼却开着白花，渔人看着像是荞麦，可这阳春三月又不是荞麦开花的季节，未必这个洞里的世界跟外边不同？

渔人听到有人说笑的声音，循声找到开白花的庄稼地里，就看见有人在给它们浇水锄草，那些人里有男有女，看上去很年轻的，脸上都是桃花的颜色。这时他又听到鸡鸭在叫，叫声最响亮的是鹅，但接着就有一条狗，“汪”的一声把所有的鸡鸭鹅叫都盖下去了。这狗是叫声先出来，身子后出来的，但身子一出来就了不得，像是一支带响的箭，随着叫声就“噗”地射到了渔人的面前，怪的是它跟外边的狗不一样，见了生人并不扑上去咬，只是一鼓作气地点着脑壳，把身上的长毛点得直往两边飘飞。

这狗长得是一身白毛，脸上的毛又稀又短，刚才激动时也能看出是桃花色。渔人被它吓出了一身冷汗，见它这样礼貌才放下心来，笑着还了它一个礼，那狗就转过身子，摇着尾巴在前边走，喉咙里还小声儿哼哼着，渔人从中听出了谱子，觉得是一支快乐的歌。

这狗一叫，闻声就出来了几十个老少男女，统统都是桃花色的脸，脸上统统露出吃惊的表情。这些人的穿戴打扮跟外边不大一样，虽说也是丝绸棉麻，款式却很像秦朝的。说话的口音也有些差别，不过渔人大致还能听懂，他听一个老汉咳嗽了一声，向他问道："这位客官是从何处进来的呀？"

老汉的脸皱得跟核桃一样，颜色却像一朵桃花。渔人望着他的脸说："我不是客官，我是一个打鱼的人，船行到洞子外的那条大河边上，看见有条小溪往河里流着，洞子里的光照得人的眼睛放花，水面上游着一群一群的鱼，红粉粉的，我以为是桃花鱼，想过来看看能不能打捞，走拢一看原来不是桃花鱼，而是桃花的花瓣。顺着溪水再往上走，又看见一个洞子，我麻起胆子从洞里钻进来，猛地一下子就到你们这儿了！"

听他这样一说，有几个年轻女人嘻嘻嘿嘿地笑着，伸手朝他身上指指戳戳，又交头接耳说悄悄话，说完又嘻嘻嘿嘿地笑个不停。只有这个老汉不笑，作古正经地又问他说："那请问你姓甚名谁？家住哪里？"

渔人说："我是很少对人说起姓的，今儿您老人家问我，我就给您说了吧，我本姓庸，就是商周时那个庸国的庸，春秋时楚国灭了我们庸国，废了庸君姓氏，他的后代就以庸为姓了。我是一个没得名字的人，从小痴呆，体子又弱，爹妈看着我活不了多久，连名字也懒得给我取，长大了别人就叫我庸人。后来我学会了打鱼，不爱听"庸人"

这个名字，别人问起来我就说叫渔人。我家住在武陵县，就是楚国灭了庸国以后，把庸都改成的上庸邑，以后又改成武陵，把附近几个县合并起来，建了一个上庸郡，武陵县又归上庸郡管了。”

老汉听到一半儿的时候，就开始慢慢儿地张嘴，“啊呀”发出一声惊叫，叫声停了嘴还不能合上，两手急得在颈脖子上乱抓，抓出一道一道红爪印来。身后那几个嘻嘻嘿嘿的女人，这时又嘁嘁喳喳乱叫起来，像是落在桃花林里的一群麻雀，其中有个年岁不大的媳妇儿，见老汉一时说不出来话了，就挤出来代替他说：“啊呀，说起来我们还是老乡！真是五马换六羊的，上庸又换成了武陵，往后还能换回叫上庸吗？我们祖上都是上庸的人，那时秦始皇成天派人抓兵打仗，又修万里长城，祖上不想去白送死，就带着妻儿老小逃到这儿躲了起来，从那以后，一代一代的人再也没有出去过了，如今是秦朝多少年啦？秦始皇还在不在？那个鬼万里长城修好了没？”

渔人听着忍不住笑说：“这都是哪个年头的事儿了!秦朝早就灭了，秦始皇是想长生不死，派人到海上去找仙丹，仙丹没有找到，还是短寿死了。他死以后，他的大儿子扶苏被赵高杀了，二儿子胡亥又被赵高的儿子和女婿杀了，秦朝被楚国亡了。项羽和刘邦争夺天下，刘邦打败项羽建了汉朝，黄巾又造起反来，天下大乱，三国鼎立。魏王曹丕逼汉献帝刘协让位，他做皇帝，把汉改成魏，司马炎又逼魏元帝曹奂让位，他做皇帝，把魏改成晋。现如今已经是晋朝太元二十年，晋孝帝司马曜又当了二十年皇帝了，你们真是一窝糊涂虫儿啊，以为还是秦朝呢！”

听说秦朝早就灭了，一心想长生不死的秦始皇死了，连他的两个儿子都死了，外边已换了好几个朝代了，大家先是一惊，接着又是一愣，再接着又是一喜，男男女女都高声地说笑着，说是朝廷不会派人来捉拿他们了。有几个小娃儿高兴得蹦起脚来，嘴里喊着放鞭炮啰，转身就从大人的裤裆和胳肢窝里钻了出去。这时从围观的人群里走出一个中年汉子，伸手在渔人的肩膀上拍了一掌，然后转过身子就走，走了两步听着背后没人跟上，扭脸一看，渔人站在原地没动，又对他招了招手，渔人还是不动，汉子有些急了，开了口说："你不懂得我的意思吗？我是看你大老远的跑来，跟我们也算是有缘分的，请你到我们村里来歇口气，喝碗酒，你为啥还站在那儿动都不动？"

见渔人还愣在那儿，刚才嬉笑的女人就劝他说："去，去，请你去你就去，他是我们村的瓢把子，人最耿直，我们都听他的，你来了也得听他的！"

渔人问她："你们这儿也兴叫村，也兴叫瓢把子吗？瓢把子是头儿的意思，这是我们武陵的话，他是不是一个管你们的官儿？"

女人正要回话，被她叫作瓢把子的中年汉子自己说："嘿，你刚说武陵就是上庸，我们祖上是上庸的人，当然我们会说上庸的话了。我们桃花源里总共有十个村，都没得官儿，从来不兴要这个东西，我们这个村叫世外村，村里的人多数姓白，是真正的老百姓呢。大家都是自己劳动自己吃饭，自己爹妈自己养活，一人有了难处别人都来帮忙，但被帮的这人往后要听别人的话。有了大家共同的事儿，大家要有商有量地办，有哪个不通情达理，胡搅蛮缠，做瓢把子的就把大家叫来，围住说他不对，并且做个对的样子给他看看。

见大家都这么说这么做，那人多半就不好意思再那样了，实在有本性难改的坏人，轻的骂他几句，重的打他一顿，直到改了为止。要是有人贪占抢夺，谋财害命，这一条是最可恨的，瓢把子就叫大家一人写一个惩治法子，做成阄儿放在碗里，叫那人自己抓十个阄儿，自己展开来念，写哪种法子的阄儿最多，就按哪种法子惩治他。"

渔人一听就来了兴趣道：“真是个好主意！最重的惩治法子是哪一种呢？”

瓢把子说：“拿一根麻绳儿捆住他的手脚，要么把他的心挖出来给狗吃了，身子扔到水里喂鱼；要么吊到山顶一棵最高的树上，等着天上打雷的时候把他一雷劈死。坏人拈到这样的阄儿，十有九个自己就吓死了。”

渔人叹口气说：“这倒比我们外边的世界公平多了！那你这个瓢把子虽说不是官儿，但肯定是大家选出来的，起码是个正派人，你给大家办事，大家给你多少钱？”

瓢把子问：“啊？啥叫钱呀？”

渔人愣了一下，摘下搭在肩上的包袱，解开了，从中抓出一把铜钱说：“就是这个，买了人家货物，要拿这个付给人家的。”

大家“呼啦”一声都围过来观看，麻雀一样喊喳叫着，说是从来没有见过这个东西，也没听说出门还把它背在身上。刚才的女人又嬉笑说：“你们男人本身就比我们多两个蛋蛋，走起路来好大利索，你这人还不怕累赘，出门还背这些鬼玩意儿，又重不说，一走哗啷一响，烦死个人！”

渔人好奇道：“那你们要买人家货物，拿啥付给人家呢？”

最先问他的那个老汉接过话说：“其实我们祖先刚来的时候，也跟你一样背着钱的，不过那钱不是这个样子，到这儿以后也不用了，买货一半是以货易货，一半是你买我的，我买你的，双方都记一个账，到了年底总的结算，从来没人多记，也从来没人抵赖。刚才你问我们给这个瓢把子多少钱，我对你说句实话，一个钱都不给他，只包他一年的吃喝穿用。我们一年换一个瓢把子，看中哪个，哪个就当，选他当他不当的，他家的事儿新瓢把子就不管了！”

渔人“哦”一声说：“这个主意倒是不错！我们外边的世界都是打破脑壳要当官儿，因为今儿白天当了这个，晚上就能发财！”

瓢把子就对他又招了个手说:“这下子你搞懂了吧？我这把瓢只管舀今年这一年的水，明年你来我就不管你了。走，到我们村子去歇个脚，喘口气，尝尝我们做的酒！”

世 外 村

渔人真是有些渴了，就把包袱搭回肩上，跟着瓢把子往世外村走，一路又被很多看稀奇的人包围起来，向他打听外边世界的事儿。渔人一边回答一边突出重围，半个时辰才走到瓢把子家里，进门就被一掌按在靠墙的座上，又在面前架上桌子，摆出瓜果茶水，嘴里催他只管吃喝，转身往屋后奔，两手轮换着撸袖管子。过不多时，渔人听得屋后有“咯嗒咯嗒”鸡叫的声音，扑打一阵翅膀就没气了，正想去看，瓢把子却拎着一把血刀出来，高声呼叫自己的爹娘、媳妇子和儿女，出来跟武陵的客人见一个面。

见他忙得热火朝天，渔人心里不过意道:“我是一个打鱼的人，你何必要这样客气！”

瓢把子说：“呃，我们桃花源可不管你打不打鱼，今儿有缘来了，就把你当皇帝老子一样看待,无缘的话,皇帝老子也不如一个打鱼的！”

从灶屋里又出来一个泼辣女人，一路嚷叫着说:“我可不得把你当皇帝老子，要当就把你当我娘家的人！哦，岁数不大，当不了娘家兄弟，算是娘家的侄儿子吧！”

随后一家子全都拥了出来，一个个抢着跟他说话，把桌上的瓜果往他手里塞着。渔人见这家人个赛个儿长得好，跟刚才见过的人一样面如桃花，而且老的并不显老，小的更显年少，特别是那个女儿，下巴颏儿尖尖的，小脸蛋儿就像一个五月熟透的桃子，见了渔人，原本是桃红的脸腮颜色又深了一些，水灵得快要滴下汁儿来。大家热闹一阵，喊他娘家侄儿的女人返身又进灶屋，三把两下做好了饭菜，呼叫儿女去端，男人收拾桌椅，摆盅摆碗，抱出好酒，自己双手举了一只整鸡出来，放在靠近渔人的位置。

二老爹娘陪渔人坐在上席，夫妻两个分坐左右，一对儿女坐在下方，全家人像是腊月间团圆，把一张桌子围了个圆。瓢把子端起酒盅，先带着全家一齐向渔人敬了个酒，然后又叫媳妇儿女，一个一个向客人单敬。两个老人也拿起粗壮的筷子，这个一块那个一坨，往他碗里夹着香菌板栗炖的鸡肉，渔人嘴里吃不过来，一会儿工夫碗上就码得像山，连着喝了好几盅酒，觉得这酒的味道他从没尝过，比他以前喝惯的苞谷酒要好多了。瓢把子看出自家酒菜能合他的口味，趁机就催逼着："快喝，快吃，我们桃花源的规矩你要晓得，主人敬酒必须得喝光，主人夹菜必须得吃完，要是剩下一口半口，等你这回一走，下回再来就没得人理你了！"

渔人只好放开肚子，猛吃猛喝，这家人觉得他为人实诚，都高兴地看着他笑。吃饭的时候，小儿子嘴巴不停地问他外边的事儿，女儿却半句也不问，只是眼睛不眨地听着他说，觉得新鲜时就扬一下眉毛，渔人回答的每句话都是她从来没听过的。问到后来，她听弟弟竟向渔人问出了这样的话："渔人，你今年有多大岁数了？"

渔人嘴里嚼着饭说："满二十四，近二十五了。"

弟弟惊叫道："啊，你真显老面，我还以为你有三四十岁了呢！爷爷奶奶爹妈姐姐，你们看他显不显老……？"

姐姐抿着嘴笑，并不表态，眼睛却往渔人的脸上瞟来，看样子是想自己判别他的年纪。瓢把子跺了一下脚，挡住孙儿的话头说：“胡说个啥？你爹才四十多哪！”

渔人难为情道：“在外打鱼的人，风吹日晒的，脸黑，皮粗。”

老奶奶一直都没言声儿，这下子过细地瞅着他说：“不是自来黑，蓄几天就细皮白肉了。你家里的娃儿有多大啦？”

渔人更不好意思道：“哪有娃儿，我还没有娶老婆呢。”

老奶奶听了，眼睛就朝老爷爷看，媳妇儿也朝她男人看，看了又转向她的女儿，第三眼就落在渔人的脸上了，一闪又一闪地放亮。渔人感觉到她那眼光的劲儿很大，穿过了他脸上的皮，又穿过了他脸上的肉，接着还要穿到他的骨头里去。这样看了好一阵子，媳妇儿说：“呃，还像是我们这儿的人，娘说得对，黑点儿没啥，在我们这儿住一住就蓄白了。”

瓢把子听懂了媳妇儿的意思，又看二老一眼，问渔人说：“你家的老人呢？”

渔人说：“早就没啦。”

媳妇儿就踏踏实实地笑了起来，拍着两只手巴掌说：“好，好，无牵无挂！你要是真觉得我们这儿好，你就索性莫走了，住在我们家里，这是我的儿子，这是我的女儿，我的女儿要是喜欢你的话，你就能做我们的半边之子啦！”

这句话把渔人吓得心惊肉跳，忍不住偷看了她的女儿一眼，她的女儿坐在他斜对面的位子上，一边斯斯文文地嚼着饭粒，一边也用眼睛偷偷儿看他，脸上是比桃花深一点儿的红色，却并没露出反对的意思。两人的眼光粘在一起，渔人立马儿慌了手脚，正夹着菜的筷子掉一根在地上，他赶紧弯腰去捡，满桌人都哄笑起来，女儿想憋没有憋住，也“扑哧”一笑，又急忙用手掩住了口。

渔人的筷子正好掉在自己脚上，他捡筷子的时候又看见了脚上的新布鞋，心里就有个东西响了一下，捡起筷子以后人还在发怔，听着大家的笑声，好半天都说不出一句话来。女主人说出这句话后就想看渔人的态度，见他一直不做答复，就想法子来激他，扭过脸去推了自己的男人一掌，抱怨他说："刚才我听你说的，人家是庸国国君的后人，那样的贵人咋会留在我们家里，做我们贫家小户的上门女婿呢？"

一边说着，一边对他挤眉眨眼。瓢把子是一个耿直人，揣摩不出她的意思，一时不晓得说啥话好，这时老爷爷把话接了过去说："嘿，要认这个，我们白家的老祖宗不也是庸国的大臣吗？往年子楚国灭了我们庸国，君也成了百姓，臣也成了百姓，我们两个家族都是一样的了！以后庸国成了楚国的邑，他们家族的庸扰做了邑宰，上庸的邑宰还想请我们白家的人出来做官儿呢，我们白家的人没得一个愿出来的。这又到了秦朝，秦始皇惨无人道，抓兵抓夫，修长城，修皇陵，修宫殿，我们白家的人不愿去给他卖命，才带着家小逃到了这个世外桃源。如今连庸国都早就没了，还认个啥国君的后人，臣民的后人呢？年长为尊，年少为卑，肩膀平齐为弟兄，这位打鱼的朋友跟我的孙子就是一个辈分的人！"

渔人经不起这样的说法，心想要是在外边的世界，他屁股下坐的就是官府，主人就是朝廷的命官，女儿就是娇贵的千金小姐了。他的眼泪都快要流了出来，连嘴里的饭也吃不下去，放了碗筷，勾下脑壳，他又望了一眼自己的脚，然后人就趴在了桌子上说："唉，老人家错怪我了！我渔人托老天爷的福分，鬼使神差，瞎打误撞，有幸进到你们这个桃花源里，看见你们这好的世界，这好的人家，这好的女儿，直怀疑自己是在做梦，恨不得立马儿就跟你们住在一起才好！可我，可我，可我……可我在武陵，那个渡口，还有个人在等着我啊……"

一家三代都呆住了，女儿桃花一样的脸蛋儿低了下去。

这样过了很久一阵，猛地一下瓢把子自己站起身来，瞪着眼珠，左手伸出一根大拇指头，右手举着一碗斟满的酒，朝渔人面前伸过来说："你是一个君子！我敬你这一碗酒！喝！"

渔人也起身举碗，把碗里的酒一口喝见了底，放下碗来，黑脸变成了水汪汪的一片，一些是酒，一些是汗，还有一些是泪。以前渔人的眼泪只在渡女面前流过一回，那是他的爹陪着渡女的爹葬身在洪水中后，渡女改口把他们都叫了爹。他陡然间生出一个想法，两眼望着敬过他酒的瓢把子，张开了嘴又合上，合上了却又张开，最后他下了个决心说："往后我要是来，我能带她一起来吗？"

瓢把子想都没想，拍着胸脯子说："莫往后啦，今年是我管事儿，要来回去就带来吧！"

武陵渔人进到桃花源里的消息，眨巴眼的工夫就传遍了源里的世外村，又由世外村传到别的九个村落，各村各户都派出能说会道的代表，拥到这个村的瓢把子家，要请渔人到自己家去做客。他们嘴上说是哪怕吃一顿粗茶淡饭，在棕木床上睡上一宿，其实都早已杀好了鸡，香菌板栗搭配齐全，窖里年头最久的老酒也搬了出来。瓢把子阻挡他们不住，就为他们排出次序，按照先来后到，每村选出两家代表，从明儿开始每家只吃一顿，夜里歇在吃第三顿饭的家里，今儿是进源的头一天，就在他家吃住算了。

渔人在桃花源里住了七天，这七天他差不多忘记了外边的世界，只有一个人他是忘不了的，而且越是在他最快乐的时候，他越会想起他的渡女。他还会想起那条随意丢在洞外河边的渔船，那儿没得渔女的看守，会不会有人偷走它呢？

第八天的清早起来，渔人挨村挨户，向为他杀鸡设宴的人家都道了别，准备离开这儿回武陵了。世外村的瓢把子带着全村人来为他送行，渔人在送行的人群中没有见到那个尖尖下颏儿的女儿，心里不觉一酸。大家把渔人送到半人高的洞口，瓢把子伸出一只手来，搭在他的肩膀上说："这个洞子叫奇缘洞，除了跟你一样心性干净的人，出去后莫对别个说起这地方儿啊！"

渔人心中就有数了，一弯腰钻出洞子，转过脸来再往洞子里看，只看见那群送行的人在朝他挥手，一个个桃花色的脸上都是留恋的表情，那些人的背后是一大片粉红的桃树和青绿的桑竹，看着简直是一幅画儿，叫人想起洞天福地。渔人把这幅画儿印在了心里，最后也向他们挥一挥手，转过身去走了。

在七天前他放渔船的河边，渔人远远地看见了他的渔船，渔船被阳春三月的小风吹着，在水面上一荡又一荡的，船板上的渔网和渔篓都在，想必船舱里的铺盖和锅碗也没人偷走。河边的沙滩下站着一些闲人，正对着他的渔船指指点点，看样子他们是住在河边的土民，每天一早一晚都看见有条渔船空空落落地停在这儿，远近找不到船主的影子，觉得这事儿有些蹊跷。渔人真是喜出望外，回想自己这七天里，就像是睡着后做了一个春梦，现在梦已经醒过来了，人又回到了睡觉以前，仰脸看天，天是青的，太阳是白的，青天白日下的云彩亮得直晃人的眼睛，证明眼前这不是梦，这是大白天里发生的真事儿。

渔人走到他的船边，动手去解船绳的时候，站在河边看船的闲人就对他露出了怀疑，他们互相看看，接着往前跨了几步，绕着他站成一个半圆，就开始审问他说："这是你的船吗？你把它停在这儿有几天了？"

渔人回答说："七天了，今儿是第八个日子。"

河边的人问："这是一条渔船，那你为啥不打鱼，却把船丢在这儿不管了呢？”

渔人笑道：“我去了一个世外的桃源，那儿的人活得跟外边大不一样，差点儿我都不想出来了啊！”

河边的人都不大相信，互相看着，接着又问：“世外的桃源？你能带我们去看看吗？”

渔人记着瓢把子嘱咐的话说：“不能，没得缘分的人是去不了的。”

一边说着这话，渔人一边解开了船绳，一个纵步跳到船上，拿起撑篙一点河岸，渔船就“嗖”的一下射到河心，然后顺着来时的方向划了过去。渔人在流动的河水中照见了自己的影子，觉得好像跟七天以前不一样了，手脚灵便，一身清爽，脸上的皮肉也紧绷绷的，像是换上了桃花源里的人脸。

河边的人正好也这样地议论着他：“看他行迹动作倒像个打鱼的，可看他红扑扑的脸又不像，打鱼人风吹日晒，哪有脸带桃花色的？”

一个说：“也说不成，打鱼也能打出桃花运的！”

又一个说：“世上还有这样的奇事儿，我们去给上庸郡的太守说了！”

渔人把笑强忍在心里，弯腰拎起脚边的那张渔网，瞅准河里的鱼群重新打起渔来。他在撒开的渔网中又看见了一个人的影子，那个人自然是武陵的渡女，接着他就想起渡女托他买的手镯和胭脂。渔人匆匆收了渔网，网里的几条小鱼也不要了，驾着渔船朝上庸郡边的大码头划去。

上　庸　郡

刘子骥第三回来到上庸的时候，他已经辞去南阳郡太守的幕僚，身上背着老船商送他的盘缠，专程到上庸来游山玩水了。还是那个托他做媒的老船商，因为娶了郡守府上的侍女做妾，一时高兴，又资助这位刚刚辞职的南阳名士出游，还亲自为他设宴送行，条件是要在他的一首诗里写上他跟自己的友情。

这真是小菜一碟，难者不会，会者不难，相比起为太守没完没了地起草公文，刘子骥简直是轻而易举，一仰脸喝了三杯酒后，提笔他就写成了一首：

南阳刘飞云，清名荡乾坤。

弃冕走青山，拂袖笑红尘。

百金谢船侠，三盏饮书生。

此去隐故国，说给渔人听。

老船商的眼睛死盯在“百金谢船侠”上，指着这一句问：“这个这个，不会叫人当成是你送了我的钱吧？”

刘子骥大笑道：“除非他是个猪才会这样去想，写诗和说话是不一样的，这句诗的意思是，感谢船侠对我的赠金之恩，诗中写了飞云是一个书生，百无一用的书生哪儿有钱送给一个大商人呢？况且他已弃了官冕，只剩下一个清高的名声了！”

老船商这才放心，又指着后两句说：“嗯，你想到上庸郡去做个隐士，那儿有你一个打鱼的朋友是不是？”

刘子骥趁他高兴就直言道：“说起我那打鱼的朋友，现在说给你也无妨了，他就是你想娶的那个渡女的相好啊！”

老船商听了一愣，接着笑道：“那你就替我恭喜他了，说我娶了南阳郡太守府里的一个小美人儿，啥时候她想吃小河里的鱼，就请他打一些来卖给我吧！”

刘子骥离开南阳，来到上庸，当晚歇在上庸郡一家临河的客栈，想的是在这儿住上一夜，明儿一早还跟以往一样，坐船顺河而上，再到武陵去看望渔人。这个夜晚他没睡好，心里想着这回他辞了幕僚，渔人该要跟他更加亲近，说起话来不会再生分了吧。天快亮的时候刚刚眯糊过去一会儿，陡然间却被一个怪梦惊醒了，梦里的渔人脑壳还是以前的模样，身子却成了一棵树，树上开满一朵一朵的桃花，那些桃花的颜色慢慢儿由浅变深，淡淡的粉红变成了鲜红，红得像血，接着真有一瓣一瓣的血水从树上滴了下来。

一到上庸就做这样的怪梦，刘子骥不由得有些害怕，他不敢再睡，穿衣起来，洗漱过了，饭也不吃就跑到码头上去，想找一个圆梦的把这个怪梦圆给他听。可他还没走到码头，路上又听一群人在议论一个怪事儿，说是离上庸郡不远，有一个地方儿叫桃花源，到处都是桃树，树上开满桃花，不管男女老少，脸上颜色都不像外边的人这样寡黄，都跟桃花那样粉嘟嘟红堂堂的，特别是那儿的人都是好人，连当官儿的都不坏。从武陵顺河过来一个打鱼的，在桃花源里玩了七天，一个村一个村，一家子一家子地请他做客，出来后打鱼的一张黑脸也成了桃花色。上庸郡的太守听了不信，派人在码头上去找这个渔人，要他带路到那个桃花源去，渔人开始死活也不肯带，逼得狠了，又带着他们到处乱跑，假装迷了路，惹得太守发起怒来，把他关进牢里去了。

刘子骥一听渔人是从武陵来的，心里就一紧张，挤进这群人里问道："那个打鱼人多大岁数？啥个样子？说话的腔调……"

一个说："武陵人说话当然是武陵腔，有二十啷当岁吧，样子倒是蛮周正的，虽说打鱼，可比那些当官儿的中看得多！"

刘子骥出气声更急了，又问："太守要他带路他愿带就带，不愿带就不带，带错了也就错了，有啥道理把他抓进牢里头呢？"

另一个说："啥叫道理？当官儿的就是道理，打鱼的就不是道理，你一个几十岁的人连这个都不晓得，简直问出三岁小娃儿的话来，你就是没道理，再问连你也抓！”

刘子骥红了脸说：“你说的这个道理我还是晓得的，我说的道理你却不晓得，我是说，这个太守抓人虽说没道理，但他会说出一个道理来，他说的是个啥道理呢？”

几个人就抢着答道：“哦，要问这个，太守说那个武陵渔人攻击朝廷，诬蔑官府，煽动老百姓起来造反，这个罪名还不够抓去坐牢？”

刘子骥吓了一跳，又问：“不就是带一个路，咋就说到这个分儿上来了？”

另几个人又抢着答道：“唉，渔人就说了桃花源里的人活得自由，脚下只有土地，头上没得官儿。一年选一个瓢把子，每家人商量着把名字写在阄里，到时候公开点数，选中哪个不当不行，当满了还想当也不行，只许给老百姓做好事儿，决不许贪占钱财，胡作非为。有人做了坏事儿也由老百姓处治，把处治办法也写在阄里，到时候公开宣布，哪个胆敢包庇，罪名同等……”

刘子骥失口叫道：“太好了，不光是这个小小太守，天下所有的官儿都该去看一看，学一学！”

有人立马儿喊了起来：“那可不行，渔人不带他们去是对的，这些狗官别的不会，就会使阴谋耍诡计，只一进去，非得把桃花源也变成这外边这个鬼样不可！”

刘子骥听他们这么一说，才觉得这事儿着实严重，又问：“那个武陵渔人，关进牢里有多久了？”

一个人回忆着说：“那还是三月底四月初的事儿，身上穿的棉褂儿，如今都是五黄六月大热天了，可怜他也没个亲人朋友，连件汗衫儿都没得换的！”

另一个说："不，有个摆渡的女娃子来给他送过衣裳，哭得像个泪人儿一样，听人说那是他的媳妇儿！"

刘子骥听着"可怜他也没个亲人朋友"这一句话，心里不觉难过起来，忍不住说出口道："啊，我就是他的朋友，三月间我还在他家里喝苞谷酒吃五香鱼干，那样一个与世无争的人，我咋想到他会去坐牢呢？本来我还打算今儿动身到武陵去看他的，这下子……，唉，请教几位，我能到牢里去看他一眼吗？"

又是几个人抢着答道："能！有钱能使鬼推磨，都他娘的只认这个东西！"

刘子骥再没心思跟他们说下去了，也不去码头上请人圆梦，心想天快亮时做的那个怪梦，不就是老天向他暗示渔人的事儿吗？心里记着那些人的指点，回到昨夜下榻的河边客栈，在客栈主人那儿取了寄存的盘缠，从中取出一些藏在袖子里，掂量一下并不算重，又补了几个进去，慌忙急焦就往郡府衙门奔赶。

来到上庸郡府，刘子骥先给了门子一点儿散碎银子，请他转告太守，说有一个武陵渔人的朋友，曾在南阳郡的太守府里做过幕僚，姓刘叫刘子骥，专门赶到上庸郡来见太守大人，有一个要紧的事儿想求他。门子得了银子喜笑颜开，立马儿跑去对太守说了，太守正趴在卷宗上半迷糊着，听说是武陵渔人的朋友，眼也没睁，接着又听说是南阳郡太守的幕僚，两只眼睛睁开了一只道："这人叫啥名字呀？"

门子说："他说他叫刘子骥，像是个读书人。"

太守想起来道："嗯，这个名字好像听说过的，听说会写点子文章，带他来见我吧。"

门子就带刘子骥去见太守，刘子骥等门子一转过身去，就把袖子里的银子尽数掏了出来，只拿回一个小的留给狱卒，其余都压在太守的卷宗上。太守的两只眼睛都睁开了，嘴里却说："大老远地跑来见我，袖子里藏着这些鬼玩意儿，路上要是叫我的对头看见，还不趁机告我贪赃枉法？人人都晓得我是一个两袖清风的父母官儿，可不能为了一个屁大的事儿，坏了我的一世英名！"

刘子骥说："大人真是会说笑话，俗话说水清无鱼，如今的世道就是这样，您郡守两袖清风，拒不收礼，可您郡守上边的州牧刺史还有朝中大臣，袖子里却不能只装清风啊，朝廷的俸禄就那么多，临到您有事儿想求上边，您又拿啥送给他们呢？"

太守笑道："到底在官府混过事儿的，不像那些糊涂百姓，有啥事儿你就说吧。"

刘子骥说："事情是这样的大人，我这回到贵地上庸郡来，是过路去看武陵的一个渔人朋友，可没想到刚来这儿，就听说他被关在牢里去了，到底犯了啥罪我不想问，我只想能去看他一眼，无非是尽个朋友情分，还求大人成全我的这分心意！"

太守转过话说："你的这个事儿先放下来，我先问你一个事儿，你们南阳郡的太守我也认得，官儿当得很顺当的，你在他的府上做幕僚，为啥做一做又不做了呢？要是嫌他对你不好，我这儿正好还差一个管理公文的人，你愿不愿意来顶这个缺口？"

刘子骥想也没想，立马儿就回答说："我在南阳郡守那儿就是管理公文的，自己也写一些，原以为是跟写诗做文章一样，可没想到是两码子事儿，在任的那段日子我也辛苦，太守也不满意，双方都有些后悔不该，这样我才下个决心辞了。大人叫我在上庸郡还做这个，一来我怕仍做不好，二来我怕大人失望，三来我还怕南阳郡守听说以后，不光骂我投靠新的主子，还得恨你挖了他的墙脚。所以与其害得您背黑锅，我钻风箱，还不如哪个的幕僚我都不当，这后半辈子我只打算去游一游山，玩一玩水，交一交友，作一作诗，过一过隐居的日子，尝一尝自由的滋味。多谢大人看得起我，要是有了合适的人，我再向大人引荐好了！”

太守过细看他一眼说：“原来你还是个陶渊明一类的人物，佩服！可是子曰‘己所不欲，勿施于人’，你自己不做的事儿咋能叫你的朋友做呢？你又上哪儿给我引荐这样的人呢？”

刘子骥壮了一下胆说：“那人远在天边，近在眼前，你们古庸国人杰地灵，藏龙卧虎，一不打紧就能从老百姓里冒出一个饱读诗书的古庸国国君后人！”

太守问：“听你说得云天雾地，到底是哪一个啊？”

刘子骥又壮了一下胆说：“我说的就是你关在牢里的那个渔人！”

太守愣道：“啊？那个造谣说上庸郡有个桃花源的？”

刘子骥居然敢跟他辩论说：“太守大人，我正是听说了这个事儿，今儿才来求见您的，我想问您，您并没有跟他一道去过，又咋能断定他是在造谣呢？”

太守冷笑道：“刚才你还说他饱读诗书，又是庸国国君的后人，要是真有那样一个桃花源的话，他会情愿坐牢也不带我去看吗？”

刘子骥叹口气说：“唉，这个人的个性着实格古伶仃，就算是他一个朋友，有时连我也想不通的，您能答应我去看他一眼，顺便也试探一下他的虚实，真有这个地方儿我就劝他带你去看，何必要为这事儿跟您斗气，害得自己坐大牢呢？”

太守看了一眼卷宗上的银子，答应了说：“好，那你就去劝劝他吧，你说是我说的，只要他肯听话，立马儿把他从牢里放出来不说，还把我刚说的这个管理公文的肥缺给他，横竖在他是生和死，在我却是嘴里的一个字！”

刘子骥代渔人谢了太守，转身出来，心里犯着嘀咕，想不好见了渔人咋好说出这话。这时又听见自己肚子里叫了起来，记起清早下床，还没顾得吃口东西，就直奔郡府衙门来了，打算去找家小馆子买碗糊汤面吃。已经走到馆子门口，猛地一下子他又想到，剩下的这点儿银子是专门给狱卒留着的，一吃面条兴许就见不到渔人了，他就忍着饿又转回身去，问路来到牢房的大铁门外，把剩下的银子给了看管牢房的狱卒，说是太守大人刚才已经答应他探监了，请他手下开恩，成全他们两人见上一面。

狱卒接过银子，在手里掂了一掂，把他带到一间牢外，摸摸腰里的钥匙，并不开锁，眼睛把刘子骥斜瞅着，见他没得再加的意思，脸色一恶对着牢里叫了一个囚号，说声有屁快放，就抱着膀子走到一边去了。刘子骥隔着栏杆看见了渔人，胡子头发乱成一蓬，身上衣裳也成了一张渔网，两只眼睛却闪闪发亮，认出他来，大笑着说："刘子骥呀，我就晓得你要来看我的！"

刘子骥把手伸进栏杆，抓住他的手小声问道："你的事儿我都听说了，我正是为这个来看你的，今儿看在老朋友的面上，你对我说一句掏心窝子的实话，你说的那个桃花源到底是真还是假呀？"

渔人把手从他手里抽出去说："连你也疑心我是说假话了，你走吧！你走吧！你不是我的朋友，这个世上没得我的朋友！"

刘子骥脸一红，又抓住他的手道："既然我今儿来了，不把想说的话说完我是不会走的！并不是我疑心你说假话，我是在琢磨你，是不是觉得我们这个世界太坏，盼望有那样一个世外桃源，就写了一篇文章，有人看了认为真有这事儿，到处传扬开去，这个上庸郡的太守做官心虚，因为你说的桃花源在他管辖范围之内，他就觉得你是在对比他，攻击他，偏偏叫你带路去看你又不去，当然他要把你抓起来，逼你承认是在造谣了！因为这样一来就证明世上没得这个桃花源，老百姓受当官儿的管制是天经地义的！”

渔人脸色缓和了说：“你这样想倒也是有道理的，不过我是亲眼看见了桃花源，看见了世外村，看见了他们的瓢把子是咋样管理村民，咋样管理自己，我就住在他们家里，他们的规矩着实跟外边世界不一样啊！”

刘子骥说：“那你为啥不带这个太守去看一看，学一学呢？”

渔人闭上两只眼睛说：“刘子骥呀刘子骥，亏你还在官府衙门里混着，你咋就是个死心眼儿呢？要是世界都成了桃花源里那个样子，那些县令、太守、州牧刺史，他们咋能当得下去呢？他们当着又有啥好处呢？像那样地当官儿，不跟老百姓是一样了吗？”

刘子骥想了想说：“你想得对，可是你就把他带去看看，证明着实有这样一个地方儿，你没造谣，没反官府和朝廷，他们就会把你放出来，你就可以回到武陵去打你的渔，跟你的渡女成个亲，安个家，从今往后好好儿地过日子，莫再对人提那个桃花源了！”

渔人说：“多谢你给我出了这么个臭主意，这样做我倒是能放出去，可桃花源里的人却会关起来，那个太守会像管制外边的人一样去管制他们，他们要是不服，就对他们下手！临走时他们嘱咐我莫对人说，他们防的不是百姓，他们防的就是官府呀！”

刘子骥觉得脊背心里一冷，不由得打了一个寒战，接着又想了想说：“你说的倒也是，害人之心不可有，防人之心不可无！那你能不能悄悄儿地对我一个人说了，我也亲眼去看一看那是个啥样的桃花源，以后写篇文章传布出去，叫世上的人都晓得世外还有那样好的一个地方儿……你该不会连我也防吧？”

渔人笑道：“你没得害人之心，我是不会防你的，那天我从里边一出来，首先想到的就是要对你说，等我带着渔女搬去住的时候，劝你也跟我们一起去，还可以叫上你那个名叫陶渊明的诗人朋友，他不是一直叫着要做隐士吗？官进官出，闹来闹去，那算个啥隐士，住进桃花源里才是真正的隐士哪！……可是我不答应太守就出不去，这辈子指不定会死在牢里，我又咋能带你去呢？”

刘子骥用手摸摸袖子，小声儿地叹口气说：“唉，早晓得这样我就该带副笔墨，你好给我画一个图，我拿着它去按图索骥……”

渔人“刺啦”一声扯掉一片衣袖，蹲下身去，把它铺在地上，又用指甲从墙脚抠下一块干土，一手把衣袖按住，一手在上边描出一幅道路图来。最后顺着一条河流，在上游处画了一个石洞，指头在那洞口重重地一点，卷起来塞在刘子骥的手里说：“去吧，见了里边的人只说我谢他们，不许说我在牢里的事儿！”

刘子骥把路图扎进腰里，看一看又扯出来贴胸藏着，侧眼看了一下狱卒，狱卒也在斜眼看他，刘子骥身上又一冷，赶紧抽出手来又抓住渔人，故意说给狱卒听道：“你呀你呀，好好儿听太守的话，带他去看了桃花源，转来做他的幕僚吧，我走了！”

渔人一声冷笑地道：“你放心地走吧，我会按你说的去做！”

刘子骥离开大牢以后，才想起自己辞去幕僚的事儿，忘记对渔人说了，不然他会更高兴的。这时候快到半中午了，既然已经晓得了渔人的态度，就不用再去见那等他消息的太守，刘子骥径直出了衙门，又回到昨夜住过的河边客栈，收起渔人送他的路图，又从客栈主人那儿取了剩下的盘缠，这才下馆子买碗糊汤面吃了。看看天色，差不多又到了晌午，他就决定在这家客栈再歇一夜，赶明儿一早起来再去找桃花源，争取在天黑以前找到，当晚也住在世外村的瓢把子家，先看风俗人情，过上一天再看景色。

但没想到第二天一早，刘子骥并没有起来动身，到了吃早饭的时候，还不见他出门。客栈的主人急着要结房钱，就去敲门催他，却发现那门是半掩着的，喊着他的名字进到屋里，见他还直条条地睡在床上，再喊也不答应。走到跟前一看，人已经死了，上衣褂子的胸口扒得大开，像是有个东西被人偷走了，怪的是包袱里的盘缠一点儿也不少。

客栈主人吓得屁滚尿流，打飞脚地跑去报官，上庸郡太守得了这信，一惊一愣道："真是天有不测风云，人有旦夕祸福，昨儿还帮我去劝说那个武陵渔人，渔人没有劝好，他倒没了！"

太守传下话来，南阳的客人死在上庸的客栈，因为两郡相邻，客栈主人就该把他好好儿安埋，免得天热尸体发臭，要有眷属来哭啼吵闹，可先垫些银子给她，郡里再如数拨还客栈。还有那个可恶的武陵渔人，宁可在牢里坐死也不交出桃花源来，他就自己带人去找，不信在一个上庸郡内，找不出那地方儿才是怪了。

由他亲自带了本郡官兵，顺着一条拐弯抹角的河流向上，果不其然，找到了那个半人高的石洞，士兵一个一个弯腰钻进洞里，只听得一声欢呼，发现里边满源都是盛开的桃花，景色跟渔人说得一模一样。桃花源中人一见官兵进来，拿着木棒，捡起石头，把他们奋力往外赶着，拼死守卫自己清静美好的家园。一马当先的太守恼了大火，下令官兵连杀带烧，眨巴眼的工夫就把这儿变得一片焦黑，满地血红，开始还有青壮男人愤怒的吼叫，接着只有女人和老幼凄惨的哭喊，再接着就连鸡鸭猪狗的声音也听不到了。

官府下令征集附近郡内的百姓，举着铁镐和铁斧，挖凿那个跟外边隔断的洞口，叫它大得能够通车过船，行走队伍。成千上万的民夫被押到这儿，白天黑夜地轮着班挖，从洞子的内外两头，挖了三九二十七天，在一个下雨的日子里，猛然听到天地间一声轰隆，一座石山从洞子的上方崩塌下来，扬起的土粉石末掺和着雨，像烟雾一样遮住了天光，等着这阵烟雾散去以后，那些民夫，那个洞子，那座石山，统统都不见了，洞里洞外变成了一大片相通的石场。

上庸郡的太守晓得自己立了奇功，自己动笔，把这事儿写成奏章上报朝廷，朝廷当即派人下来，实地查看过了。不久就下诏他调离上庸郡，升任荆州的州牧，原州牧进京待封。

太守前去荆州赴任之前，下令把渔人从牢里放出来，直到这时，渔人才听说刘子骥不明不白地死在河边客栈，桃花源也葬送在了官府手里。他号啕大哭着，跑到河边找到了他的那条渔船，一竿子撑进河里，顺着这条堵河直到武陵，从此两岸就再也没人看见过他了。

这年秋天，远在浔阳柴桑的陶渊明，辞去刘裕幕府的镇军参军，隐居了一阵子之后，又去刘敬宣的幕府做了建威参军。他先道听途说了武陵渔人和桃花源的故事，接着又实实在在得到南阳刘子骥的死讯，当天夜里，他在床上无法睡着，索性穿衣下地，点上灯烛，提笔来写一篇文章，为了他的朋友，也为了他朋友没有见到的桃花源。

晋太元中，武陵人捕鱼为业，缘溪行，忘路之远近。忽逢桃花林，夹岸数百步，中无杂树，芳草鲜美，落英缤纷。渔人甚异之。复前行，欲穷其林。

林尽水源，便得一山。山有小口，仿佛若有光。便舍船，从口入。初极狭，才通人。复行数十步，豁然开朗。土地平旷，屋舍俨然，有良田、美池、桑竹之属。阡陌交通，鸡犬相闻。其中往来种作，男女衣着，悉如外人。黄发垂髫，并怡然自乐。

见渔人，乃大惊，问所从来。具答之。便要还家，设酒杀鸡作食。村中闻有此人，咸来问讯。自云先世避秦时乱，率妻子邑人来此绝境，不复出焉，遂与外人间隔。问今是何世，乃不知有汉，无论魏晋。此人一一为具言所闻，皆叹惋。余人各复延至其家，皆出酒食。停数日，辞去。此中人语云：“不足为外人道也。”

既出，得其船，便扶向路，处处志之。及郡下，诣太守，说如此。太守即遣人随其往，寻向所志，遂迷，不复得路。

南阳刘子骥，高尚士也，闻之，欣然规往，未果，寻病终。后遂无问津者。

原载《山花》2006年第12期

石 娥 溪

桃 花 潭

公元七三七年，唐开元二十五年，这是李白一生中最心焦麻乱的一个年头，过完年他就开始不停地走着，短短的一个春天，他已走过了不少的地方儿，后来落脚在十万大山之中的古国上庸。孔夫子说三十而立，他今年都三十六岁了，在他的第三个本命年里，仍然没有求得一官半职。上庸的话叫人活三十六，喜的喜来愁的愁。李白果不其然也是有愁有喜，但他喜少愁多，举杯浇愁愁更愁！

很多年前，他也曾在一个春天的日子里去长安应试，却不小心得罪了太师杨国忠和太尉高力士，金榜张贴出来，不光榜上没有“李白”二字，反倒还叫他受了一番磨墨脱靴的奚落。从此他的心里刻下了这两个小人，真是有眼不识金镶玉呀，他总想有那么一天，能够直挂云帆，飞黄腾达，那时候他就故意把自己喝它个大醉，然后借酒撒疯，叫杨太师给他磨墨，高太尉给他脱靴，甚至那个千娇百媚的太师妹妹、贵妃娘娘杨玉环也来给他剪一回脚指甲，那才解气得很哪！

在这以后的岁月里，他身穿一件紫色的布衣浪迹天涯，这样的生活让他尝够了人生的寂寞与凄苦。幸好在茫茫的旅途中常能交上一两个知己，不管是跟他一样怀才不遇的诗人，还是各地附庸风雅的商贾和官员，一壶美酒，一席清谈，然后乘兴写下一首惟一可做答谢的新诗，只有在这个时候，心头卷起的岩浆一样的狂热，才能把他的愁闷和感伤焚烧干净。但是再接下来，激情散去，酒力微醒，这些可悲的情绪还会从心底卷土重来，有时竟无端地生出一种愤怒，他真想拔出腰间的长剑，对着眼前的山峰和脚下的流水，对着空中看不见的清风一剑砍去。他只能不停地行走，不停地结交新的朋友，陪他们喝酒给他们写诗，才能把未来漫漫长长的日子打发下去。

柳树刚抽柔丝，桃枝才绽新蕾，白游泾县一个名叫汪伦的就托人给他带了信来，说是久仰他的大名，又读过他不计其数的诗，一回回梦里见到了他，双手搂定他像宝塔一样高大的身子，一觉醒来，眼泪在床前流成一条小河，一双鞋子不见了，河面上漂荡着两只小船儿。汪伦心目中的李白是一个巨人，却不晓得李白的个子比他还矮，不过李白喜欢喝酒和赏花，这事儿他倒是打听清楚了，他就在信中形容自己的家乡，说是有万家酒店，十里桃花，想请李白去赏花饮酒，来去的盘缠他都包了。

李白为汪伦的真情所动，按照信上写的地址，来到汪伦居住的地方儿，本来指望前头有一个大的城镇，向路边的种田人一打听，那儿却是一个巴掌大的坝子，名字叫汪家坝，坝里统共只有十几户村民，哪儿来的一万家酒店！路口有一个小破馆子，门上歪歪倒倒地写着一个“万”字，一问是个姓万的杀猪匠开的，来了过路的客人，主要出售一些杀猪所得的下水；路的两侧连一树桃花也没看见，问种田人，才晓得坝子后头有一条死水河，长约十里，一丈多深，河中心有一口锅底潭，早年有一个奶名儿叫桃花的女子，因为爹娘逼她嫁给一个老地主，“扑通”一声跳进滩里，寻了短见，以后有人就把这口锅底潭戏称作桃花潭。

李白气得脑壳发昏，去也不是，不去也不是，这时就听得一阵锣鼓唢呐声响，一个麻脸汉子带着一帮土俗乡民，吹吹打打地朝他奔来，麻脸汉子一见面，双手抓住他的一只胳膊，说自己就是写信的汪伦，真是得罪得罪，罪该万死，因为过度地思念，多少个岁月，整日整夜地抱着他的诗读，不晓得这位天才诗人长得是个啥样儿，白天吃不下饭，夜里睡不着觉，这样下去早晚有一天也会想死，不如趁还活着索性扯一个白，拿桃花和酒店来吸引他，不用这样的蒙骗手段，李白先生是不会光临的呀！说着说着，真的流下两汪眼泪，泪水填平了脸上的麻坑，疑是银河从九天落下，化为晶莹的珍珠挂在眼前。

李白受不了这样的感动，立马儿跟麻脸汪伦手挽着手，随他朝着那个巴掌大的汪家坝走去。汪伦叫家里人杀猪宰羊，从地窖里扛出一坛自家酿的好酒，又亲自动手，跟老婆收拾出一间窗子朝南的小屋，床上换了里外三层新的棉被。想着自己有起夜的习惯，一到三更天就开门出去，把尿屙在屋后的萝卜地里，估计李白也是这样，因为门外卧着一条狗，到时汪叫起来，或者冷不丁儿地咬他一口，那就糟了，就去集市上买了一把夜壶，放在李白的床前面，叫他安安心心地住在房里，白天只管喝酒吃肉，晚上只管睡觉打鼾。

在汪伦家里一连住了七天，李白桃花没有赏成，酒却喝了一窖，第八天清早起来坚决要走，汪伦咋说也留不住了，只好陪他走到桃花潭边，踏歌相送，请李白再作一首诗，留给他做个纪念。李白已有七天没作诗了，喉咙里正痒酥酥的，就在心中打了一个腹稿，随后吟出一首七绝来，作为谢礼赠给了汪伦。

离开了汪家坝，李白不想直接就回安陆，他对那儿早已经厌倦了，不光是对那一方土地，而且还有他的家室。十年前他从四川的绵州来到湖北的荆州，落脚在安陆一个姓许的大户人家，许氏的老爷爷名叫许圉师，高宗在位的龙朔年间，他曾做过朝廷的左宰相，许家看中了李白的才华，又见他四处漂泊，居无定所，年龄也有二十五六岁了，半是爱慕，半是怜惜，就把从小熟读诗书的女儿许配给他，叫他做了一个倒插门的女婿。

但是许氏给他生下一儿一女之后，两人就渐渐地有了摩擦，起先是许氏动不动就搬出自己的宰相爷爷，叫李白好好儿向他学习，天天要上进读书，争取上京殿试，考个一官半职，不说是个宰相，当个安陆县的县令也是好的。接着又反对他一年到头在外周游，跟一些乱七八糟的人结交朋友，尤其还有一些青楼女子。李白一听这个就烦得要命，有一回喝了酒后差点儿拔出剑来，是一双儿女扑上去把他抱住，哭着嚷着，求他不要杀了他们的娘。

李白记起襄阳的孟浩然来，想顺路去看望一下这老夫子，跟他在一起喝酒作诗，是李白心里最快乐的时候。走到谷城，夜宿一家客店，想不到他却遇到了自己的侄儿李良，李良是去会稽办事路过这儿，顺便就邀叔叔趁着这大好的春光，跟他一同到会稽去，快快活活地玩个几天，这一趟子的吃喝玩乐都算他的。李白向来经不住这种诱惑，襄阳的孟夫子也不看望了，转身又跟李良去了会稽。这样一来二往，回到安陆已经是三月底了，前脚进门，后脚又收到汪伦托人带来的信，信里还夹着两朵压瘪了的桃花，花瓣都已经干抽了，颜色也不再粉红，带信人说这信在他手里多放了几天，因为他不在家，也就没有交给许氏。

汪伦在信里说，他把那首《赠汪伦》抄了下来，花一两银子请人裱了，挂在供奉祖宗的那间厅堂的主墙上，来了人就请到那儿观赏。

又说他现在已成了汪家坝的名人，万家酒店的杀猪匠店主昨儿还给他送来一挂大肠，想换他的这首诗他没答应，而自从李白把桃花潭写进诗里，坝子后头那个淹死村女的锅底潭，远远近近也都正式叫它桃花潭了。李白看完了信，觉得世上有人这样爱诗，这样爱他李白，虽说脸上长着几颗麻子，心灵却是美好的，至少比杨玉环的白脸哥哥要美得多，这些日子在外落下的浑身疲劳，立马儿消散得一干二净。

不过汪伦的信却给李白惹了麻烦，许氏看见丈夫回来，正要下厨去给他做饭吃，见他手里拿着一封信，那只拿信的手激动得直抖，还从信里抖掉下两朵花来，就疑心这写信寄花的是个妓女。许氏想起以往听人风言风语，说丈夫给一个名叫段九娘的写过情诗，她就饭也不去做了，咬牙切齿地喊着“九娘”的名字，任凭李白分辩说这人姓汪，是个麻脸老男人，却死也不肯相信，说天下哪儿有男人爱男人的。急得李白在包袱里翻找写给汪伦的诗，竟忘了这首诗赠给了汪伦，自己并没留底，再说就是留了底他也说不清白，“桃花潭水深千尺，不及汪伦送我情”，不更像是写给妓女，写给段九娘的吗？正呼哧呼哧地喘着粗气，也活该他要倒霉，从包袱里掉出另一首诗来，许氏从地上捡起一看，诗里写着“携妓东山去，春光半道催。遥看若桃李，双入镜中开”，题目叫“送侄良携二妓赴会稽戏有此赠”，是他在会稽写给侄儿李良的，这一首他倒是留了底子。

许氏的眼里流下两滴泪说：“果不其然！还是两个！一人一个！你们这两人叔叔不是叔叔，侄儿不是侄儿，勾结一起倒是会玩女人哪！”

李白这一下子没话说了，心里怨了汪伦又怨自己，叹了一口气道：“出门在外，交朋结友，人家都去就我一人不去，时间长了人家就会瞧不起我，笑我哪儿还是一个写诗的人！我着实是身不由己，有时无非是逢场作戏罢了，你看我这诗上不是写着‘戏有此赠’吗？”

许氏说：“人家杜子美也是写诗的人，人家比你还小十多岁，人家咋就不这样呢？都说是你们两个的诗写得最好，我看你的诗就不如他，人品更不如他！他又不是没得朋友，他的朋友李梓州约他到船上去嫖妓，他人也去了，诗也写了，可他的诗是咋写的？‘立马千山暮，回舟一水香。使君自有妇，莫学野鸳鸯’。他劝他的朋友莫做坏事！你倒是好，家中有妇，野鸳鸯还是照样的学！”

李白听得一愣，想不到她还读过杜甫的这一首诗，但他仍要嘴硬，讥讽她说：“我晓得你是许丞相的孙女儿，读过不少的诗，可你爷爷那大一把年纪还在外边风流，风流罢了却写诗劝年轻人莫采路边花，写诗的人都是这样，做的一套，写的又是一套，哪像是我，做了就是做了，要写就写真的！你读子美的诗，他那么小心的人，有时候不也说几句实话吗？他们几个在丈八沟跟妓女乘凉，那天晚上还淋了雨，他写的诗你读过没有？‘竹深留客处，荷净纳凉时。公子调冰水，佳人雪藕丝’。还有一首，‘雨来沾席上，风急打船头。越女红裙湿，燕姬翠黛愁’。你听，一个是江南的，一个塞北的，不也是两个？”

许氏气得骂了一声“你这个不要脸的东西”，扔下手里的火钳，呼噜呼噜地吸着鼻子，扭身进到房里，关上房门蒙头睡觉去了。李白本来指望她还跟自己以人论诗，以诗论人，想不到却挨了她一句俗骂，心里凉了半截，觉得这个女人越来越像一个村妇，哪儿还是宰相的孙女儿，跟他心中的卓文君也相差甚远。一个人在屋当中站了一阵子，着实没得意思，肚子又饿，就解下腰上的剑，自己凑到灶台前去，烧火煮了一碗担担面，盐和辣子都忘了放，吃得愁眉苦脸，一边吃一边怀念在汪伦家过的生活，直后悔不该这么早就回来了。

他的一双儿女伯禽和平阳，眼巴巴地盼爹回家，可是爹一回家娘就怄气，两人你一首诗过来，她一首诗过去，念着念着娘的鼻涕眼泪都出来了，大天白日的上床去睡，房门又碰得那么响，不晓得他们到底出了啥事儿。李白望着眼前的一双儿女，不由得心里也一酸说：“阳儿，奴儿，你爹要是做了大官儿，你娘就不会把门碰得砰的一响了！”

伯禽小的时候，说天上的月亮是一张白面饼子，李白笑他比自己小时还笨，就作诗说“小时不识月，呼作白玉盘”，故意给他取个绰号叫明月奴。伯禽问：“爹呀，人为啥一定要当官儿，不当官儿就不能活吗？”

平阳比伯禽要大三岁，自然比弟弟多懂些事，又从小跟在娘的身边，看惯了人情冷暖，世态炎凉，就跟大人一样对伯禽说：“不当官儿活是能活，可是又要种田又要喂猪，吃苦受罪，哪儿能像当官儿的那样活得好，啥事儿不做，成天都有酒喝！”

伯禽说：“爹不当官儿，不照样也有酒喝？”

平阳说：“爹不当官儿，可是爹的朋友当官儿，要不爹也是没酒喝的！”

伯禽赌气道：“往后我长大了就不当官儿，靠当官儿喝酒是不要脸，想喝酒我就自己挣钱，自己去买！”

李白的眼泪流了下来，觉得儿女们在许氏的身边都学俗了，女儿也主张人要当官儿，儿子也会骂不要脸了。不过伯禽最后的一句话，说得他的心里“咚哧”一震，他弯下身子，双手把伯禽搂在了怀里说：“奴儿有志气！爹没挣钱，爹爱喝酒，爹用自己的诗才和名气结交当官儿的朋友，朋友用当官儿的薪俸买酒送给爹喝，所以爹还不是奴儿说的那种不要脸的人！”

在家里勉强住了三天，李白觉得这三天比三年还长，憋得他快要喘不过来气了，满脑壳里成天都是昏沉沉的。想写诗也没得灵感，试着硬写了两首，却像是放牛娃子骑在牛背上念的顺口溜，传出去会叫人笑掉牙齿，一肚子的才气不晓得都到哪儿去了。他怀疑是因为没有喝酒的缘故，回家的这三天里，许氏一滴酒都不许他沾，他自己也没得钱买。心里正难受着，这时汪伦又写信来了，说是万家酒店的店主也想请他写一首诗，给自己的酒店壮壮门面，还说上回没有请他喝酒，着实有些对不起人，等他这回把诗寄去，一定派人给他送来像样的笔润。李白看着这信一会儿苦笑，一会儿冷笑，一会儿放声大笑起来，他笑自己枉读诗书，徒有虚名，到头来只落得用诗去挣一个杀猪匠的笔润，真是荒唐至极！荒唐至极！

过去许氏一提到当官儿，李白就发出一声冷笑，现在这一双小小年纪的儿女也说到当官儿，李白的心里却有些动摇了。他也想给一个人写封信去，那人是荆州大都督府长史兼襄州刺史，又兼山南东道采访处置使，人称韩荆州的韩朝宗，一向在江湖上享有求贤若渴、爱才如命的美誉。很多过去相识的诗友通过他的举荐，已经在朝中当起官来，混得最好的已到了吏部和礼部，知府知县的为数不少，最差的也是县丞典史。为了也能在朝中谋个官儿做，拿到一份像样的俸禄，李白决定委屈一下自己，给那位大名鼎鼎的韩朝宗写一封信，一面不相识的汪伦能够给他写信，他为啥不能给从没见过的韩荆州写信呢？

这天快到撒黑影儿的时候，从上庸来了一个名叫张白的朋友，去襄阳和荆州做腊肉生意，专门绕道安陆来看望李白，顺便把最好的腊肉送他两块。这张白是在多少年前，去长安应试跟李白住过一家客栈，当时还有一个名叫裴春才的，巧的是三个人同一年生，又都喜欢写文章，李白是诗，张白是赋，裴春才是长篇八股公文，一见面就成了文友，合伙住在一间房子里。三个人中论起才华，公认是张白第一，李白第二，裴春才第三，但那一回张李二白双双落榜，裴春才一人却中了进士。以后李白回到四川的绵州，张白回到湖北的上庸，新科进士裴春才被朝廷安置到陕西的商州，当了一个教谕，三人就再也没有见过面了。

张白的家在上庸的仙娥峰下石娥溪边，那年在长安结识李白之后，听说李白自号青莲居士，他就称自己为石溪渔夫。那地方山清水秀，远离尘嚣，从小生在那儿看山吃水的人，就长得清俊秀气，细皮嫩肉。许氏以貌取人，看张白是个白面书生的样子，又是个山里人，见了女人还有些脸红，叫声嫂子脑壳就勾下去了，就觉得这人品行端正，诚实可靠，不像李白的侄儿李良那样，几年前头一回来她家里，看到她这个做婶娘的，两只贼眼也敢在她的身上骨碌乱转。又听丈夫问张白啥时动身到荆州去，去时托他给韩朝宗带一封信，许氏心里就高兴起来，破例让平阳去街上打一斤酒，自己下厨做了一桌好菜，亲热巴巴地招待张白。两人吃饱喝足，当晚李白坐在灯下，当着张白的面，提笔给韩朝宗写了一封六百多字的长信，托付张白到了荆州以后，务必亲自把信送进韩府，要让韩朝宗尽快看到。

李白借酒壮胆，在信中这样写道："敬爱的韩大人哪，我经常听读书人在一起议论说：'生不愿封万户侯，但愿一识韩荆州。'李白我本是陇西的一个穷书生，如今流浪到了您管辖的楚汉一带，十五岁时我已学得一手好剑法，结交了很多地方的官员，三十岁时就能写出一笔好诗文，拜访了不少朝中的大臣，虽说我的个子只有四尺多高，可是我的志向却比别人都大。我希望您为我举行一次盛大的酒会，听听我即兴发表的演说，您要是怀疑我惊世的才华，请再试试我一天写一万字的本事，不信您就站在马的旁边等着，转眼的工夫我就有一篇绝妙的诗文交到您的手里！"

写完了信，李白又念了一遍，说是念给张白听的，其实字字句句是要让许氏晓得。许氏教李白在信的开头再加一段话，说明他是李广将军的后人，武昭皇帝的九世孙，岳父的父亲在高宗时做过左宰相，指不定能够起些作用。李白想起自己过去也曾这样自吹过，别人总不相信，反而还笑话他，这回坚决不再这样地写了，说是写了还得重抄一遍，张白要走，来不及了。许氏顾忌张白坐在旁边直笑，不好意思跟他争辩，瞪他一眼只得作罢。

张白收好了信，笑着叹了一口气说："唉，这些年了，你想当官儿的心还没有死！我可是把那些狗屁官场的事儿都看破了，就是送我一个襄阳知府我也不愿当了！你晓得我们上庸的百姓提起当官儿，他们是咋说的吗？说是人进官场一身臭，不如出门卖腊肉！所以我就出门去卖腊肉了，我还写了一篇《上庸好腊肉赋》，下回我来带给你看看！"

许氏听着满脸不是颜色，李白瞟她一眼，又看张白一眼，也无奈地叹口气说："我这也是身不由己呀，就像是蛆，有人要把我往屎堆里扔，明晓得臭，还得使劲儿地往里头拱！有时候我半夜醒过来，摸着自己的脸都是滚烫的，天亮一下地，又想不得那么多了！"

荆 州 府

送走张白，李白就开始等着，但这封激情燃烧的长信却像是一片落叶，被一阵轻风无情地卷进那个淹死村女的桃花潭里，连一个水泡儿也没有冒起。张白自从走后再也没得一丝音讯。李白猜测张白受了他的委托，那件事儿没有办好，不好意思再跟他往来，心想这人也太诚实，帮他把信送到也就是了，人家没有回话哪儿怨得着你呢，难怪分手后的这些年里，他混得比自己还糟，娶个老婆连许氏也不如，成天逼着他要吃要喝，没法子只好在村里村外收些腊肉，运到远处去卖，挣点儿小钱养家糊口，却爱面子说是不愿当官儿。

许氏偏生不这么想，一口咬定说：“这个骗子，骗吃骗喝，长的都是一个骗人的相，叫人看着像老实人！你那封信，八成是他拿去改成他的名字，李改成张，陇改成楚，送给韩荆州，指不定现在他的官儿都当上了，还把你蒙在鼓里！”

李白说：“你真是胡说八道，从来人都说是张冠李戴，没人说是李冠张戴，他哪会为了当官儿，把我的名字改成他的！你骂他骗吃骗喝，他才喝了你几盅子酒？吃了你几筷子菜？他送你那大两块腊肉，比你的这些东西要贵得多！”

许氏见他胳膊拐子朝外，帮着别人说话，气得索性连他一起骂道：“你们这些名字叫白的，没得一个好货，管他姓张姓李，都他娘的扯白撩谎，白占便宜，死皮赖脸住在别人家里，只会喝酒，只会吹牛，只会摆龙门阵！”

这些话像刀子一样，直往李白心里面剜，骂得他的脸上一阵一阵发烧。摆龙门阵是四川人的土语，南方叫聊大天，北方叫白话儿，上庸却叫讲古今儿，又叫拍经，许氏又骂死皮赖脸，住在她家，这些话分明不是骂张白，而是骂他李白的，满肚子怨气已经转移到了他的身上，骂他这个倒插门给许家做女婿的四川人，白白占了她家的房屋家产。李白听不下去，好几回想起身拔剑，把她一剑杀了，但是想到平阳和伯禽，就又咬牙忍着，恨这女人越过越粗俗势利，虽说是出身相门，读了几句诗书，骨子里却只配跟鸡鸭猪狗为伍，一方面不要他在外边漂游浪荡，一方面却用恶言恶语把他往外边赶。

他决心趁着这个机会，再到外边去混些日子，混到过年回来才好。这回他首先去一趟荆州，想办法亲自跟韩朝宗见上一面，防止这位荆州大都督府的长史大人没有认真读自己的信，当面再跟他谈谈信上的意思。

李白忍着火头，厚着脸皮，把这想法对许氏说了，许氏脾气这才勉强好了一些，给他拿出一点儿盘缠，叫他要去快去，早去早回。李白背上包袱，挎上长剑，来到荆州城里，选一家靠近府衙的客栈住下。睡过一夜，第二天清早起来，饭也没有顾得上吃，就急着奔往韩朝宗的府上。见到在韩府看家的门子，李白自报家门，说他是陇西布衣李白，不久以前给韩大人写过一封信，托一个姓张的朋友送到这儿，韩大人一定还想得起来，劳驾他转告韩大人一声。

那个门子满脸是笑，一双眼睛在李白的身上骨碌碌转。李白的腰上挎着一把长剑，肩上背着一个包袱，跟他身上的衣衫一样是白布做的，里面装着许氏给他的散碎银子，他怕放在客店被人偷了，就随身带着它。李白把包袱从肩上摘下来，弯腰放在地上，门子指望他要从包袱里取出见面礼，递到自己手里，可是眼巴巴地等了好一阵子，发现李白并没有那个意思，脸上就猛地一下子变了颜色。

门子说："韩大人想不想得起你来我不晓得，我倒是好像想起来了，前些时来了一个姓张的人，请我转交给韩大人一封信，那个姓张的比你懂事儿，见面还晓得一些规矩，我倒是替他转交了韩大人，后来听韩大人说，是一个从安陆来的矮子给他写信，吹牛说是认得好多当官儿的。韩大人看了信直冷笑，说你认得那么多的官儿，为啥不早来认一认我呢？说你既然认得那么多的官儿，为啥还要给我写信呢？韩大人说你怕他嫌你是个矮子，就吹牛说是人矮心大，一天能写一万字的文章，还会剑术，他说写诗的人本来是文疯子，手里再拿把剑，那不又成武疯子了吗？说像你这样文疯武疯加在一起的疯子，最好给他滚远一些，不然你哪天发起疯来，舞着舞着一剑就把他的脑壳给舞没了！韩大人嘱咐我们要把门把好，说等那个矮子哪天来求见韩荆州时，就说韩荆州日理万机，没得工夫为你举行酒会，也没得工夫听你吹牛，看你写的狗屎诗文！韩大人说管你写的是诗还是屎，他都没得工夫看！他说你但愿一识韩荆州，可惜韩荆州不愿一识你，你还是去当你的万户侯吧！”

李白的脸上红了又白，白了又红，这门子的个头儿也不够五尺高，却把他一口一个矮子，又把他的诗说成是屎，他的一张白脸就气成了青色。心想真是有啥样的主子，就有啥样的奴才，这个沽名钓誉的韩荆州，原来也是个狗眼看人低的，比杨国忠和高力士更加可恨，那些说“但愿一识韩荆州”的文人士子，肯定都是花钱买到了好处，才会那么卖命地歌颂他。想起多年前在京城殿试蒙受的奇耻大辱，李白又一回感到后悔，他只想拔出剑来，一剑剁了自己那只写信的贱手。

走出韩府大门，李白直想找个地方出一出气，回去的路上经过一家酒店，他就进去坐下，刚开口点了酒菜，猛地一下子发觉腰上的长剑还在，肩上的包袱却没有了，慌得起身就往巷子里走，身后的伙计端了一大盘酒菜上来，一看人不见了，纵身追出门去，朝着他的后背破口大骂，骂他穷得卵子打板凳叮当响，还想来过下馆子的瘾。站在巷子里嗑瓜子的女人听得嘻嘻地笑，把瓜子壳儿往李白的身上扔。

李白觉得自己理亏，只好忍着，快步逃过这条巷子。这样又气又饿，回到客店以后才慢慢儿回忆起来，那个包袱是掉在韩府的门子那儿了，想回头去拿，又不愿再见到那张比狗还要难看的嘴脸，还怕门子死不认账，反而说出更加恶毒的话来伤他，就咬牙认了，心里后悔得不行。亏得住店的钱他昨儿晚上已经交足，截至明儿还有多的，他就打算提前离开这儿，再去商州，看望早年一道去长安殿试的裴春才。

这一夜反而睡得很踏实，第二天一大早起来，李白跟账房结清了房钱，把多余的钱数取回来，留作去商州的路上好花。好在商州离荆州不算太近，也不算很远，乘坐马车只要一天多的工夫，李白想去在商州做教谕的裴春才那儿，两人见上一面，玩上两天，走时再借几两银子做去襄阳的路费。上一回他本要去襄阳看望孟浩然的，路上遇见侄儿李良，才转而跟他去了会稽，回家惹了那大一场麻烦，这一回他哪儿也不再去了，就去看看这个“红颜弃轩冕，白首卧松云”的孟老夫子。

李白乘坐马车来到商州，一下车就直奔州府去见裴教谕，把门的把他拦在外边，说是商州的教谕姓赚，而不姓赔。李白看一眼这门子的脸色，联想起韩朝宗府上的那个门子来，两人连长相都差不多，心想全天下给人看门的人，莫不是都长得一个狗样？心里又一惊，觉得这下子可坏了事儿，多少年不通音信，连这老兄没在商州做教谕了也不晓得，嘴里只是苦笑，说是你这个裴春才呀，啥时赔了也不跟我言传一声，要赔就早赔，为啥赶在春上才赔呢？门子见这人有些疯疯癫癫，还大声喊着太守的名字，看他穿一身白布衫子，像个乡下秀才模样，又怀疑是来递状纸的，就赶他快走，吓唬他说：“你这个疯秀才，你再叫嚷太守的名字，太守就派人把你一绳子捆起来！”

李白这才晓得，原来裴春才做了商州的太守，怪不得刚才打听裴教谕，门子把他抢白一顿。陡然间李白又欢喜起来，接着却又一想，新上任的裴太守指不定又是一个韩荆州，要是再让门子说些日理万机之类的鬼话，只怕他会拔剑剁去自己的腿了！这么一反一正地想着，在州府门前一趟走过来，一趟走过去，又担心门子真的会叫了人来捆他，就转回旁边一条街上，重新再想后边的主意。一时又想不出来，恍惚听到哪儿有哼哼唧唧的声音，奇怪这是当官的出没的地方，哪儿还有猪叫，前后左右看了一阵，觉出这哼唧声是从自己的肚子里发出来的，原来他是饿了。

想起自己在马车上颠簸了半天，下车还没顾上吃东西，李白的眼睛就开始四处找馆子了。他见路侧几丈远处竖着一只铁皮炉子，炉子里头炭火通红，上边四周摆着一圈儿金黄亮色的烧饼，一个老头儿用手在那儿不断地翻动，嘴里喊着卖烧饼啊，卖烧饼啊。李白闻到香气忍不住了，走过去挑一个大个儿的买下来，一手把白布衫子往上搂着，找个背风的地方儿蹲下，一手捏着烧饼大嚼。正嚼得香，陡然瞅见脚前有个人影子，朝着他这边一伸一缩的，分明是有人在好奇地参观着他，扭脸往上一望，那人竟“啊”的一声叫道：“果不其然是太白兄，我就觉得这人有些像你呢，哪儿会想到真的是你！你是啥时候来的这儿，咋要蹲在路边吃这个东西？”

李白也认出裴春才来，比上回在京城殿试时白胖了些，大体轮廓却没有变，不由得哈哈地笑着，满嘴的烧饼渣子直往下掉，又往上望着他脑壳上的乌纱帽说：“我原本就是来找你的，听说你当了商州的太守，怕你也跟韩朝宗一样不搭理我，就改变主意不想再去打扰你了，可是我这肚子不争气，饿得像猪一样地叫，买个烧饼还没吃到一半，咋就恰巧被你看见了呢？”

裴春才一把夺下他手里的烧饼，扔在路边的草地上，抓住他的两只黑手大步往前走道：“快跟我到家去洗一个脸，看你鼻子尖儿上都是糊渣子，你哪儿会饿成这个样子，要是有人认出你是李白，这一条大街还不给堵死了哇！”

李白扭回脸去，望着草地上的烧饼有些舍不得道：“不会像你说得那样吧？世人眼中只有太守，哪儿还有李白！”

裴春才说：“你莫要小看了商州的人，三岁小娃子都会背诵你的‘床前明月光’呢！”

李白被他拉着一路急行，两人回到州府大门，门子老远看见那个被他赶走的疯秀才，跟太守大人手牵着手又回来了，吓得身子乱抖，裤裆那儿眼看着湿了一块，望着李白屁股直撅，李白伸手在他脑壳顶上摸了摸，也不怪他，随着裴春才绕过正面的官署，从庭院一侧来到太守私宅。裴春才请他进去，掩上了门，叫家人打盆热水来给他洗一个脸，又沏上一杯好茶。

他草草地洗了把脸，见裴春才虽说当了太守，对自己还跟当年一样，就又随便起来，说是洗尘应该用酒才对，茶只喝了一口，也说不如酒的味道，又喊着肚子饿了，要裴春才为他摆酒接风。裴春才就又吩咐家人，在后花园的一张石桌子上，摆上好酒好菜，两个人面对面地坐下，一边喝酒一边说话。裴春才说了自己怎样当上的商州太守，李白也说了自己怎样去找的韩荆州，韩府的门子又对他说了一些啥话，说完一会儿长叹，一会儿大笑，一会儿连饮几杯，随口念出一首诗来，然后拔剑起舞。

裴春才正鼓着掌，陡然又一笑说："怪不得韩朝宗说你是文疯子加武疯子，担心你喝醉了酒舞刀弄剑，把他的脑壳给削了，你这样子真的是有些怕人呢！"

舞了一阵子剑，李白又坐下来接着喝酒。一直喝到天上撒黑影儿，溜到桌子底下起不来了，又吐得满地都是。裴春才叫随从送他回到府里，把上回韩朝宗住过一夜的客房打开，扶他进去睡下，亲手给他脱了身上的白布衫子，又在床前放上一只铜盆，防备他睡到半夜又吐，一切安置妥帖，然后才回自己家去。

自从那年长安殿试李白落榜，裴春才一直为他鸣着不平，总是盼着他下回能够考中，只有当官以后两人才会有见面的机会。但他听人说了，李白赌咒发誓，这一辈子永不再考，裴春才就又暗中叹息，担心他们这辈子再也见不上了。却没想到这个四处游荡的李白，猛地一下子到了商州，到了他的面前，他心中的高兴简直不小于刚做太守的时候。商州与荆州隔山相望，算是毗邻，荆州大督都府长史韩朝宗去年秋天来到商州，那是比他要高两级的大官儿，他也只是以礼相迎，以礼相送，前后只设过两回酒宴。

但是今春自从李白到来，他却天天陪他喝酒，陪他作诗，又把自己感到得意的旧诗念给他听，请他评点，这样差不多每天都玩到深夜，回到家里仍是睡不着觉，又怀疑自己莫不是在做梦。

商 州 城

几天时间风一般地过去，李白说走就要走了，说他身上带的盘缠都丢在了韩府那个可恶的门子那儿，要裴春才借他几两银子，回到安陆秋后就还。裴春才大笑着，叫手下人把包袱拿来，打开给李白看了，里头的银子足有一百多两，原来早就准备好了。李白看见这个白布包袱猛地一愣，裴春才又大笑说：“这个包袱可不是你丢在韩府的，这个包袱是我送给你的，你要想秋后跟我算账，趁早你就莫拿走了！”

李白就不再说秋后的话，但他从中拿了一多半出来，放在桌子上说：“这回我要去的地方儿，是一个跟你们商州一样的古国，要跨过武关，涉过丹水，又翻山又越岭的，路上有喝酒住店的钱就够了，带这么多，那不成了为物所累？”

裴春才一听说古国，又听说武关丹水，立马儿心里就有底了，笑对他说：“我晓得了，你要去楚长城那边的上庸！”

李白也笑了说：“你猜对了，我早听说上庸那个地方儿了，两千年前商州还是商国，上庸也是庸国，后来这两个国家都被楚国所灭，命运是差不多的，既然我已到了商州，上庸不去倒是不公平了。上庸县城的东边听说有一座人形的山峰，名字叫作仙娥峰，霓裳飘起，又像一面展开的旗子，旗子上有一块五色石，厚五尺六寸，宽一丈二尺，方方正正的像一本书，叫人称奇的是这本书放在仙女的裙子上，裙子又穿在仙女的身上，而书上却有一对仙女本人的脚印，也不晓得是咋踩上去的。仙女脚下有一个洞，名字叫作锣鼓洞，洞口里面有一条溪，名字叫作石娥溪，溪水冲击在石壁上，壁上的影子像是仙女跳舞，发出的声音又像敲锣打鼓，你说是奇不奇怪？值不值得一看？”

裴春才皱着眉头说：“商州离上庸这么近，你说的那个仙娥峰我都没有听说过，你说的那条石娥溪我也没有听说过，那山再高也高不过泰山，那溪再美也美不过西湖吧，你去看楚长城是值得的，去看石娥溪就不值得了，你没去过的名山名水多的是，为啥一定要去看那个小山包子，去看那条小水沟子呢？”

李白笑道：“嘿，所谓的名山名水，不是帝王去过那儿，就是帝王的老婆生在那儿，你所说的泰山也好，西湖也好，出名也都是出在那儿。世人仰慕皇帝，凡是皇帝说好的地方儿，讨米叫花也想去看一看，一看并不咋好，宁可认为自己眼睛不好，也不敢说那儿山水不好，再有几个故弄玄虚的马屁文人，左看右看，上看下看，瞪着眼睛使着劲儿地看，借着清风明月，古树新竹，总算看出了几分姿色，就摇头晃脑，吟诗作文，把它夸得天下无比，举世无双。而这座仙娥峰，这条石娥溪，既没得梁父去那儿封禅，也没得西施在那里浣纱，完全是当地的砍柴人、庄稼汉、放牛娃看着它美，口口相传，这就像是长在深山的秀丽女子，身上没得皇上御赐的凤冠霞帔，脸上没得后宫专用的胭脂粉黛，从头到脚是天然生成，默不作声，所以在我心里，泰山和西湖是不能跟石娥溪相比的！”

裴春才想了想说：“说得好，说得好哇！”

李白就更来了劲儿说：“还有，我之所以要去那儿看看，另一个意思是听说那个仙娥峰的前世是个仙女，因为老是偷酒喝，又老是喝醉，一醉就当着众仙的面撒尿，玉皇大帝嫌她没个女子的样儿，把她贬下凡间变成了这座山。我就觉得她是我的红颜知己，它是被谪的仙女，我是被谪的仙人，我俩都爱喝酒，这回我要去跟她同饮一杯！”

裴春才受了他的激情感染，不觉脸上露出了羡慕说：“其实我哪有不想出去看看山水，散散心的，只是前些年在府里干着文职，一没得权，二没得钱，还整天被人管着，放一个屁都不自由，后来倒是当了太守，权也有了，钱也有了，不被人管了，却要管人，能自由地放个屁了，可惜又没得时间放了！”

李白望着他笑道：“当了太守，你还会敢说放屁的话！敢说放屁的都是性情中人，率真直爽，有话就说，不像那些头天夜里当了破官儿，第二天一早就板出一张死脸，说出话来这个那个，这么那么的！但他越是冠冕堂皇，越是不及放屁，屁放得响还能声震四野，满座皆惊，捂的捂鼻，挥的挥手，撤的撤退，逃的逃跑，要是有人正好在酒席上放出一个大响屁来，那一下才热闹了呢，可要是有人坐在那儿满嘴废话，又有哪个人去理他？”

裴春才笑了一下，有点儿发苦，还没笑完又缩回去说：“你又借题发挥了！官场都是这样，从上到下，积习难改呀，幸亏你不在官场，不然光听废话就听死了！好了好了，我们不说这个了，我们还是说游山玩水的事儿吧。”

李白缓了一口气说：“我喜欢人说实话，我也对你说实话吧，这回我去上庸，游山玩水倒还是其次，你说得对，天下名山大川多的是，一条小小的石娥溪哪里排得上来，我主要是想去看一个人啊。”

裴春才笑了说：“这样就合乎情理了！我就在想，那儿除了仙娥峰外，莫不是还有一个仙女样的红颜知己？”

李白正经道：“你看你看，落了俗套是吧？去找知己倒是真的，但他不是红颜，指不定这回见面，他的那张脸都熏成腊肉色了！你还记不记得那年在长安时，我们住一间房的还有一个人？”

裴春才叫起来说：“还有一个张白！要说才华，你们两个都在我之上，只不过我的运气好，又会做八股文章，结果你们落了第，就我一人瞎猫碰上了死老鼠，说起来真是惭愧！那年他说你叫青莲居士，他叫石溪渔夫，还给我也取了个号，因为难听我没有要，我咋会忘了他？”

李白说：“是，你没忘他，可你忘了他是上庸的人，那座仙娥峰就在他家的屋左，那条石娥溪就在他家的屋右，要不他为啥号称石溪渔夫呢？前些日子他去襄阳和荆州做腊肉生意，还专门到安陆去看望过我，我写给韩朝宗的信就是托他带过去的，韩朝宗狗眼看人不搭理我，这跟他没得半点儿关系，他的这份人情我还没有还呢！”

裴春才说：“经你这么一说，我就是不去也得去了，要不然一个罪名安在我的身上，说我当了官儿不认朋友，叫我跳进黄河洗不清！这回既然你去，我就下个决心，趁这机会陪你走一趟吧！”

李白拍着手说：“这才叫好！不过你是太守，我是布衣，不应该说你陪我，应该说我陪你才对！另外我还得为你着想，我是一个浪荡惯了的野人，而你这做太守的丢下政务去交朋结友，叫你的政敌捏住把柄，上奏玄宗皇帝，把你脑壳上的乌纱帽给弄丢了，你可莫哭着要我赔啊！”

裴春才笑着在他肩上拍了拍说：“天下人都说李白清高潇洒，想不到清高潇洒的李白，今儿也会说出这样庸俗的话来！”

李白指着裴春才送他的银子说：“啥叫清高，啥叫潇洒，那都是在诗里，像我这样不会种地喂猪，也不会做腊肉生意的人，还顿顿都爱喝一口酒，不是家里有点儿底子，自己卖几个药丸子，你们这些当官儿的朋友又给我一些资助，恐怕我早就饿死在马路上了，哪儿还作得出一句诗来！这个道理我不是不晓得的，只不过埋在心里不能说，打死我也不能说哇！有时候无非是故作姿态，笑傲江湖，自己也说仰天大笑出门去，别人也说天子呼来不上船，其实这都是自欺欺人，真要像你说得那样，我咋又会厚着脸皮去给那个姓韩的写信，也想混个官儿来当一当呢？连我几岁的儿女都对我说，要想喝酒就得当官儿，自己不是官儿做朋友的也得是官儿！裴使君啊，你是我最好的朋友，别人都是酒后吐真言，而我李白喝了酒只会作吹牛诗，酒醒过来说的才是真话呀！”

裴春才听他这样说着，眼睛已经有些红了，心里感动万分，差点儿也要流泪，手从李白的肩上滑了下来，就势拉着他的手说：“人生难得一个知己，更难听到一句真话，提起你给韩朝宗写信，说啥‘生不愿当万户侯，但愿一识韩荆州’，我倒想把后一句给改了，改作‘生不愿当万户侯，愿与李白一日游’！跟你同游一回石娥溪，看你触景生情，情来赋诗，为我裴某留下千古名句，莫说是这个小小的乌纱帽，它就是一顶皇冠，丢了也是值得的啊！”

李白紧紧握住他的手说：“使君言重了，就凭着天天有酒给我喝，乌纱帽也是莫丢的好，去年有人开我玩笑，送了我一顶纸做的乌纱帽，我还试着在脑壳上戴了一会儿，想照照镜子没有照成，就让一群小娃儿看合不合适，娃儿们都说是合适得很，我就做了一首乌纱帽歌，说是‘领得乌纱帽，全胜白接篱，山人不照镜，稚子道相宜’。说到天上掉在地上，乌纱帽还是个好东西啊！”

跟李白的几天欢聚，让裴春才又回到诗人的浪漫情怀，说起这回要去上庸，一路上需要带哪些人，裴春才说：“要想玩儿得尽兴，那就只要我们两人就行了，最多还带一个书童，给我们背些吃用的东西。

到了那儿以后，再把张白叫上，悄悄儿地经过上庸县城，不用惊动那个姓黄的知县。”

李白不解道：“那又何必，上庸虽说不归商州管辖，但是你的官儿比他大，叫他好好地给我们准备一桌酒席才对，不喝白不喝！”

裴春才说：“你不晓得，上庸那个姓黄的知县我没见过，但他臭名远扬，我在当教谕时就听人说了，说这人对上马屁拍得叭叭地响，对下棒子抡得呜呜地叫，早些年还在韩朝宗以前，荆州大都督府长史关大人要去上庸查访，他提前得到了消息，就急着搜刮民财，动用库银，调集工匠，大兴土木，在一座名叫彪湖的树林子里建造了一个避暑山庄，关大人到了上庸，只在那儿住了三天，以后就废弃不用了。为了叫关大人觉得上庸比荆州还好，他还叫典史派人把县城里的叫花子都抓起来，一人发一个半斤面的锅盔馍，用车马运到我们商州，教他们用商州的口音说话。上庸的老百姓有的咒他快死，有的盼他升官，因为一升官就好滚蛋，眼不见心不烦，百姓就有好日子过了。还听说有一个姓马的民女，在十字街遇见这个姓黄的，叭地扇了他一个大耳巴子呢！像这样卑鄙龌龊的狗官，提起他来我就想犯呕，我哪儿还想见他！”

李白说：“既然这样，到了上庸，我们就自己去买酒喝！”

两人统一了思想，决定一不坐轿，二不骑马，裴春才派人从市上买来两头驴子，他跟李白一人一头，两人共享一个书童。穿戴他也仿着李白的模式，头上一顶万字纱巾，身上一领紫布长衫，腰间一把红缨佩剑，脚下一双褐底麻鞋，两人骑在驴子背上，一高一矮，一胖一瘦，驴子屁股后头跟着一个背包袱的童子，不管远看还是近瞅，都像是一对赶考归来结伴而行的举子。

有了裴使君作陪，李白感到这是一趟空前愉快的旅行，一路上嘴里不失闲地说说笑笑，走一走又歇一歇。越过武关，渡过丹水，前头的山路变得越来越窄，两头驴子不能并行，李白又不想跟裴春才停下说话，想起张果老来，就转一个身子，屁股朝前脑壳朝后，倒骑在驴子背上，把手里的缰绳交给书童，要他在前头负责领路，这样自己就又能看到后边的裴春才了。裴春才又惊又骇，哭笑不得道："哎呀我的太白兄，我俩都是三十老几的人了，你咋还这样长不大呢？这要是从驴子背上一脑壳栽下去，那可是不得了的不得了哇！"

李白在驴子背上坐直了身子，还故意把两只胳膊抱起来说："长那么大做啥？猪长大了就该挨刀，牛长大了就该挨鞭，人长大了一脸的作古正经，面目可憎，就该挨打，我这辈子就是长不大，也不想长大！你不晓得这倒骑驴子是多么地舒服，难怪张果老要倒骑驴子，神仙们都是会享福的，不信等会儿你也倒骑着试试看！"

裴春才哪儿敢试，就在后边听他一路作诗，把天空云彩、山水土石、竹木花草以及路上见到的鸟兽行人都作进诗里。听到某个绝妙的句子，就情不自禁地喝起彩来，有一回还想鼓掌，忘了手里握着驴子的缰绳，双手一松，身子一晃，差点儿一脑壳栽了下来，慌忙趴倒在驴子背上，冷汗直往外冒。李白以为他是听着诗好，做倾倒状，越发作得起劲儿，一首接着一首。但他毕竟是张口就来，有些句子也相当地糟糕，韵脚都没押住，连顺口溜也不如。裴春才仗着知己，竟敢如实地指出哪儿不好，李白就点头承认，重新再作。三人不觉来到上庸县城，进了东门，街面宽得可以并行五头驴子，李白一路上已经倒骑惯了，懒得折腾，仍是这样屁股朝前脑壳朝后地骑在驴子背上，引得一街两巷的人都来观看，指指点点地蒙着嘴笑。

裴春才跟在李白的身后，被人指点得脸都红了，幸好这时天上已在撒黑影儿，上庸城里的大红灯笼都亮了起来，照得人的脸上都是一样红红的颜色。穿过东城门洞子往前看去，眼前的十字街头竖着一竿黄底红字的酒旗，裴春才恨不得立马儿进到店里，催书童在前头走快一些，先去酒店抢占一张桌子，吃些酒饭早点儿找处安歇。过了城门洞子，来到酒店门前，李白从驴子背上一滚而下，喉咙里已经伸出一只酒杯，正要进去开怀畅饮，陡然听到街对面有人尖声地吆喝着：“芝麻火烧啊！香喷喷、黄亮亮、脆崩崩、酥落落的芝麻火烧啊！”

李白循着声音看去，见街对面站着个二十多岁的小女人，头上挽着一个发髻，面前摆着一只生铁铸的火盆，火盆里架着木炭，烧得红彤彤的，木炭底下是一堆红灰，圆乎乎地像座土坟，一股香气随着火光弥漫开来，直扑他的鼻子。李白忍不住走到近前一看，那堆炭火周围，火盆边上，靠着一圈儿十几个烤黄的饼子，立马儿就想起在商州府门前吃过的烧饼了，就问那小女人道：“我是从商州来的，刚刚吃过这东西，明明是烧饼，为啥要喊作芝麻火烧？”

小女人见来人穿着一件紫布衫儿，文绉绉的像个秀才模样，说话是外乡口音，个子又小，脸皮也白，就拦住他宣传自己的芝麻火烧道：“亏你还是个读书人，读书读得眼睛都没得水了，就没看见我们上庸的饼子跟商州的饼子不一样吗？商州的饼子只有面，我们上庸的饼子除了面还有一层芝麻，吃起来味道可是不一样的，不信你尝一口，好吃你就给钱，不好吃我文钱不要你的，只当你吃到狗肚子去了！”

李白觉得这小女人长得好看，说话也好听，就是听不大懂，叽里呱啦全是上庸方言。但那靠在红火灰边的芝麻火烧，实在是香得很，喉咙里的酒杯就换成了口水，“咕儿咕儿”地往下咽着。他随手拿起一个大的，拍掉炭灰，刚要掰下一块喂进嘴里，却烫得他一撒手，芝麻火烧猛地一下子掉在火盆上，打得炭火星子四处乱飞。慌得他双手扑打落在布衫上的火星，身子直往后退。小女人一边嘻嘻地笑，一边用手帮他扑打，又拿火钳从红火灰边重新夹出一个，在火盆沿上拍净了灰，撕张草纸包好了，递到他的手里。

李白大口嚼着有芝麻的烧饼，细细品尝它的味道，果不其然，比在商州买的那个烧饼还要好吃。听到背后的小女人秀才秀才地叫，腾不出嘴巴说话，转过身去对她摇一摇手，表示多的钱也不要了，仓仓皇皇赶上书童，进到店里。裴春才已经抢先进去，占下一张桌子，正隔着店门对书童挤眼皱眉，用手指一指李白的手，又指一指自己的嘴。书童就晓得了他的意思，悄悄儿扯了一把李白的衫子说："李大人，太守大人叫你莫吃这个东西了，这就进去喝酒吃饭了呢！"

李白把嘴里嚼着的咽了下去，又从芝麻火烧上掰下一块说："你莫叫我大人，我是个矮子，裴太守一表人才，他才是个大人！也莫劝我不吃这个东西，这个东西好吃得很，我在你们商州买的那个还没吃上几口，就叫你们裴太守夺走扔了，真没想到，上庸的芝麻火烧比商州的烧饼还好要吃！"

那小女人每天在东门上卖芝麻火烧，练得嗓子也亮，耳朵也尖，听他们两人一口一个"太守"，眨巴着眼睛发了一阵子愣，猛地一下子大声叫了起来："哈了哇，你们快来看哪，有一个倒骑驴子的秀才，他花钱买我的芝麻火烧吃，还有一个说是太守，也骑一头驴子，将才进到酒店里头去了！太守是个好大的官儿？是他太太成天守着他吗？成天要人守着的肯定官儿不小，比黄知县还要大吧？这个太守也是隔孤零丁的，怪物弄神儿，他出门咋不坐轿，他咋要骑驴子呀？"

小女人的喊叫声像山歌一样清脆悦耳，一街二巷的行人闻声都跑过来，堵在酒店的门口，抢着看坐在店里的裴春才。其中有个白胡苍须的瘦老爷子，手里拄着一根紫竹棍儿，瓢着一张牙齿掉光的瘪嘴，眼屎巴眨地瞅够了他们，拿肘拐子碰着身边一个年轻的后生，喉咙里颤着一口痰说："还不快去通报黄知县，就说城里来了一个微服私访的太守，黄知县赶明儿就得赏你银子！我老汉要是回去个三二十年，腿脚灵便，我早就去通报了，得了银子吃酸辣子焖童子鸡，这好的事儿哪儿还轮得上你，你就是打起灯笼也找不到的！"

年轻后生被瘦老爷子提醒，一双手像是鸭子划水，使劲儿扒开两边的人群，打飞脚地朝着县署衙门方向跑去。这里李白嘴里嚼着芝麻烧饼，跟着书童从人群中挤进酒店，坐在裴春才的对面，向老板娘要杯清茶，边嚼边喝，嚼完又顺便漱漱满嘴的烧饼渣子。一杯茶还没有喝完，李白感到肚子下边有些下坠，对裴春才说声出去解一个手，起身去找茅厕，书童要陪他去他也不让。

不料等他一个手解罢回到酒店，裴春才和书童还有门前拴的两头驴子，统统都不见了，问坐在邻桌喝酒的人，说是他刚一离开，就跑进来一拨子衙门里当差人，围住他的那个伙计直叫太守大人，说是上庸黄知县专门派他们来，要请他到县署里去，他那伙计招架不住，手里的筷子都掉在地上，人就被他们一窝蜂地拥走了。

李白一听就能猜到，指定是那个姓黄的知县听人报信，说是城里来了一个太守，正在东城门内的小酒馆里点酒点菜，黄知县就立马儿派人，来把裴春才给请走了，看见裴春才身边坐着一个书童，门口拴着两头驴子，也都一道请了去，却不晓得还有一个人肚子下坠，正蹲在外边的茅厕里巴屎。李白庆幸自己喜得离开，不然也会被他们拉走，这时正跟那个卑鄙龌龊的恶吏一桌喝酒呢。他在心里感谢自己的那一泡屎，不早不晚来得正是时候，心里就高兴着，巴不得今晚一个人留在这儿，没得人来打扰，正好喝个自在。

门外的东大街上，裴春才被一拨子差人前呼后拥着，两条腿子已经不听他的使唤，一路走一路不断地扭过脸去，大声地喊："李白！

李白！”

牵驴子的差人说：“裴大人莫要耍笑我们，您的驴子明明是黑的，咋是白的呢？裴大人喜欢白的，赶明儿叫黄知县给你牵匹白马来骑好了！”

裴春才又喊：“太白兄！太白兄！”

差人又说：“太白了也不好，太白了不耐脏的！”

东　城　门

李白独自一人喝完了桌上的一壶酒，高声喊叫老板娘，给他再上一壶。老板娘过了一阵子才上酒来，心里打鼓，脸上却做出笑说：“你这个秀才，县太爷派人来请你的伙计，连驴子都牵走了，倒把你一个大活人丢在这儿，也怪你一身的烧饼渣子，落屎乱散的，让人瞅不上眼儿，连我都替你受窝憋呢，你的伙计要是不回来了，我看你咋个弄法？”

李白听这老板娘说话，跟卖芝麻烧饼的小女人一样，只能听个半懂，却猜得出“落屎乱散”是说他脏，“咋个弄法”是说他不好办，分明是怕裴春才一去不回，没人付她酒钱。就一笑道：“你只管炒你的菜，做你的饭，替我受个啥的窝憋？你只管放心，不等我这壶酒喝完，就会有人来请我的，到时就叫他付你的银子！”

老板娘半信半疑，还是不肯放心离开，搬把椅子坐在他的旁边，不远不近地守着他吃，三不知儿地看一眼他靠在椅子上的那把剑，心里划算着这个东西的价格。果不其然，过不一会儿，只听得门外闹腾起来，又一拨子衙门里的差人拥进店里，进门就四处打量，问哪位是李大诗人。李白坐在那儿只顾得喝酒，理都不理他们，邻桌有人用嘴往他一努，那帮子差人就扑了过来，夺的夺酒杯，抢的抢筷子，嘴里喊叫着黄知县有请，拽起他来就走。

酒店的老板娘眼尖腿快，“嗖”的一下冲到差人跟前，猛地一下子把靠在椅边的剑抓在手里，吓了那帮差人一跳，放开李白，身子直往后退着。老板娘却伸出一只手说：“刚才这人说了，哪个来请他走，哪个就给我的酒钱！”

差人们乐得大笑，领头的一个从身上摸出一两银子，一手板在桌上，一手夺过剑来，挥手叫大家带着李白快走，黄知县在那头急等着呢。老板娘把银子抓在手里，咬了一口，见是真的，脸上立马儿就笑开了花，回想刚才那帮子差人对李白的称法，请教坐在邻桌喝酒的人说：“他们喊他李大诗人，这是个啥意思嘛？”

一个人摇了摇脑壳，另一个人说：“可能他的名字叫李大，在家是个长子，诗人是他的官职，这官儿比太守要小一点儿，比知县又大一点儿。”

摇脑壳的那个人就佩服道：“是的是的，要不为啥黄知县急吼吼地派人来请他？黄知县可是个会舔沟子的人！”

还有一个人的看法却不同：“我看诗人相当于一个保镖，跟在那个太守一道，你看他行走腰上还背着一把剑！”

三个人就红着脸争论起来，各抒己见，闹得不可开交，说诗人是官儿的那个人把桌子一拍，说诗人是保镖的那个人也把袖子一挽，两个人先后都站起身子，各自抓了一只酒壶在手里，互相慢慢儿地往拢靠近。同意诗人是官儿的一个人眼看形势不对，赶紧起身挡在那两个人中间，嘴里只说算了算了。老板娘觉得这事儿是她撩起来的，就赶过去，一人屁股上拍了一巴掌说：“你们真是没得尿事儿干，管他李大是湿人还是干人，喝酒，喝酒！”

一拨子差人拥着李白穿街过巷，来到县署大堂，黄知县早在大堂门口等着，见了李白，老远拱手相迎道：“久闻大名，如雷贯耳，今日一见，三生有幸！”

李白一人喝了两壶酒，已经有了三分醉意，眼睛斜着看姓黄的知县，因为离开商州之前，听过裴春才的一番描述，先入为主，心里早就觉得讨厌。又见这人脑壳瘪得像个番瓜，跟韩朝宗府上的门子有些挂相，话也说得虚伪，手也拱得做作，第一回派人去请裴太守，书童和驴子都拉走了，独独把他一个人丢在茅厕里，满肚子的火一直存着，就一挥袖子笑道：“这都是别人说过无数遍的套话，你就不能换一句新鲜的话说？”

黄知县黑红着脸，给自己解围说：“见到李大诗人，一时激动，哪儿还说得出来新鲜的话，老套的话都差点儿说不出来了！快快进来，里头有请，裴大人等着你的，说是要不把你请来，今儿晚上他一口酒都不喝的！”

李白随同黄知县进到里头一间厅堂，那儿摆好了一桌酒席，裴春才坐在挨近上席的一个位子，上席的位子还空着的，见了李白就站起身子，直把他往那里边推。黄知县的两颗眼睛珠子一左一右，在裴春才和李白之间滚来滚去，最后看着李白推脱不过，被裴春才按进上席坐了，心里只觉得乱了高低顺序，怪那李白叫坐就坐，也不使劲儿谦让。

黄知县就在两人对面坐下，斟满了酒，双手举起，咳一声嗽，正想说一句四字成串的套话，猛地一下子又碰上李白的眼光，那话就从舌头根子下头缩了回去，临时又换了一句说：“裴大人这回到上庸来，要不是有人向我通风报信，你是不肯来看我一眼的呀！其实要说起来，我跟裴大人应该是有缘的，裴大人贵字春才，我也贱名春财，我们两人是同一个名字，只是我的多了一个‘贝’旁而已，来，我先敬同名的裴大人一杯！”

裴春才把酒喝了，黄春财又斟上一杯来敬李白，李白却眼睛斜看着他背后的墙上说：“黄大人说跟裴大人是一个名字，可是裴大人的是一个干净利索的才，黄大人的是一个身外有物的财，黄大人背后那个戴铁冠，拿铁鞭，骑黑虎，留黑须，一身当着十一个官儿的人，跟你才是有缘的，你不应该敬我，你应该敬他才是！”

满桌的人都朝他背后看去，见那墙上挂着一幅画，画上站着一个骑虎持鞭的黑煞神，脚下写着密麻麻的十一行字：高上神霄玉府大都督，五方巡察使，九州社令都大提点，直殿大将军，主领雷霆副元帅，北极侍御史，三界大都督，应元昭烈侯，掌士定命设帐使，二十八宿都总管，上清正一玄飞虎金轮执法赵元帅。众人愕然，李白笑道：“还有一个官儿没有写上，写上就是十二个了，那就是姜子牙在封神榜上给他封的财神，那个‘财’字，才是黄大人的名字呀！”

众人忍不住都笑了起来，黄春财听出李白变着样儿地说他贪财，番瓜脸上笑得像哭，嘴里直说：“李大诗人这样挖苦我，赶明儿我就学裴大人，把名字上的那个‘贝’旁去了，它们就是一样的‘才’了！”

李白拿起筷子，夹了一只虾放在黄春财的碟子里，又夹了一只虾放在黄春财的碟子里，黄春财还指望李白听他要改名字，看得起他了，欠着身子向李白道谢，又夹了一只螃蟹回敬李白，却被李白挡了回去。李白说：“刚才黄大人说改一个字就跟裴大人是一样了，我看那也未必，‘才’字是一样了，‘春’字还是不一样，你看看裴大人的下边，你再看看你的下边。”

众人看来看去，都看不出是啥意思，黄春财只是感觉这话对他不利，又不晓得李白的含意藏在哪儿，脸上不自然地笑着，转而又说起喝酒的话来。几个属官闻声就来为他下台，先后端起杯子，以各种理由向二位敬酒，敬完了裴春才，又敬到李白时，王典史看了黄知县一眼说：“我们这儿有一句劝酒的话是感情深，一口吞，感情浅，喝一点。我听说诗人最有感情，又最能喝酒，那就请李大诗人把这杯酒一口吞了，请！”

李白醉眼望着王典史的脸说：“有感情也看是对啥人，比方说是桃花潭边的汪伦，我喝酒就是一口吞的，可是对有些只会喝酒的酒囊，我就只能一回喝一点，而且是一小点儿。要是猛地一下子喝醉了，胡说八道，得罪了人，就是想再喝也没得人给我酒喝了！”

说完大笑，端起杯来真的只浅浅地喝了一点儿。王典史张了张嘴不好再说，换了张教谕向李白敬酒说：“我听说李大诗人是斗酒诗百篇，今儿我们不想请您多喝，只想请您喝一斗酒，喝完给我们作一百篇诗，让我们也开开眼界咋样？”

李白看出这人来者不善，是想替黄知县为难自己，就一笑说：“会作诗的，不喝酒也能作出诗来，不会作诗的，把人喝死也作不出诗来，我作的那些喝酒的诗，是有时候没钱买酒喝，喝了水作出来的。今儿有酒，又有下酒的话题，喝一斗酒难不倒我，作一百篇诗也难不倒我，倒是你们天天海吃海喝，等我把一百篇诗作罢，我想请你们合伙作一篇诗给我听听！”

说完又大笑，喝了一小点儿酒。刘训导早就在眨巴着眼睛，这时也举起杯说：“诗要作得多，还要作得好，我听说有个王舒公，他指责李大诗人的人品低下，诗中十句，有九句是说女人和酒，喝了两人还要睡觉。我不相信，读了两首，果不其然，听着啊，‘风吹柳花酒店香，吴姬压酒劝客尝’，第一句就是寻花问柳，要找酒喝，第二句女人就来了，劝客尝她，不晓得是尝她的酒呢，还是尝她的人？接着又是人家要送你走，你却赖着不走，还问人家啥东西在流水，哪个的东西短，哪个的东西长。这个还不上算，再听着啊，‘葡萄酒，金叵罗，吴姬十五细马驮’，后面就是‘玳瑁筵中怀里醉，芙蓉帐底奈君何’。李大诗人今儿作诗，可千万莫要再说这个事儿了！”

这回除了裴春才，满桌人都大笑起来，黄春财笑得差点儿闭过气去，手里的筷子掉在脚边都不晓得。李白的笑声竟比他们还要响亮，说：“以往我只听说算酒账，算饭账，没想到还有人算我的诗账，可惜这个王舒公账算得不准，他不是不识数，他是故意地歪理斜说，胡搅蛮缠，说明他的人品比我还要低下。不过我今儿要作的这一百篇诗中，决不会有女人和酒的，你们都听着啊。”

裴春才见李白口出大言，急得在桌子底下直扯他的袖子。李白被这几个属官一激，酒兴和诗意一道往上涌着，顾不得理裴春才了，每一杯酒下去，用手抹一把嘴角，随口就吟出一首诗来，无一不是对黄春财的含沙射影，冷嘲热讽，把彪湖森林的避暑山庄、运往商州的上庸乞丐、十字街头打他的民女、柳州城里骂他的百姓，一鼓作气地作进藏头诗里。几个属官先后都听出来了，神色慌乱，偷偷儿地去瞅黄知县的脸色。黄春财的番瓜脸红得真像打了秋霜的番瓜，听懂了也假装没有听懂，嘴里直夸好诗好诗，转脸却小着声儿地对王典史的耳朵说：“这人是一个酒疯子，莫要跟他一般见识！”

王典史也小着声儿地附和着：“黄大人说得是，我们咋能跟他一般见识？”

黄春财听李白一鼓作气作了二十八首，其中还有三首长诗，三十六句一韵到底，看形势再作七十二首也是小菜一碟，害怕说出自己更多的丑事儿，不敢叫他再喝，只说够了够了，转过脸去敬裴春才。喝罢一杯，又小着声儿地对王典史说：“带这样的酒疯子来，可见他本身也不是一个好东西，太守算啥，商州以往也是个县，跟上庸县是一般大的，指望我不晓得？后来才由县升成州，他就比我官大一级了，算他姓裴的走破脑壳运！”

王典史又小着声儿地附和着：“赶明儿上庸也升成州，黄知县不就是黄太守了？”

吃罢酒宴，黄春财忍气吞声，还得亲自把三人送到县署最好的客房下榻，嘱咐今晚睡好，明儿一早只管晚起，早宴摆好了自然有人来叫，吃罢了早饭，再由他亲自安排车马和差人，送三位去锣鼓洞看石娥溪。裴春才进到客房，巴不得黄春财快走，然后关上了门，望着李白一阵大笑，笑过一阵又叹口气说：“这姓黄的说是跟我有缘，这话不假，我们两人还真是有缘，这回我躲也没有躲过，逃也没有逃脱，哎呀，赶明儿我们又咋办呢？”

李白想了想说：“对书童说，今儿夜里把驴子喂饱，赶明儿天不亮我们就起来，神不知鬼不觉地悄悄溜走，出了城门再找人打听，到锣鼓洞石娥溪去往哪儿走。”

裴春才觉得这个主意很好，嘱咐好了书童，又担心自己明儿一早误事儿，为了跟李白互相提醒，两人就搬到一间房里，头对着脚地睡在一张床上。刚一上床，裴春才又想起酒席上的一件事儿来，睡在床的那头问李白说：“我看见你今儿喝酒的时候，夹了两只虾放在那个姓黄的碟子里，他都受宠若惊了，我想你肯定有用意的！”

李白在床的这头大笑着说：“他说他要把‘财’字减去一个‘贝’，变成一个‘才’字，我就在他的‘春’字下边加上两个‘虫’，变成一个‘蠢’字，我骂他是个蠢材，他跟他的那些典史教谕训导之类，竟没得一个人看得出来，真是一群蠢材！”

两人就在床上蹬着被子，放声大笑了一阵，这才正式睡觉。刚刚睡到半夜就先后醒了过来，不敢再睡，面对面地坐着说了一阵子话，看见窗纸透出一晕奶白，就穿戴下床，脸也没洗，口也没漱，开门去叫睡在隔壁房里的书童。书童比他们起得更早，已经牵着喂饱的驴子在门外等着，三个人来到东城门上，守城门的老兵老远就认出来，是昨儿晚上被县太爷派人抢走的一个太守、一个书童、一个诗人和两头驴子，赶紧鞠躬敬礼，打开城门放他们出去。

昨儿晚上李白买芝麻烧饼的地方儿，那个生铁铸的火盆还在，里头却没得炭火，也没见着那个风流大胆的小女人。一个起早卖柴的老汉正好从这儿路过，李白上前打听去往石娥溪的方向，卖柴的老汉一杵打在地上，两颗眼珠子瞪得要掉出来道："你们这两个秀才，闲得没事儿干，到那儿去做啥嘛？"

裴春才接过话说："听说那儿是上庸一绝，洞奇水美，好看得很，我们是专门从商州赶去看的。"

卖柴的老汉说："看倒是好看，可莫要把你们的小命儿给看丢了！"

三人同时吃了一惊，李白说："老人家莫吓我们，天下的名山大川我去得多了，从来还没有丢过小命儿！"

卖柴的老汉说："那儿有黑瞎子挡路，未必你们还不晓得？"

李白笑道："盲人挡路，无非是生活所迫，想讨几个钱花，给他几两银子也就是了。"

卖柴的老汉摆着手说："我们上庸说的黑瞎子，那可不是盲人，那是几百斤重的大狗熊哪，它的四只大脚掌子，前面一对像簸箕，后面一对像摇窝，把人抓住拿舌头一舔，一张脸连鼻子带嘴都没得了，往两边一撕，一个人就成了两个，再往屁股下头一坐，又成了一个肉饼，抓起来往嘴里一喂，跟吃点心一样，咕咚吞进肚子里，放个响屁又饿了，接着再去抓第二个。你们这三个人加在一起，还不够它一顿的口粮！”

书童听着脸都白了，眼睛直往裴春才看。李白拍拍腰上的剑说：“我十五岁就开始练剑，跟人打架，杀死过好几个。有一回跟我同行的一个朋友死在路上，我还拿它剔下他身上的肉，喂给老鹰吃了，把他的骨头背回他的家里，我哪儿还怕它一头狗熊？这些年我都没有杀过人了，心里发躁，手上发痒，正愁找个东西来试一试剑，今儿倒是来得正好！”

这下子连裴春才都吓了一跳，两人那年在京城相识，住在一家客栈无话不说，从没听他说过杀人的事儿，也没听他说过为朋友剔肉背骨的事儿，想着李白又是个爽快的人，这些事儿肯定就是真的了，那回没说是因为殿试，说了没得好处，这回相聚又才几天，也没顾得上说。书童和卖柴的老汉却都认定他是吹牛，书童嘻嘻直笑，卖柴老汉从上往下地打量他说：“看你这个小矮个儿，又像个读书人，哪儿杀得死人，你还想杀大狗熊，只怕还不够它一口！就连那当地的猎人想要对付它，也得使用四个绝招儿，不然都是对付不了的！”

裴春才问：“请问是哪四个绝招儿？”

卖柴的老汉扳着手指头说：“这第一招儿，大狗熊一身铁皮，刀枪不入，只有胸脯子上有一圈儿白毛，跟个月亮疤子一样，找准头子好的人备好弓箭，捉只小公鸡来往天上一抛，招它站起身来扑鸡，它一起身，照准月亮疤子就是一箭射去，就射死了；这第二招儿，大狗熊身上膘厚，燥得难受，就爱爬到山包子上往下板膘，人提早把竹子削尖，钉在山包子下头，等它一摔下来，就扎死了；这第三招儿，大狗熊喜欢吃糖，见它一来，就摔一只蜂桶给它，它把爪子伸进蜂桶里头抓蜂糖吃，桶里的蜂子就飞出来蜇它，旁处的皮硬都蜇不动，就蜇它的两个眼窝，大狗熊拿爪子去抓蜂子，爪子上糊满蜂糖，蜂子没有抓着，反倒把眼睛给糊严了，蜂子就放心地去蜇它，一会儿就蜇死了；这第四招儿，大狗熊喜欢拔桩，就跟你们喜欢到处游玩一样，砍一截大树筒子，摔在它出来进去的路口，从中劈一道缝，缝里楔一根木桩，它一见就坐下来拔，大屁股坐在树筒子上，一个卵包子正好掉在缝里，桩一拔掉，缝就合拢，卵包子夹在树里，扯也扯不出来，疼得嗷嗷地叫，人听到叫声背起镢头就跑过来，照脑壳几镢头，就挖死了。”

三个人都听呆了，李白拍手大笑道：“这第四招儿最好，我这把剑就算杀不死熊，树筒子总是能劈得开的！”

卖柴的老汉还要劝阻，这工夫有人来问柴的价钱，他就顾不得再劝了，急急忙忙指了一个去往石娥溪的方向，转过脸去跟买柴的人讨价还价。李白见裴春才还站在那儿不动，看出他是心里打鼓，就只管为他壮着胆子，催他上了驴背，带着书童赶紧上路。

石　娥　溪

昨儿夜里都没睡好，裴春才一路上呵欠连天，看着白茫茫的一片雾色，又不敢打瞌睡，两腿紧紧地还夹着驴肚子，双手握缰，想掰一下眼屎都不敢松手，害怕从驴背上滚下来，掉进脚下的万丈深渊。李白也不敢再像昨儿那样倒骑驴子，担心万一有个闪失，他就看不到了慕名已久的石娥溪，也看不到他们的朋友张白了。过了一山，又过一垭，雾气散去，太阳出来，眼前的景色猛地一下子新鲜多了，李白的精神立马儿振作起来，发了诗兴，喉咙里只觉得痒酥酥的，忍不住对身后的裴春才说：“使君啊，我要送给你一首诗，名字叫作《春陪商州裴使君游石娥溪》。”

裴春才“呵”地又打一个呵欠，笑起来说：“要不都说你是天才呢，锣鼓洞还没有见到，你就能写石娥溪了！”

李白说：“锣鼓洞还没有见到，裴使君却已经见到了，要不趁热抓紧入诗，送到喉咙的佳句丢了，那就太可惜了，你好生地听着啊，我要念了。”

裴春才就不再说话，听他大声念着：

裴公有仙标，拔俗数千丈。
澹荡沧州云，飘摇紫霞想。
剖竹商洛间，政成心已闲。
萧条出世表，冥寂闭玄关。

裴春才听着李白夸自己，心里越是高兴，却越是飞快地摇着手说：“过奖了，过奖了，当了一个小破太守，哪儿能够说是政成！今儿陪你一道，心闲是真的，仙标倒不好意思，虽说我的个子比你高些，长相其实还没你清爽，拔俗数千丈就更不敢当了！”

李白辩解说：“你着实是长得好，那年在长安一见到你，又听说你姓裴，我就想起晋代的裴令公来，你们裴家真是出美男子啊！拔俗数千丈无非是诗人的夸张，当年你也是作诗的人，只是当了太守，政务一忙不多作了，但是你是懂得诗的，庄周说‘扶摇直上九万里’，鲲鹏哪儿能飞那么高？而且飞鸟里边哪儿有鲲鹏这个东西？屈原说‘余既滋兰之九畹’，他又哪儿种过三九二百七十亩兰草？他当的是三闾大夫，恐怕连二亩七分也没种过！我也写过‘白发三千丈’的句子，那不过是形容自己绵绵无尽的哀愁而已。不过我在诗中夸耀使君，一不小心又用了千啊万啊，尺啊丈啊的老话，你倒是拔了俗，我却是落了俗啊！”

裴春才听诗可以过耳不忘，把这八句诗在心里念了一遍，觉得有点儿拗口，就试着问：“千啊万啊尺啊丈啊，虽说都是老话，老话只要翻出新意，也不能说是落俗，只是数字太大叫人听着害怕！另外我还有个想法，你写了那么多的好诗，这一首的三、四两句，听着好像有点儿不大对仗，五、六两句也不对仗，而且第六句和第八句把韵都换了，送我的诗你可不能这样马儿虎吃吧！”

李白笑道：“你急个啥？还没听我作完呢，这一首不是律诗，而是古体，为的是不拘一格，也不拘一韵，并且愿我们的友谊长久，要送也送你一首长的。我先作这八句放在这儿，等会儿到了石娥溪后，接着再作。”

再往前走，远处就竖起一座人形的山峰，一片葱茏中掺杂着斑斑白点，像是一些残云浓霜，又像是几块白色的石头。山峰脚下露出一个小山村子，三五户人家的样子，筑的一色是黄土墙，门窗都是柴木做的，屋顶上盖着大块的青石板，中间撑起一道房脊，前后房檐往下斜着坡度，雨雪天气好往下流水。一条麻狗从村口蹿了出来，伸着颈脖子朝他们汪叫，两只狗眼看见李白腰上挎着一把剑，想扑又不敢贸然地往过扑，扭转脑壳去看屋里主人的意见。李白仰脸朝那座人形的山峰望去，料定十有八九是传说中的仙娥峰了，就指着山下的村子对裴春才说：“张白肯定就住在这个村子里头，我进村里去问一问他，找到人了再来叫你，你先站在这儿莫动。”

裴春才提醒他防着那条麻狗，李白说是不怕，在一阵虚张声势的狗叫声中走进村子，见人就打听哪儿是张白的家。被问的是个喂猪的老婆子，端着一盆子潲水往猪圈走，听他一提张白，老婆子就像见到了活鬼，潲水盆子往地上一放，两只小脚直往后退，眼睛死盯着他腰上的剑问：“你是张白的啥人？张白人都死了，你还来要他欠你的腊肉钱吗？”

李白大吃了一惊道：“我不是来要钱的，我是张白的朋友李白！您说张白死了？他是咋死的？他的家人还在不在？”

老婆子听说他不是来要钱的，脸上的颜色和缓了些，叹了一口气说：“说起来这张白是个好人，好人没得好命，我听他老婆说，今年春上他出门做腊肉生意，半路上去看一个朋友，那个朋友想当官儿，托他带封信给一个当大官儿的，他把信送到大官儿府上，请看门的人转给大官儿，哪晓得看门的是个黑良心的东西，叫他给钱就转，不给钱就不转，张白想着对朋友没个交代，就把腊肉便宜卖了，把钱给了那个看门的，看门的这才把信收下，答应转给大官儿。张白打着一双空手回家，连本带利赔了个精打光，又背下一身的腊肉账，挨了老婆一顿毒骂，赶出门去，当晚就没处住了，跑到屋后那个山洞子里，也是该他背时，正遇上一只黑瞎子，连个骨头渣子都没剩下！”

李白一只脚在地上狠命地跺着，嘴里大叫着说：“是我害死了你呀张白！早晓得会是这样，我何苦要托你带那封狗屁书信！”

老婆子气愤愤道：“原来你就是那个想当官儿的？你把张白害死了，你的官儿当上了吗？当上了吗？”

李白没脸回答，又问那老婆子：“张白死了，他的妻子儿女现在哪儿？”

老婆子说：“还说这个！他老婆都嫁人了，嫁到陕西，儿女也带走了，连房子都卖了，还不够欠人家的腊肉钱，隔两天就有人上门来要账！”

李白泪流满面，想起张白为他送信不光是赔了腊肉，连命都送了，妻子儿女连家都没得了，许氏还骂他是个骗子，连自己也曾经有过猜疑，一时心里就像有把刀子扎着，又跺着另一只脚说：“这才叫作妻离子散，家破人亡！以前我的朋友死在路上，我还把他骨头背回他的家里，可你是为我而死，我连你的骨头都没见到！上回你还说给我看你写的《上庸好腊肉赋》，可惜你自己成了别个的腊肉，我还没有看到你那篇赋！张白兄啊，我欠你的情分这一辈子都还不清了，我李白来世再还你吧！”

村里人闻声都赶了来，围着李白看他又哭又喊，连那条麻狗也来绕着他的紫布衫子，左闻一鼻子右拱一嘴，“吭哧吭哧”的并不咬他，只用一双贼亮的狗眼把他望着。李白想着裴春才还在路边等着他的，不能久留，转身出了村口，回到路边，不忍把张白的惨事立马儿对裴春才说，担心扫了他的兴致，引起大的伤感，想着等到过了今儿以后，找个机会再说不迟。李白暗中擦了一把眼睛，见了裴春才还没等他开口，自己就抢先说道：“真是不巧，张白兄出门在外，说是要到秋后才能回来，人生在世，真是聚散无常啊！”

裴春才也叹息了一阵子，两人才又上了驴背，接着再走。李白一路勾着脑壳只不说话，好像跟来时换了个人，裴春才指望他是累了，昨儿夜里又没睡好，也就没有往心里想。慢慢儿来到那座人形的山峰下边，眼前耸起一面青色的石壁，壁顶上长着几棵松树，远处看见的那些斑斑白点，原来是树枝上没有化尽的白雪。石壁下方隐隐糊糊可以看见一个洞口，竹木半遮半掩，一汪泉水从洞里流出来，被石壁边的两丛枫叶染得淡红，水下有一层鸟蛋大的石子，有黑、白、红、黄、绿五种颜色。他们心里晓得，要找的地方儿已经到了，就跳下驴背，叫书童在后边牵着驴子，两人步行着朝石台上爬去。

李白心里一直装着死去的张白，眼前的景色在他看来，竟远不及张白当年对他描述的那么美妙。但是裴春才这回是因为他才来，不能叫他有半点儿的失望，答应送他的诗还没有作完，还得振作精神，接着再作。李白觉得他的脸上有些发痒，有无数的汗珠从上往下流着，他分辨不出这汗是热的还是冷的，用袖子在脸上擦了一把，接着吟道：

我来属芳节，解榻时相悦。

褰帷对云峰，扬袂指松雪。

暂出东城边，遂游西岩前。

横天耸翠壁，喷壑鸣红泉。

寻幽殊未歇，爱此春光发。

溪傍饶名花，石上有好月。

裴春才笑了说：“听你的意思是今儿晚上不想回去了，想就住在这儿，像刘伶一样以天地为衣，以帐篷为裤，纵情地潇洒一回！”

李白正要开口，陡然听背后“吱溜”传来一声尖叫，很像是巫峡两岸的猿声，只是这声音更加悲惨凄厉。转身一看，一只老猴子怀里抱着一只小猴子，直着身子往前边逃命，背后好像有猛兽在追着它们。这对猴子的眼前是一方绝壁，绝壁上长着几棵巴茅草，老猴子仰脸向上望望，又低下来看看怀里，要不是怀里抱着它的小猴子，凭着它四只灵活的手脚，完全能够攀得上去，可它现在分明是不行了。

老猴子看见了腰上挎着长剑的李白，像在绝命的时候见到救兵，猛地一下子跪在了他的面前，两眼可怜地把他望着，嘴里发出“唧唧啾啾”的惨叫声，又腾出一只瘦爪，指一指怀里的小猴子，又指一指自己的心口，意思是说这只小猴子是它的心肝肉，哀求他保护它们母子两个。李白吃了一惊，他听见老猴子的雷公嘴里说出了一句人话，老猴子说“它要来吃我的皇儿”，说完从那两只红眼洞里，一边流出一颗泪珠。李白惊得看了身边的裴春才一眼，裴春才已呆成了一根树桩，再看书童，正往两头驴子的屁股后头躲着。这时他又听到背后一声闷吼，转脸看见从老猴子刚才跑过的地方儿，蹿出一只长着黑毛的怪物，足有一丈多长，五六百斤重。

书童把两头驴子当成盾牌，从驴子的胯裆下伸出手来，指着横倒在地上的一棵树喊："黑瞎子来了！大狗熊来了！快把那树劈开，楔个木桩，叫它来拔，把它的大卵包子夹在缝里面哪！"

听书童认出了黑瞎子和大狗熊，李白就想起卖柴老汉说的那种猛兽，又想起喂猪老婆子说，张白就是死在它的嘴里，可怜连一个骨头渣子都没剩下！他的身子里头就燃起一堆火来，出气的声音变得快了，眼看着这个黑家伙直往前奔，哪儿还来得及劈树楔桩，夹住它的大卵包子，他只能硬着头皮，壮起胆子，一手把裴春才推到一边，一手拔出腰上的长剑，摆出一个决战的架势。书童又在驴子的胯裆下喊："快找它的月亮疤子，对准了捅！"

大狗熊"呼呼噜噜"地往前奔着，李白听到书童的指挥，也想等它竖起身子，露出胸口上的那圈白毛，然后猛地一剑戳去。但是大狗熊的身子却不肯往起竖，看着看着就要奔到他的面前来了，老猴子一只爪子搂着小猴，一只爪子抱住李白的脚，嘴里叫得凄惨至极。书童又喊："找不到月亮疤子就不捅了，快把驴子拉去给它吃了，驴子肉好吃，没听人说天上龙肉，地上驴肉！"

驴子一听书童要把它们给大狗熊吃，吓得"啊儿啊儿"地叫，屁眼儿里飚出两泡稀屎，又用蹄子乱踢书童的腿，恨他无情无义，一到紧要三关就露出人的本性。李白看着驴子可怜，对书童说："莫给我出馊主意了，驴子从商州把我们驮到这儿，咋能拿它喂大狗熊！猴子要救，驴子也要救，你快去把使君拉开，这儿有我！"

太阳从仙娥峰的峰顶上照下来，反射在李白手中的剑上，一闪一闪发出白色的光芒，李白试着把闪光的剑身对准大狗熊的眼睛，用手腕使劲儿地一晃一晃。大狗熊的眼睛看见白光，果不其然眯成了两个黑洞，模模糊糊只看见一个白色的影子，在它的眼前晃来晃去，奇怪着刚才那只黄毛猴子，白光一射咋也成了白的，气得它到底竖起身子，盲目地举着两只熊掌，来扑抓这个护住猴子的人。

李白这就看见了它胸口的一个月亮，那是一个十五的月亮，毛茸茸的，又圆又白，他认准那层茸毛下就是它的一颗熊心，石溪渔夫张白就是经过那儿，进到它的肠肚，被它化成熊屎巴出去的，骨头渣子都没剩下一个！李白的心里“滋儿滋儿”地冒烟，他沉住气，等着那两只熊掌快要扑着他时，就双手握紧了剑原地不动，叫那个长毛的月亮自己插进他的剑梢。大狗熊闷吼一声，五六百斤重的身子慢慢儿地往地上坐着，李白从月亮疤子里抽出了剑，一股熊血像是打破木桶的潲水，猛地一下子飚了出来，李白的布衫立马儿成了一件红袍。大狗熊“嗵”的一声坐在了地上，嘴里“咕噜咕噜”响着，也像是说了一句人话，身子往后一仰就死了。

李白听着大狗熊临死的声音，转过脸去问裴春才说：“真是怪呀，刚才我听到老猴子说话，这下又听到大狗熊说话，你听到没有？它说‘山中无老虎也轮不到你猴子称大王啊’”！

裴春才缓醒了过来说：“我也听到了，它说的就是这一句话！”

李白感叹道：“这么说来，它们两个还是在争权夺利呀！过去我总以为山野世界，又不是人间社会，这些长毛的东西没得人的这些臭毛病，咋会想到除了豺狼虎豹，狗熊和猴子也都想当官儿，而且还斗争得这样激烈！”

裴春才脸上的神情还没安定，这时又露出尴尬说：“又借题发挥了！今儿算是我们虚惊一场，抓紧到洞边去看一眼吧！”

李白想起那对被他救了的猴子，转身去找它们，却连猴毛都不见一根了，心里感到古怪，惟恐它们又会遇上别的猛兽。裴春才见他还牵肠挂肚地想着猴子，苦笑了一口说：“连白衣大侠的救命之恩也不谢，它们就这么走了，我也学你发一句感慨吧，真是世风日下，猴心不古哇！”

书童从驴胯裆下钻了出来，并没发现身上糊满了驴子吓出的稀屎，看着八条驴腿还在筛糠一样抖个不停，骂了声“真是两个胆小鬼”，又大声地夸奖李白说：“李大人好高的武艺，扑哧一剑，就把大狗熊戳个急死！”

裴春才也竖起大拇指说：“江湖人总说是书剑飘零，快意恩仇，今儿我可是亲眼所见，你的武功半点儿也不小于诗才！”

李白笑笑，望着竹木掩映的锣鼓洞前，石娥溪中被枫叶染红的泉水，坐在五彩石边发了一阵子呆，看见自己身上溅满的熊血，像是一树怒放的梅花，在阳光下灿烂无比，索性就撩起布衫一角，用它擦净了剑上的熊血，然后把剑插入鞘中。又闷坐了一阵子，想起那首两度中断的诗来，好歹给它续上了一个结尾：

命驾归去来，露华生翠苔。
淹留惜将晚，复听清猿哀。
清猿断人肠，游子思故乡。
明发首东路，此欢焉可忘。

裴春才感慨道：“人家都说李白狂妄，目中无人，只有我才晓得李白的目中不光有人，而且有猴，猴子负你，你却不负猴子，还为它伤心断肠，想到自己的故乡和亲人！”

李白听他提起亲人，再一遍想到年幼的儿女伯禽和平阳，心里一阵发酸，想到他的妻子许氏，那心酸的味道就变成了苦。他闭上眼睛，叹口气说：“我思故乡，也思亲人，可是我的亲人为啥就不懂得我，为啥逼得我思故乡却不愿回故乡，思儿女却不能跟儿女在一起呢？使君哪，这回我们到石娥溪来，玩儿得真是高兴，本来我打算从这儿分手，你回商州，我去襄阳，可是一到这儿，我的想法又变了，我觉得从这座仙娥峰的背后插过去，必有一条通往四川的路，我想回一趟绵州青莲，青莲乡才是我真正的故乡啊！”

裴春才吃惊地仰起脸来，看了一眼仙娥峰说：“那条通过去的路肯定难行得很，你回故乡，还是跟我先回商州，再从大路绕过去吧！”

李白苦笑说：“蜀道难，可我情愿不走回安陆的路。”

裴春才看出他有无限的苦衷，就不再劝说。李白站起身来，眼光贪恋地看着石娥溪，陡然觉得这条溪他是很熟悉的，像是曾经来过这里，不是梦中，就是前世。他觉得自己梦中或者前世是这条溪中的一条鱼，这辈子他真想再变成一条鱼，回到这条溪中。

张白的故事，李白一直到死都没有对裴使君说。

原载《山花》2005 年第 12 期

诸客列传

说　　客

形容某某能说会道，若是拽文，来雅的，就说这人伶牙俐齿，生有三寸不烂之舌，来俗的，就说这人嘴巴皮子薄。但要形容绳州著名说客田春苕，这些雅的俗的都不合适，因为以上这几样东西，他都不是很突出。他的一嘴黄板牙像转基因的老玉米，大而且厚，左前方挡风口上还掰掉了两粒，说九个字以下的短句没事，超过两位数，就从那个豁口往外直滋唾沫浆子，一坨一坨，白花花的，对面的交谈者见状无不侧脸，假装害怕有汽车从身边开来碾了自己的脚后跟。舌头炖不烂可能是个事实，三寸宽也可能是个事实，但一看他正式转动起来的那个艰苦劲儿，性急的人总想帮他用刀削去一部分。至于嘴巴皮子薄还是不薄，来绳州吃过红烧肉的都会有一定的印象，红艳艳的，瓷墩墩的，肥嘟嘟的，一指多宽的上下两片，不时扒拉出一道缝来，从中吐出一声“真好吃”，那就是他的嘴巴皮子。

其实那不应该叫皮，那应该叫膘。

然而综上所述，都不能撼动田春苕在绳州的说客地位，人家能把一件件大事化小，小事化了，铁的事实就像豁牙齿、大舌头和厚嘴唇一样明摆在人们的面前，早已成为一种硬道理。举例说吧，大小事例各举一个，大事是张三的娘被李四的狗咬了，狗是疯狗，于是两家发生战争，结果李爹死了，张娘疯了，疯了难免也是一死。小事是王二麻子的女儿帮赵五的媳妇往家提鸡蛋时悄悄藏了一个，双方也闹将起来。基层组织不希望破坏和谐，又调解无果，就请田春苕去。结果是听了田说客一席话，张王李赵四家人，还包括基层组织的书记和主任都胜读了十年书，加起来总共读了一百多年，爹死娘疯的同意不上法院，丢了鸡蛋的也答应不报告学校的老师了。

这次的事件非同一般，潘小安性侵了住在同一小区的茹芋，性侵的程度不得而知，只听说茹父发誓，要把这个流氓告上法庭，让他二十年后头发花白，出狱去娶一个拖着一双儿女的老寡妇！并且扬言，潘家就是请田春苕来，来也是白来！

田春苕果然来了，进门首先打了一拱，红烧肉似的嘴唇上下一扒拉，大舌头在豁牙洞里一次性只出来九个字，还分三个字一组，听着就像顺口溜的开场白："茹师傅，算定了，我要来？还说是，我要来，白天来？"

茹父头都不抬说："是我说的！我的原话是你来也是白来，没说你是白天来还是晚上来，不管你白天来还是晚上来都是白来！我家出了这样的坏事，我可没心思听你从三千年的文明开始说起！"

田春苕说完开场白，就能把三字一组变成一气呵成了："茹师傅把我当闲人看，我哪有工夫说三千年，时间关系只说三分钟，只说你家的好事坏事！根据辩证唯物主义矛盾对立统一的观点，好事也可以变成坏事，坏事也可以变成好事，世上事无所谓好和坏，就看你自己如何理解，就拿目前这个事来说吧，我的看法嘛是这样的——茹师傅，来了客，你也不给我倒一杯茶？我刚在潘家吃完饭来，菜太咸，渴死了！”

茹师傅在五金厂上班，年轻时打过铁，说出话来叮当干脆：“哼，果不其然是来给那条色狼说情的！要喝自己倒！喝了走人！恕我不送！”

田春苕就自己烧水，自己取杯，自己放茶叶，自己给自己沏了一杯茶。喝了一口，偏着头看一眼汤色道：“茶不错，水也好，就是水的温度还不到，茶的冲泡时间又短了，味道也就没有全出来。不过这要怪我口太渴，又性急，俗话说，性急的人吃不得热豆腐，性急的人也喝不着热茶！茹师傅你刚才说啥了？说谁是狼？是豺狼的狼？还是儿郎的郎？你不说就让我来说吧，那小伙子应该是儿郎，而且还是一个好儿郎，人长得高高大大，白白净净，工作干得体体面面，顺顺当当，家庭条件就更别说啦！我知道茹师傅你会问，那他为啥还要做这样的事呢？这事我倒是想了又想，原因嘛无外乎有三个：第一，全世界所有的女娃娃，别人看得上他看不上。第二，只有你家这个女娃娃，他才会一眼就看中了。还有第三呢，那就是青春期小伙子，对女娃娃都绝望之后，突然发现了一个好女娃娃，他就像口渴了要喝茶，实在是有些憋不住了……”

茹师傅站起身来，二目圆睁：“憋不住了就能那样？”

田春苕眼睛不朝他看，只看着茶，端起来又喝了一口：“不能！目前百分之百是不能！但以后两人成了夫妻，不也就是这回事情吗？听说这男孩他爸他妈年轻的时候也是这样，他妈娘家他姥爷姥姥，也口口声声要告他爸，后来是有人三说四劝，双方不但没成仇家，反过来倒还成了亲家，这就是我刚说的那个，坏事变成好事的经典！他爸和他妈从小到老，不说是举案齐眉，相敬如宾，也算是恩恩爱爱，如胶似漆，脸都没有红过一次，话都没有高过一声！两年前他爸当了副市长，官不算大，比县太爷还要高半级吧？财不算多，子孙八代总用不完吧？可他爸还算是有良心，总想着当年的那个事，也没嫌他妈人老珠黄，咣当一脚踢了老太太，老牛吃嫩草找个小三！这小伙子我看像他爸，父子俩一个模子刻的，他也会对得起你女儿！”

茹师傅坐了下去，出气仍像铁匠铺里拉风箱：“那也太便宜这个臭小子了！坏东西！王八蛋！我女儿就这样白白地被他弄啦？”

田春苕笑道：“白弄？能让他白弄吗？他这算是白弄吗？便宜？是你便宜他，还是他便宜你，这笔账还真得算一算！我就这么简单问你吧，你的茹芋若是嫁外人，你要不要花钱做陪嫁？他俩要不要打工攒钱，跟人家一样买车买房？可你女儿嫁了潘小安，那可就叫作万事俱备，只欠二位泰山泰水的东风，坐上席，喝敬酒，吃红肉，等磕头啦！至于你接二连三骂他，是臭小子还是香小子，是坏东西还是好东西，是王八蛋还是恐龙蛋，那还得靠实践来检验了，不以你茹师傅说的为标准！你若是不想便宜自己，同时也不想便宜别人，坚决要把他告上法庭，关进牢里坐个二十年，徒刑满了再放出来，讨个拖儿带女的老寡妇，那你就做个科学试验吧！对，我就把它叫作科学试验！看这愿望能不能实现！我告诉你，不能实现！实现不了！要能实现你砍我的头！你就放一百二十四个心吧，把一百二十四个心全都放进肚子里吧，人家是不可能进去的！人家就是进去也会马上出来的！人家出来也不会讨拖儿带女的老寡妇的！世上有多少年轻漂亮的女娃娃，比你女儿更年轻更漂亮的女娃娃，一个挨一个等在他家的门口，大门二门侧门后门连厕所的门口都是，争着抢着扑着跑着，都要给官员家里做媳妇儿呢！而你女儿这边一旦风声泄漏，你没听自古常言说得好，好事不出门，坏事传千里，千里之内可就没人娶她做媳妇儿啦！怎么样？茹师傅，经我这么一分析，你该醍醐灌顶茅塞顿开一觉睡过来如梦初醒了吧？”

他越说情绪越高，越说句子越长，从“你就放一百二十四个心”开始，完全突破了一次九个字的极限，只见他鼻子下面两片红色冒油的回锅肉上下翻动，左前方的豁牙洞里白浪滔天，雪沫飞溅，打在茹师傅的脸上像下冰雹一样。茹师傅的呼吸一时快一时慢，脸色一时青一时白，第二次想努力地站起来，这次却有些力不从心，先是坐着，随后仰着，再随后就咕咚一下，直挺挺地在地上躺着了。

田春苕拿起茹师傅家的电话，先拨了一辆救护车，接着又拨了一个潘小安。

“你这个臭小子！坏东西！王八蛋！你还不赶快来送你老岳父到急救中心！来晚一步，你等着坐牢吧，你！”

潘小安和茹芋的结婚典礼上，田春苕理所当然是第一嘉宾，他与死去活来的茹父茹母并坐首席，跷着二郎腿接受新郎新娘的敬酒。潘父潘母去了忘忧岛，未能来和铁匠亲家欢聚一堂，他们想了三天三夜也没想出更好的办法帮助儿子渡过难关，只好接受了田春苕的建设性意见，并且从现在起就开始想着，过两年当儿子离异之后，最好也去那里消磨一段忘忧的时光。

下酒的凉菜端了上来，一碟猪拱嘴，一碟牛舌头，一碟鸡脖子，一碟花生米，田春苕熟练地操起筷子，把花生米一粒一粒夹进嘴里，滋味无穷地咀嚼着。茹师傅用筷头轻轻点着另一碟说：“田律师，你尝尝这个吧，这个好吃！”

“噢，不，不不，这些都是我的朋友，看见这些我就想起它们生前的叫声，心里不由得生出物伤其类的感慨！”田春苕酒后吐真言，最后一句超过了九个字，左前方的豁牙洞里又涌出一坨浪花般的白沫。

辩　客

同样是能说，辩客和说客又不一样，说客叫能说会道，辩客叫能言善辩。说客在说的时候是一人主说，一人或多人主听，中途不免也有插话，但是次数不会太多，时间也不会太长，一般不超过百分之三十，双方在比重上并不形成对等。其结果是主听的人绝大部分被主说的人所说服，偶尔也有说而未服者，但不可否认，说客的说辞却对当时的气氛产生了一定的影响。辩客的表现形式则为一人说，一人辩，或多人说，一人辩，后者可以称其为舌战群儒。在某个特殊的历史时期，也出现过多人说，多人辩的，那就是某个时代著名的大辩论，说者也变为辩者，辩者便更是辩者。辩论的双方多半势均力敌，平分秋色，虽然有时也能显出强弱，弱者却是相对的弱，强者也是相对的强，一方太强一方太弱，那就不叫辩论，那就叫训人和挨训了。若用数学来计算说客和辩客的差别，彼此大概的比例是，说客和听客是七成对三成，辩客和辩客却是半斤对八两，这个八两是很久以前计量单位十六两为一斤时的八两。两类人物在历史上的典型代表，前者当推合纵连横的苏秦张仪，后者应数联吴抗魏的诸葛孔明。

孔庆明本来姓孔，是孔子的第七十三代孙，因为辩才了得，人们就成心把他的名字叫错，不叫他孔庆明，而叫他孔小明，意思是他那一张好嘴，不啻为诸葛孔明再世。这名字一听就是在褒奖他，其实孔氏的家谱里并没有“小”字辈儿的。孔庆明也乐意人们修改他受之于先祖的排行，这么一来人们心领神会，得寸进尺，干脆再把前面两个字颠倒过来，叫他小孔明。果不其然，孔庆明一听更高兴了，因为小孔明比孔小明还好理解，叫孔小明还有可能让人误以为他有一个名叫孔大明的长兄，叫小孔明就不会产生歧义了。

方圆百里吃律师一碗饭的人，统统对这里出了个小孔明感到头疼，因为他们接手的案子，无论原告还是被告，一旦遇上这个对手，明明是胜券在握的事，几辩几辩，最后都辩输在了他的嘴上。小孔明的职业不是律师，而是小学语文教员，他在教学生阅读课文《晏子使楚》和《完璧归赵》时，为晏子和蔺相如这样的雄辩家深深折服，也渐渐对辩论产生了浓厚的兴趣。那年暑假他去报名参加市里的辩论大奖赛，上场后竟然过五关斩六将，一举荣获“最佳辩手”的称号。以后再接再厉，又自学了一些有关法律的知识，就顺理成章地取得业余律师的资格。因此，请他做辩护的人越来越多，他在当地的名气也越来越大。

小孔明把钱财看得淡于声誉，权势地位也不放在他的眼里。有富人请他打官司，兵马未动，粮草先行，一进门打开手提箱，从中搬出一捆纸币往桌上一墩，他却面无表情道：“收起去，先说事，从事发开始说起，不要掐头去尾，不要断章取义，不要说漏细节，不要颠倒前后，更不要编造隐瞒！”对方按照他的“五不要”，把事情完完整整地叙述一遍之后，他要么说一个字：“行！”说完就没有了；要么说两个字：“不行！”说完还有一至数句：“提回去吧，你这事我不能接，给多少钱我也不能接！”但是若有穷人请他，一些听起来没根没据也没有道理的事，他不仅免费给人代理，还倒请人到对面的小餐馆去吃一顿打卤面，吃罢了一掌拍在对方的肩膀上说：“这事归我了！”

说话间又有事要归他了，这次的事关系到一个名叫王英耀的小土豪。事情的原委，据双方的见证人说，是王英耀没出五服的同宗兄弟王英富向他借了十万元钱，说是三年之后还清本息，利率按国家银行的标准。王英耀说：“兄弟，这样吧，还有一个月就过年，这笔钱你从过完年算，第三年的最后一天还我，这一个月的利息哥给你免了！”王英耀去了一趟银行，回来时王英富的借据已经写好，这人穷得连章子也刻不起，按了一个红手印，还怕王英耀反悔不借，又在手印下面加了一句：到期不还是狗娘养的！王英耀夺下笔来把这行字画了说："你娘是我婶，你爹是我叔，我叔娶了狗婶，我叔不也是狗？我叔是狗，我爹不也是狗？我爹我叔是狗，我们兄弟不也是狗？既然是狗，借钱做啥？吃屎又不用花钱买！"王英富连忙承认自己刚才的咒赌错了，千恩万谢借了钱去。但这一借离现在已经四年，超过一年还分文没还，王英耀便向他要，要也没有，万般无奈才说要把他告上法院。

王英耀的老婆让王英耀请个律师，点名请小孔明。王英耀说："我有借据，有手印，要律师做啥？能省就省，省几个钱是几个钱，律师费就省了吧！"

王英耀没听老婆的话请小孔明，王英富却听老婆的话请了小孔明。王英富用一只红色的塑料袋包了三千元钱来，请小孔明替他辩护，辩赢了再给三千，到时不给是狗娘养的！小孔明冷笑说："你以为我是为了你钱？我是为了杀富济贫，改变目前的阶级状况。"

法院受理了这个全世界最简单的案子。开庭的时间到了，王英耀一人坐在原告席上，王英富和小孔明并排坐在被告席上，法官宣布开庭，申述案情，庭前调查，辩论开始。法官问："被告王英富，原告王英耀告你借钱不还，你为啥借钱不还来着？"

王英富答："我爹死了，我娘又得了病，我借的钱都花在我爹娘的身上，花光了，没有了，让他打死我吧。

小孔明替他辩护道："被告王英富，现年三十二岁。其父五十六岁，公司保安，正当壮年，生前未查出任何生理性疾病。自原告王英耀为了获取利息，将闲散资金十万元借予被告王英富，限期三年本息还清以来，精神负担日重，终于一病不起，抛妻别子，撒手人寰。其母原本身体也壮，在丈夫所属单位任保洁员，人称手握扫帚的穆桂英，丈夫早逝使其身心打击沉重，病后难以胜任此前工作，遂被公司辞退。被告王英富从小受传统教育，身为孝子，葬父医母，耗尽家中所有，方才不能按期还债。鉴于当今国民应有的人道主义立场，被告王英富不必追究原告王英耀因放贷而造成的责任，原告王英耀也应允许被告王英富此款延期归还。辩论完毕。”

王英耀吃了一惊说：“你这不是猪八戒上城墙，倒打一耙吗？他向我借钱我借了他，如今不仅借了不还，反而还借出我的不是来了，难道还要我为他爹偿命，为他娘治病，为他再找一个后爹不成？我就不信他借我的钱全都用在他爹他娘的身上，他借我的钱是四年前，他爹去世是一年前，他娘生病是上半年的事！王英富你把我叫哥，我把你叫弟，你把手摸在自己心口上说，你请的这个律师说的是人话吗？”

王英富又答：“我承认借你的钱给我老婆进城租房住，陪我闺女上学读书花了一部分。”

小孔明又替他辩护道：“被告王英耀的妻子知书达理，知道孩子是祖国的花朵，是我们的未来，未来要建设我们伟大的祖国，从小不上学读书，长大没有文化知识是不行的！我们每一个人，无论是孩子的父亲，还是孩子的母亲，以及孩子的伯父和伯母，都要为孩子的求知担起责任，付出代价，别说这只是十万元中的一小部分，就是一大部分，就是全部，那也是理所应当，义不容辞！请问原告，你这位伯父级的人物，竟然为了一己私利而对孩子的父亲你的堂兄提起诉讼，这对成长中的孩子进行的是一种什么教育？产生的是一种什么影响？达到的是一种什么目的？这是能用金钱来计算的吗？问话完毕。”

王英耀又吃了一惊说：“可他在借的时候并没有说这些，要早知道有这么重大的责任，我死都不敢借给他了！你说我是孩子的伯父，我哪是孩子的伯父？我们两个只是同姓同宗，我和他爹称兄道弟，那只是客气话，啥时候共过一个娘老子来着？再说就算是亲兄弟，从他眼前的态度来看，我当时宁可送他千把元钱，也不会借给他十万元！十万元哪！够我辛辛苦苦地干三年，也够我全家人省吃俭用地过五年！”

王英豪问：“英耀哥，你三年才挣十万元？你全家五年也才花十万元？你哄鬼，鬼都不信哟！”

小孔明帮他问道：“原告王英耀让被告王英富把手摸在心口上说，作为被告的辩护人也让原告王英耀把手摸在心口上说，你的收入和你的支出是你在法庭上公布的这个数字吗？据我初步调查得知，你利用帮助下岗失业人员重新就业的机会，每年创造的纯利润不下三百万元，但你付给他们的工钱还不到这个数字的十分之一，其余的全都成了你的私有资产，这不是投机经营又是什么?不是剥削所得又是什么？不是剩余价值又是什么？再说被告王英富，如果他也像你这样金钱至上，为富不仁，无视亲情，不择手段，四年前向人放贷十万元资金的财主，今天坐在原告席的人会不会不是他，而是你呢？”

王英耀心里有话想说，嘴上已经语不成声了：“你、你、你这么说，我、我、我不成了从前的地、地、地主，资、资、资本家了？”

王英富心里一软，嘴也软了：“我可没这么想，我只想你别逼我要钱。”

小孔明的心肠和嘴头却越发硬道：“但我是这么想！是的，不错，的确，你就是从前的地主和资本家，比从前的地主和资本家还地主和资本家，从前的地主和资本家是指使狗腿子上贫雇农的家里讨债，如今的你却是欺骗法院通知贫雇农自己到这里来被你讨债，方法不同，目的一样，你就是要回到万恶的旧社会，让一部分人成为不劳而获的债主，一部分成为难得翻身的欠债人……”

王英耀脸色苍白，冷汗如注，终于举起手来投降一般地请求说："法、法、法官，能、能、能撤诉吗？我、我、我这钱一分钱都不要了……"

小孔明宜将剩勇追穷寇："法官，被告王英富申请反诉！"

反诉成立，被告王英富要求原告王英耀免除十万元的借债永不追缴，并且赔偿对方十万元由于放贷而人为造成的父死母病及其经济与精神的损失费。法官宣布休庭，合议团经过短暂的合议，重新开庭后征询原告和被告的意见，本着和谐的原则，愿不愿意接受庭前调解，如果愿意的话双方就各让一步，原告免除十万后再向被告另付五万，不过此费不叫赔偿，而叫补偿。法官先问原告，王英耀含泪点了个头，再问被告，王英富偷看小孔明一眼也点了个头，接着再问被告的律师，小孔明不点头，却像岳飞一样仰天长啸道："事主本人都愿意了，我说不愿意还有啥意义呢？"

王英富免了十万旧债，又新得了五万补偿，一身轻松地做起了小本生意。他继续听老婆的话，请小孔明做他的终身辩护，从此慢慢地富了起来。

劝　　客

与说客和辩客相比，劝客显得随时一些，随地一些，随随便便一些，日常化和生活化一些，没有任何的形式感和使命感。从劝说的题材和内容上来看，大到生死决斗，小到吃喝相争，比方说甲乙两个，或为一位女朋友，或为一笔生意钱，将手中雪亮的菜刀都举了起来，劝客就站在一个不远不近相对安全的地带，脑子里飞快地搜索着《增广贤文》里的顺口溜，两句两句，一对一对地往出蹦道："忍一句息一怒，饶一着退一步！忍一时风平浪静，退一步海阔天空！忍得一时之气，免得百日之忧！息却雷霆之怒，罢却虎狼之威！今日不知明日事，人争闲气一场空！骂人无好言，打人无好拳！轻则破皮，重则伤命！两斗皆仇，两和皆友！听人劝，吃饱饭！不听老人言，吃亏在眼前！人生没有第二世，世上难买后悔药！你们两个别打了好吧，化干戈为玉帛，放下屠刀……”只有最后这几句字数不等的话是原创加引用，不是那本贤文里的，出来一半忽然觉得不合适，又缩回喉咙里去了。

再比方说丙丁二人，在酒席上对某一道菜名有了争议，盖因喝多了酒，争议后来演变为争论，又升级为争吵。这次劝客就不必保持距离了，竟能勇敢地坐在两者之间从容劝说：“别争啦，争个猴哇，为争一个破名字眼珠子都瞪出来了，快掉到碗里去了，值当吗？说你们吃饱了撑的吧，你们还没有吃饱，到现在只喝了两杯酒，吃了几口菜，尝了一勺汤，一口主食都没有进，还饿着肚子呢！你管它佛手是不是猪蹄子，凤爪是不是鸡爪子，西葫芦是不是韩国水瓜，香菜是不是芫荽，只要它味道好，有嚼头，筷子只管往盘里戳，夹起只管往嘴巴喂，装进肚子里不都变成……？人的一张嘴是用来吃喝的，不是用来抬杠的，来，喝酒，举杯，干！”被省略的大概是一个难听的“屎”字，觉得用于席间不甚妥当，于是转移到酒上去了。

劝说往往能起到一些作用，立竿见影的有，潜移默化的有，更多的则是占据了时间，给双方都留出一个下台的余地。另外，劝客与说客，与辩客，还有一个潜在的区别，他是以自发的形式主动出现的，并非受人之邀，更无关乎金钱、物质、精神、情感的惦记和报答，说者轻松，受者也不沉重，事情过去了也就过去了，彼此可以相忘于江湖。

人称劝客的梁二东，家住绳州和平区友谊路团结小区，单位在前进区发展大街，是泛滥成灾的小车上班族外，坚持骑自行车的节能模范和健身标兵。梁二东每天上下班要经过一个名叫南泥湾的公园，那里早晚有一些人打太极拳，他已习惯于提前二十分钟出门，骑到公园混进人群，打完一套拳后再去单位打卡，正好就是上班的时间。这天早上他到了单位，整理公文包时发现里面没有了手机，回忆自己在公园里曾经接过一个退休老同事的电话，由于他的工作是给领导打杂，老同事请他转告领导，把早就应该发给他们的福利发给他们，不然他们就要去上访了。梁二东脱口而答了几句，诸如老同事要向前看，体谅领导的难处，爱护单位的形象，克制自己的冲动之类，电话里就骂道，卧槽，本来我请你帮我去劝领导，你倒帮领导劝起我来，真是条狗，只会巴结主子，专门对弱者汪汪汪！然后咔嗒一下，电话断了。他由最后这句想起自己的工作性质，气得身子抖了一下，现在手机没了，他就怀疑是被当时那一下抖掉在脚边的草地上，骑上车子又回公园去找。

在南泥湾公园的门口他远远看见，有一群老少男女团团围住两个青年，一个青年用手揪着另一个青年厉声吼道："她要是你的娘，你能骑车撞她吗？撞了就撞了吗？"

被吼的青年说："咋没撞过？我小时候在院里骑童车就撞过我娘，我哥立马把她扶起来了。"

吼人的青年又吼道："你现在是小时候吗？是在院里吗？骑的是童车吗？你的娘有你的哥帮着扶，别人的娘你哥就不管了？"

被吼的青年说："咋不管，不是有个好人送她上医院了吗？"

吼人的青年又吼道："你撞了人，又不是好人撞的人，为啥让好人送她去医院？"

被吼的青年还在"咋咋咋"着，梁二东长期养成的劝人习惯发起作来，放下自己的事情劝道："行啦行啦，有人送去医院就行啦！谁送不是送？不撞出人命来就是万幸，你还不快些去医院看你娘，还站在这里和他纠缠不清？”

吼人的青年侧过脸来向他解释：“不是我要和他纠缠不清，而是他不说清我才纠缠！”

梁二东说：“说来说去这不是一个道理吗？你越纠缠他就越不清，他越说不清你就越纠缠，这样纠缠下去永远也不会有一个结果！”

围观者多以赞成的目光看他，嘴里发出附和之声，被吼的青年柔弱地望着大家，一点也没有打算反抗。吼人的青年知道来了劝客，正要集中精力继续解释，稍一分神，感觉手里揪着的一只手没有了，转脸看见那手已抓在一辆自行车的车把上，下面有一条腿也正往三脚架上跨去，就大吼一声，丢下梁二东纵步上前，将那妄想逃跑的人揪下车来，拖回原地。

“想跑？哼，这事不说清楚你跑不了！”

梁二东从人圈里走出来，正式开始了他的劝说。

“这个小伙子，这样好吗？这样不好，这样很不好的，有啥事不能坐下来好好地说，世上有啥事说不清楚呢？像你这样又是吼又是叫，又是跑又是蹦，又是揪又是拖，就差没有动手打了！这让人看着多不好呀！数数有多少人在看着你吧，像看玩猴儿的一样看着你，看着我们绳州有人在大街上、在公园门口、在千人百众面前这样大闹天宫！不光是本地人，本地人会想自己生在哪里不好，咋要生在这样一个破地方呢？尤其还有外地人，外地人回去以后，或者他不回去，他在外面转悠，就会走到哪里说到哪里，说绳州的绳子虽然天下闻名，棕绳麻绳塑料绳，绳桌绳椅绳床垫，可那个地方的社会环境也跟绊马绳一样，大街上走着走着就会被人绊住，扯皮拉筋，死揪活缠，挣也挣不脱，跑也跑不掉，咋说呢，不说了，你们哪里都可以去，就千万别到绳州去啦！

“这个小伙子，你的娘被人撞了，你的心情我特别能够理解，从古到今，从中到外，从人到猴子，除了那个齐天大圣弼马温，那个从石头里蹦出来的孙悟空以外，全天下没有谁的生命不是娘给的，你，我，他们，谁都不能例外。但是，你的娘是娘，你的家乡也是娘，你的国家也是娘，家国家国，家就是国，国就是家，国和家都是我们的娘，都是我们共同的娘，你不能为了个人的小娘，而不顾我们的大娘，让人说她的坏话吧！这就又像我们说爱，爱也有大爱和小爱之分，爱自己的娘是小爱，爱我们的家国才是大爱！小伙子，你是一个孝子，这点我一眼就看出来了，可你光是一个孝子还不够，还得是一个忠臣，首先要忠于我们的国，忠于我们的家，忠于我们的家乡绳州！

“这个小伙子，你看我的年龄，可能和你娘差不多大，吃的盐比你吃的米多，过的桥比你走的路多，如果你能听进去我的话，觉得我说的话有一点道理，你就不要再纠缠他了，让他回家去吧！在这里我要帮那个小伙子说一句话，你有你的娘，他也有他的娘，他回去见他的娘，你不也好去见你的娘吗？那个小伙子，说到这里我又要帮这个小伙子说一句话了，你撞了他的娘，至少应该向他赔个礼，道个歉，说个对不起，千错万错都是你的错吧？三句好话暖人心，伸手不打笑脸人——咦，那个小伙子呢？”

他发现这个小伙子集中精力听他劝说的时候，没提防那个小伙子又一次离开了他们，这次连那辆自行车都不见了。

“劝呀！劝！接着劝！你不是劝他给那个老太太赔礼道歉认个错吗？你劝呀？你劝他别跑，你把他劝回来吧！我告诉你，老太太不是我娘！我狗逮耗子，多管闲事，今天遭到了可耻的失败，这你该得逞了吧？”这个小伙子恶狠狠地瞪着他，把对逃跑者的愤怒都转移到了他的身上。

“唉，看来他还没想通，气得连娘都不认了，连小爱都不要了！”梁二东心里抱怨着，虽然在南泥湾公园没有找到手机，但他却有了另一种成就感，总算成功地阻止了一场眼看就要爆发的战争。他怀着愉快的心情回到单位，进门惊奇地发现，一个熟悉的女人侧身坐在他的办公桌边，是以前从没来过的妻子。

“你来这里做啥？”

“我们娘被一个骑车的撞了，幸好有人把她送到医院！我给你打手机没人接，听到响声才知道你把它掉在了家里，我实在没法把你找到，就只好到你单位来等你！”

“原来撞的是……”梁二东只叫半句，便止住了。

“你知道了？你是咋知道的？我们可千万别让那人跑了……”妻子眼巴巴地望着他。

梁二东想起刚才对人的劝说，硬了一下心肠也劝她道：“我们更应该想到的是，他会不会在逃跑的路上又撞着别人！”

杠　　客

有人顾名思义，容易把杠客理解为给死人抬棺材的人，两根杠子，四个人抬，那就是四个杠客，八个人轮换着抬，那就是八个杠客。也有十六个人抬的，根据民间回忆和方志记载，还有三十二个人抬的，这都是根据死人身份和家庭经济状况决定。不过官再大，再有钱，抬的人也不能超过六十四个，只有皇帝和皇后的梓宫才能一百二十四个人抬，这是朝廷的规矩，比家庭的规矩大，谁若是违背了，轻者再有钱也得整光，重者活着的人也得弄死。而在另一方面，穷人家也有两个人抬一副棺材的，如果死者的后人是独子，又穷得连一个人都雇不起，那就只能独自背着棺材上山。二十四孝中卖身葬父的那个孩子，估计就是这么干的，卖身所得的棺材不会太重，睡在里面的父亲更不会是一个大胖子。

此杠客不是彼杠客，那种用杠子抬棺材的人叫八仙，或叫八大金刚，因为在一般情况下都会是八条壮汉。这种杠客却是指喜欢跟人对着干的人，小青年，二愣子，毛头小伙儿居多，当然是在嘴巴上，不是行动上，你说什么话他都会用相反的话驳斥你，你再反驳，他就再给你驳下去，两人一天都别干活儿了。杠客和辩客有一定的相似之处，那就是都好辩，善辩，随时随地能辩，百分之六十都能辩赢；但也有不同之处，辩客是看好了双方中的一方，就守在那里不动，自始至终和对方往死里作对。杠客则不然，别人在这方，他就在那方，别人换到那方，他又换到这方，有时候抬着抬着，发现对方的观点和自己刚才的观点有所吻合，于是掉过头去转到相反的方向，这就等于自己又在全力以赴地和自己抬了。

至于这种做法为什么叫抬杠，这种人为什么叫杠客，明知道他的肩膀上没有杠子，也的确没有给死人出殡，还要如此相称，是形容他硬？直倔？不转弯？还是有别的什么特点？截至目前还没有一个标准的答案。

大河北岸辛家台子村的杠客汪居民，可不是小青年二愣子毛头小伙儿，这人属鸡，今年整六十，大专文化，是村里的高级知识分子。他的相貌怎么说呢，属于那种初次见到他的人心里都会嘀咕“这人怎么长这模样儿”的类型，粗而红的脖子两侧各自有一根筋，颜色是紫的，像卧在红土地上的两条蚯蚓。平时它们静若处子，一旦他和人抬起杠来，立刻就开始行动，直径变大，颜色变深，时细时粗，时伏时起，为它们的主人加油打气和供应血液，助他一根筋之力。

“辛家台宾仪馆……宾？这字是谁题的？是不是题错了哇？”一个抬棺材的八仙在还没宣布起棺之前东张西望着，无意中发现这个字有点儿别扭。

“谁题的？这地儿，请谁题谁都不题，要是别的单位江书记早就题了！那字是广告公司的人做的，你没见是印刷体？”另一个八仙说。

汪居民是死者家属请来登记花圈、挽账和礼金的人。他有文化，算术也好，村委会的主任姓昝，这个姓只有他一个人会写，其他人都爱写成引咎辞职的“咎”，请他来做这事是对他的重用。因为按道理昝主任也会来参加葬礼，人家当领导的送了花圈送了钱，还让人家引咎辞职，那可就对不起人家了。

“我认为那个字并没有错。”汪居民咳了一声嗓子，开始抬杠了。广告公司的经理和工人全都不是他的亲戚，殡仪馆的馆长也不是他的本家，他的发言只是为了显示自己有独立的见解，不随声附和，不人云亦云。

“咋不错？殡仪馆的‘殡’字左边有一个‘歹’，宾馆的‘宾’字左边没有一个‘歹’，有‘歹’的是放死人的，没有‘歹’的是住活人的！”最先看出这个错字的八仙说，他的文化虽然没有汪居民高，但这个字的意思他懂。

“宾者，客也，所有来到这个馆的人不分是好是歹，也不分是死是活，包括我们在内，哪个不是它的宾客？既然它是容纳宾客的馆舍，它就可以叫作宾馆！我说的就是没有‘歹’字的这个宾馆！”

“照你这么说，仓颉造字为啥要造一个有‘歹’的呢？”

“那你可以去问姓仓的！他是他的想法，我是我的想法！如果我是老仓的话，我就可以不造那个有‘歹’的‘殡’字！”

“照你这么说，两处都叫宾馆，都没有那个‘歹’字，活人就也能跑到这里来登记睡觉了？死人就也能哐哝哐哝地抬到那里去了？”

“咋不能？我就敢在这里睡！死人就能那里抬！宾馆难道没有睡过死人？我还亲眼看到过一回！大前年腊月二十九的夜里，我老婆娘家一个远房表舅就死在辛家台子宾馆，他从外面做生意回来，第二天就要回家过大年了，那天夜里喝多了酒！如果睡过死人就应该叫有‘歹’的宾馆，辛家台子宾馆的‘宾’字不也要加一个‘歹’？”

“照你这么说……”

第一个八仙还要跟他辩论这两个字的区别，第二个八仙听他说话的声调直杠杠的，硬邦邦的，还有点儿恶狠狠的，回忆起自己像在哪里见到过这人一次，忽然就发现了他红色脖子两边的一对紫色的蚯蚓，随着他声调的高低和语速的快慢，一会儿变粗一会儿变细，一会儿起来一会儿下去，真害怕在他最激烈的时候“嘣”的一下爆了，那要是静脉还能想法堵着，要是动脉可就完了蛋了！就赶紧笑着，对他打了一声招呼道：“你是辛家台子村的那个汪……吧？”

然后转过脸去，对第一个八仙挤了一下眼说：“别争了！别争了！没有‘歹’就没有‘歹’吧！‘歹’又不是啥好东西！没有‘歹’还不好吗？好歹好歹，你咋就不晓得好歹呢？让它们两个馆都是一个‘宾’吧！索性把‘仪’字也去了，都叫宾馆好了！它们的性质是一样的！一模一样的！以后这两个宾馆索性合成一个！来，喝口水，歇口气，要想撒尿就赶快去撒一泡尿，马上要起杠啦！”

那人的嘴就被这人塞过去的一瓶矿泉水堵住了。汪居民从这人的话里听出对自己的讽刺，红脖子上的紫筋刚刚休息一会儿又跳跃起来，拧过头说：“别那么夸张好不好？它们两个能合并吗？能是一模一样的吗？那个宾馆目的是住活人，虽然也有死人，但那是活人住下以后变成的死人，这种情况不多！这个宾馆目的是放死人，虽然也来活人，但这是送死人来的活人，我们今天就是！……”

“起——呀——”只听得一声喊，杠客们抬起肩上的杠子，结束了和他的抬杠，在锣鼓唢呐声中一步一步朝着山上走去。

汪居民最后一次抬杠是跟他的老丈母娘。汪居民是北方的居民，老丈母娘一家都祖居南方，开春时他的老丈人没了，剩下老丈母娘一人，独自在家守了七个半月，冬天被他媳妇接到他家来过年。因为汪居民喜欢抬杠，在外跟乡亲邻居抬，在家跟老婆孩子抬，儿女们另立以后平时很少回家，大年三十不能不回，就慌慌忙忙回来吃一顿团年饭，又慌慌忙忙回到自己小家过快乐的佳节。老丈母娘这次前来加盟，使得他这个年人丁兴旺，好不容易能坐三方了。

初一的饺子初二的面，在过年的习俗上南北是一样的，这个不用抬杠，于是他家初一就来包饺子了。一家三人自然分工，媳妇剁馅，老丈母娘包，汪居民大男人家有力气，负责擀饺子皮。他将面粉加水和好，先揉成一个大团，再揪成若干小团，然后用一根七寸长的擀面根，把小面团擀成茶杯口大的圆片片，擀一个，交给老丈母娘一个。

“不说是初一包饺子吗，咋又改成包包子了？”

“谁说是包包子了？我这不就是擀皮让你包饺子？”

“哎哟我的民居哟，饺子皮儿不是你这样擀的呀，擀饺子皮儿不能是小面团儿，得是大面团儿，要先擀成一张大皮儿，叠起来切成长条儿，再摊开切成方片儿，那方片儿是梯形的，一边儿宽点儿，一边儿窄点儿，这样包起来好抄边儿，又好看又不露馅儿，饺子皮儿哪能是圆片儿的呀？圆片儿包出来的哪是饺子呀？那明明是包子呀！擀面杖也得是三尺长的，你这点儿长的短棍儿，是不好擀的呀……”

“你说我这样的包出来不是饺子？你说的那样才不是饺子哪！你

那叫馄饨！”

“不对的呀，我说的才是饺子呀，你这样儿的包出来是包子呀！”

“你那是馄饨！”

“不对的呀居民……”

“你才不对！”

汪居民的脸红了，脖子粗了，脖子两边的一对蚯蚓紫了，两颗眼珠子也圆了，双手停止擀面皮了。他从嘴里喷出一些白色的物体，星状的溅在一个个面团上，雾状的飞到了老丈母娘的脸上。

“说饺子就说饺子，你发个哪门子火呀？你老丈人不在了，我一个人大老远地跑到你这儿来过年，不是来听你发火的呀！看你那脖子，看你那眼珠子，你想吃了我呀？你把唾沫子都喷到面团上去了，那包子包出来咋还能吃呀……”

“你那是馄饨、馄饨、馄饨！你咋还说我这是包子、包子、包子！”

老丈母娘从兜里掏出一张纸巾，揩了一把脸，又掏出一张纸巾，揩了一把眼窝，接着站起身子朝房门走去。

汪居民的媳妇分工在厨房剁馅，菜刀和猪肉以及案板的撞击覆盖了外面的抬杠声，等她端着一盆鲜红的肉馅出来，被她接来过年的娘已经不在这里了。她从男人像拉风箱一样的出气中知道了她的去向，张着一双油手追出门外，追上公交车，追到车站。大年初一，火车站里的旅客基本上都已坐在自家的电视机前去了，她不用排队就买到了一张车票，于是又追上开往娘家的火车。

杠客汪居民可以没有老丈母娘，但是不可没有老丈母娘的女儿，他为了追回后者才来到车站。车站旁边有一家饺子店，正为无处过年的流浪汉们供应着两样饺子，一样是北方饺子，一样是南方饺子，北方饺子就是他擀皮包的那种，南方饺子就是他的老丈母娘说的那种。

他在饺子店前站了一会儿，店里走出一个中年妇女，以为他的肚子饿了，笑脸迎道：“大爷过年好，来碗饺子？要南方的还是北方的？屋里暖和，请——”

“啥？你把我叫大爷？你多大？你知道我多大？你知道多少岁为一代？另外我还想问你，你写的那个南方饺子是饺子吗？既然它跟饺子不同为啥还叫饺子？‘橘生淮南则为橘，生于淮北则为枳……’”

“你这人真是的，你吃就吃，不吃就不吃呗，大过年的跟我抬个啥杠啊？”中年妇女转身进店，不出来了。

看　客

看客只看，不说，不劝，更不辩，何七多就是这么一个只负责看的人。从前他是何家村的一个闲汉，没事就爱看公鸡踩水，他能够饭也不吃，觉也不困，长时间地蹲在地上，从公鸡如何像做好人好事一样给母鸡寻找食物，如何像醉汉一样红了冠子，如何像玩彩船一样划着弧圈，如何像占领高地的战士一样登上母鸡的背部，直看到它如何像有志者事竟成的凤凰男一样面带成功的得意摇晃而去，他还蹲在地上久久回味刚才的情景。何家村人的逻辑思维是有问题的，他们把闲汉和懒汉混为一谈，又把懒汉和二流子并列起来，笼统地称之为懒汉二流子，何七多承认自己闲，却不承认自己懒，更不承认自己是二等的流氓，他敢发誓他从来没有调戏过妇女，他只是看着别人调戏，先动嘴，然后动手，再然后……他要是开过一次口，就让雷劈了他。所以每当他听到“懒汉二流子”这个称呼，他就把一只手举到空中，像敲钟一样敲击三下，这时候他才发出声来：“我闲是闲，可我不是懒汉，也不是二流子！”

何七多的这个动作，有一次被学校的王校长看在了眼里，王校长正在给学校物色一位敲钟的师傅，就把他物色到学校去敲钟了。

学校的操场边长着一棵槐树，槐树上吊着一口大钟，大钟的中央有一颗心脏似的钟摆，一根绳子穿在钟摆的下端，以手拉动绳子，钟摆碰触钟壁，就会“当”地发出一声轰鸣。王校长把何七多领到槐树下面，为他做了一个示范，笑着说道：“你懂得‘声若洪钟’这个词吗？听，这就是洪钟的声音。”然后把一个马蹄形的小闹表交给他，告诉他每当时针和分针指到哪里，他就去敲钟，上课敲几响，下课敲几响。

“往后你只负责敲钟,其他的都别管。”王校长按了一下他的肩膀。

何七多一学就学会了，他敲钟时看见同学们像被捅了窝的一群马蜂，要么从教室外往教室里跑，要么从教室里往教室外跑。就连老师有时也慌里慌张，把手里粉笔都掉在地上，他的心里又高兴起来，因为用力，敲出的声音比王校长的更加洪亮。

他敲了三个星期的钟，第四个星期的星期一，学校里发生了一件事。在他敲完下课钟后，一伙同学从教室里拥出来，一个胖同学说一个瘦同学偷了自己的橡皮，瘦同学说没有偷，胖同学让瘦同学把书包打开检查，说时迟，那时快，瘦同学的手伸进书包，拔出来往嘴里扔了一个东西，胖同学大叫一声，说是橡皮被瘦同学吃了。何七多正好看见了这个动作，心想可别把橡皮咽进肚子里，那东西不好消化的！两个同学揪扯着要去见班主任，王校长却从校长办公室里走出来，问他们是怎么回事，他们就在橡皮偷没偷和吃没吃的问题上说着截然相反的话，王校长问何七多：“何师傅，这事发生在你的眼皮子底下，你当时看见了没有？”

何七多出口成章地回答：“没有。”

瘦同学突然弯下腰去，喊叫救命，说是肚子疼得要死了，说这个敲钟的亲眼看见他把橡皮塞到嘴里，吞进肚子去了，怎么还说没有看见？是想害死他吗？哎哟喂！

王校长一边安排人把瘦同学送往医院，一边批评何七多：“你明明看见了，为什么说没有看见了呢？”

何七多小声说：“你不是说要我只负责敲钟，其他的都别管吗？”

王校长久久地看着他，好像不认识这个人了，看够了对他一笑道：“我说这话，有人看见吗？有人听到吗？”

第二天清晨，何七多手提马蹄表来到学校，正要敲响早自习的钟声，却被通知学校已经把他解雇了。本来他只敲了三个星期零一天的钟，王校长让人给他发了一个月的工资。

何七多回家继续闲着。村里人见他又开始看公鸡踩水了，就劝他自己也养几只鸡，不仅有踩水看，还能下蛋卖几个钱，好歹也增加一点收入是不是？他接受了这个建议，为了凑一个顺的吉数，他计划着养了六只鸡，五只母鸡，一只公鸡，公鸡不能下蛋，但是没有公鸡谁来踩水呢？其实他养的五只母鸡所下的鸡蛋他全部没卖，全部和韭菜一起炒着吃了，里面放一点红辣椒，很好的味道。

冬天来了，天气冷了，他想卖只鸡买件棉衣，自然是卖那只一直受公鸡冷落的掉毛老母鸡，其实数这只老母鸡下蛋最多。这天一大早他就上了集市。集市里物以类聚，鸡是一个卖场，猪是一个卖场，牛和马又是另外两个卖场，他走进鸡的卖场，只听得背后一阵嚷叫，扭头一看，是一头牛和一匹马脱离了它们的领域，在双边之间战斗起来。马用蹄子踢牛的肚子，牛用角剜马的头，双方战得难分难解。他立刻又来了兴趣，转过身去，并且向前走了一步，怀里抱着的鸡也随他转身，随他观看。他们两个聚精会神，大气不出，担心妨碍了眼前的斗争，同时也会引起对方的注意，从而影响观看的质量。何七多看得十分详细，他看见马的战术是用后蹄踢牛的肚子，踢到第四脚时一下把牛的卵子踢中了，牛疼得“哞”的一声，眼里流出两行泪来，然后忍着剧痛发起反击，攒着头一角剜在马的同一个部位。马在这方面的耐受力是比不上牛的，顿时支持不住了，嘴里“咴咴”地发出惨叫，浑身发抖，四只蹄子轮番着地向后溃退。

何七多抱着鸡就站在马的屁股后面，他怕马蹄踩着了自己的脚，更坏的可能是如果疼得飙出屎尿，还会喷溅在自己的身上，于是他也往后退着。这么一来牛明显地占了上风，愤怒和仇恨使它忘记了宽恕，它不依不饶，越战越勇。何七多发现它的卵子颜色变得乌红，体积也比先前肿大了许多。这让他想起自己在学校工作的时候，校园槐树上的那口铜钟，现如今吊在两条牛腿间的那个东西，就像被他用绳子拽动的钟锤儿一样荡来荡去。那时它每荡一下，钟壁就“当”地发出一声洪亮的轰鸣，全校师生听到这个信号，一秒钟也不敢怠慢，该上课就去上课，该下课就去下课。

“嘿，我的权力比王校长还大！”何七多由此及彼地想，嘴角挤出两坨笑容。

现在，这匹受了同样伤害的马招架不住牛的攻势，它的卵子虽然不红不肿，却顺着两腿向下滴血，两条染上血迹的后腿已退到人行道的边缘，再退一步就会足踩着赶集的人了。有人从何七多的背后往这里跑着，边跑边喊：“前面那个男人，那个怀里抱着鸡的，快把地上的牛绳捡起来，把牛勒住，别让它再剜马了，再剜马就要踩人啦！”

何七多听到了这个喊声，他快速地看了一眼身边，左右全是妇女和小孩，也只有他一个人抱着鸡，但他没有去捡牛绳，就像没有听到那人的喊声，仍然兴致勃勃地看着眼前的好戏。这会儿就见那牛再一次用角向马剜去，那马再一次后退的时候，扬起的蹄子把一个牵猪的汉子踹翻在了地上。

在背后喊叫的那人冲上前来，怒目瞪着何七多问：“你的手是金子做的？你的腰杆子是生铁铸的？你眼睁睁地看着牛打死马，马打死牛，连根绳子也舍不得捡？嗯？”

集市上的人都顺着他的眼睛看向何七多，何七多不说话不行了，好歹才说了一句话：“我给你管牛管马，我的鸡跑了哪个管？”

大家的眼睛突然转到另一个方向，一片闹嚷之中，那个牵猪的汉子被人抬上了车，那匹马一蹄子踩断了他的肋骨。很多人都没有心思赶集了，更没人买何七多的老母鸡，何七多着起急来，他好不容易等来一个人，蹲下身子已经把老母鸡捉到手里，这时却有另一个人在旁边咳了一声，那人就放下它，起身走到别的卖鸡人那里。何七多很有些想不通道：“公鸡看不中它，你怎么也看不中它啊？它不中看，可它中吃啊？”

那人回头看他一眼说：“问题是你一不中看，二不中吃。”

他抱着掉毛的老母鸡重返家中，重新过起了观看公鸡踩水的日子。

何七多一辈子没有女人。有年春上，有个好心的媒人想给他说一个，是一个养猪的寡妇，那个寡妇已经答应和他见面了，一身衣服都换好了，跟着媒人上路了，走到中途发现是往何家村的方向，站住脚问媒人：“这是把我往哪儿领呀？”

“何家村？”

“去见谁呀？”

“何七多，这人生下地还没沾过女人的边儿，你这下可是赚大发了！”

“啊？那个怀里抱只老母鸡，连牛绳子都不弯腰捡起来的懒家伙？我还是回去吧！”

“你认得这个人？”

“听说过！我男人就是他看着让马踩死的！我情愿嫁给我的猪也不嫁给他！我的猪看见有人要谋害我还会嚷嚷，可他连屁都不会放一个！”

寡妇扭转身子向回走去，脚板在路上打得“啪啪”地响。

喝　　酒

一

有一年夏天我回老家绿林市，就是北京满大街流行唱“常回家看看”的第二年，绿林市电视台的一位女编导闻讯来采访我，问我回到绿林是一种什么心情。一个扛摄像机的家伙眼尖手快把镜头对在我的脸上，我看着它心里有点儿发毛，想了想说，恐惧。

女编导快速地眨着一双人工翻起的眼睫毛，吃惊地望着我说，哇，您怎么会有这种感觉？

我说，是的，恐惧，有两个事我是最恐惧的，一个是喝酒，绿林的人实在是太能喝了，把人逮住往死里灌；一个是在当官儿的面前替亲戚朋友说情，为子女安排职业，为自己调动工作，或者也想当一个小官儿什么的，这个我比喝酒还怕。我在这方面已经遭到过不少的欺骗，蒙受过不少的羞辱，总而言之是吃过不少的亏，每一次都是把人求了，面子丢了，所求的事情还是没有办成，人家嘴上答应，心里根本就没想给我办，我算一个什么东西？

女编导听我如此自卑，笑嘻嘻地安慰我说，您是作家，是绿林在外的名人，人家怎么会欺骗和羞辱您呢？

我说，你竟连作家也看得起了，可见你和托我说情的人犯的是同一个毛病。作家不能让他们升官，不能安排他们亲戚子女的工作，又没有大捆的票子送给他们，要送只能送他们一本自己写的书，在上面签个名字，这才值几个钱？我的书一般都在十九块八毛钱左右，太便宜了，你不要光为自己想，你也要替人家想一想，人家帮你办事是划不来的呀。这个道理很晚我才明白，明白以后就后悔极了，半夜醒来还感到脸红，真想扇自己一个大耳刮子，看以后还求不求当官儿的！

说到这里我的身子不禁抖了一下，竟对女编导说了一句粗野的话道，我真的是有一种恐惧感，一想起来浑身就打冷战，就像小便快结束的时候一样，像发疟疾一样，像恐高病人面对着万丈深渊一样。前些年我之所以没有常回家看看，在很大程度上就是因为这两个原因，它差点儿害得我有家难归，那滋味就像是一个在逃的杀人犯。

女编导朝摄像的家伙看了一眼，我看出她是在可惜他们的电池和带子，出于对我的礼貌她没有挥手要他停止工作，对我莞尔一笑道，您是一个幽默的作家，和您作品的风格一模一样。

此次采访结束以后，我坐在电视机前白等了两个晚上，第三个晚上我还在等，我的小学同学马东风按铃进来。他说，你别等了，既然你对他们那样胡说八道了一通，他们就不会播放你了，绿林人的秉性你又不是不清楚，采访你的那截带子肯定是剪了，扔到厕所里去了。

我说，我并没有胡说八道，我是真的感到恐惧呀。

马东风说，是真的也不能说，你都是奔五十的人了，得学会说点儿假的了。

我记得马东风是个老实人，比我还老实，读书时不大讨老师喜欢，参加工作后在领导面前也是这样。他一直在文化局里给人跑腿儿，都跑了四七二十八年，才给自己跑了一个经营股的小股长。此次我回老家，他是第二趟来看我，第一趟就是前天晚上电视台来人的时候。因此我对坐在摄像机下的女编导说的那一番话，实际上也等于对坐在角落里的他说了。马东风今晚复来的目的是要我明天到他家里坐坐，他想求我帮一个忙，说是这个忙只有我才帮得上，同时他还有一个好东西要送给我，这个好东西也只有送给我才算没有明珠投暗。

我问他那是一个什么忙，他笑而不答，我又问他那是一个什么好东西，他也笑而不答。这个老实家伙，什么时候也学会了保密，他只说明天到他家里，他再给我说，再给我看。我觉得如今这世道实在是变了，连马东风这样简单的人都复杂化了，他完全是在文化局的经营股里被经营坏了。

二

第二天我如约来到马东风家，我发现他家房子很小，家具也旧，一间客厅像是厨房，茶几上放着切菜板和电饭煲，会客却在一间书房，那间书房又兼做着儿子的卧室。那天正好是个星期六，高三学生马小村也回家了，躲在马东风的大房间里温习功课，准备今年考上一所名牌大学，毕业后一举超过他的父亲。见了我，小村按照马东风的指示叫了我一声野叔叔，又争分夺秒地去看那一大摞书。我觉得这屋里还少了个人，少了个女人，在马东风去给我沏茶的时候，就问小村说，你妈妈呢？

小村抬头看我一眼道，我妈妈在乡下，双休日是回不来的，我爸爸没有告诉你吗？

我就猛地想了起来，不是马东风没有告诉我，而是他告诉了我被我忘了。马东风的爱人陈玉芳和马东风都是我的小学同学，在一所乡下小学教书，那地方离市里有八十多里，两人刚结婚的那一阵子，爱情的质量很高，一到星期日，不是她进市里来投奔他，就是他到乡下去慰问她，后来渐渐岁数大了，跑不动了，除了寒暑两个长假和元旦春节，这是一定要在一起过的，平时的双休日就各就各位，日子基本上平静下来，成了一对偶尔接一接头的精神鸳鸯。

我接过马东风给我沏的茶，表扬了一句茶叶的颜色，放在茶几上先不忙喝，问他说，陈玉芳知道我回来吗？

这是一个必须要问的问题，因为陈玉芳不仅是他的爱人，而且是我的同学，还是这个家里的家庭主妇，杯里的茶叶没准儿也是她买回来的。马东风听我问到陈玉芳，脸色就有点儿暗然说，她教书的那里不通电话，我没有办法及时告诉她，给她写封信吧，等她收到恐怕你就走了。

我说，本应该我去看看她的，只怪这次时间太紧。

马东风默坐了一阵子，忽然极不好意思地叹口气说，承蒙老同学的关心，现在我实话告诉你，我求你给我帮的忙其实和她有关系，我想明天把梁市长，就是我们市的一把手请到家里来坐坐，你也来，就你们两人，我一个，还有一个就是玉亭，玉芳的妹妹，别人谁都不请，我要对梁市长谈谈我的事情。

我不由得大惊失色道，这怎么行？前天晚上你亲耳听我说的，我对这样的事情感到恐惧，我说我一怕喝酒，二怕求人，而你刚才的这个安排，居然两样都占全了，我不能来，老同学你饶了我吧。

马东风看来早已料定了我的态度，苦着一张沧桑的脸说，我知道你是一个清高的人，我知道我给你为难了，这件事我已经想了很久，我实在是没有别的办法，其实在你回来之前我就想到你了，我盼着你回来，那天你一回来，我一夜都没有睡着，我想这可是救命的人回来了。我知道你清高，我知道我会给你为难，答应也不好不答应也不好。但是这些我都顾不得了，我得求你，看在老同学的面上，我和玉芳都是你的同学，算是你一下帮了两个老同学。我甚至都想好了，明天你对梁市长不说我的事，我的事由我自己说，你只和梁市长见个面，帮我陪陪他就是了。我知道你肯定会为难，你从来都是个清高的人……

我说，对呀，你知道了怎么还要让我这样，你想请那个什么梁市长你请就是，为什么一定要拉上我呢？

马东风叫苦不迭道，我不拉你他不会来呀，你想一想，全市每天有多少人请他，哪里轮得上我一个小股长啊？可我要说我北京的作家同学回来了，等在我家里想见见他，他肯定会推了别处到我这里来，我求你这次就别清高了，为了我就为一次难吧，现在全国都是这样，想办点儿事就得这样，不这样就搞不成……

他翻来覆去地说着这几句话，说得我的心里相当难过，一会儿硬，一会儿软，接着一想到从前有过的经历，立刻又硬了起来。我不敢看他的脸，我知道他的那张脸上此刻一定惨不忍睹，而且一定眼巴巴地把我望着，像是溺水者望着一块从远处漂来的破船板。我不能长期这样让他看我，不说话是不行的，无论如何总得说一句话，要么继续拒绝，要么答应考虑。再要么咬一个牙，破例承诺下来，但是我得事先讲好，我和那个什么梁市长见面，我任何话也不说，只是见一见面，陪一陪他，只当是一具喝酒吃菜的尸体，在老同学的餐桌边摆上一会儿，然后一切都靠马东风自己的造化。如果只做到这一步，我就还不算十分地下作，马东风的事情成与不成，我也没有失掉多少面子，为了帮助一个求到我名下的老同学，我顶多就只能到这个分儿上了。

我忽然感到怀疑，仅仅是这样做，马东风能达到他的目的吗？我到底抬起头来一笑，问马东风道，我又不是他的上级，他既不怕我，也不求我，我在他的面前是个无用之人，你又是怎么想到我的？我说的无用之人当然不是指我没有价值，而是指我对那个什么梁市长没有价值，没有丝毫的价值可言。

马东风见我终于有了态度，就像抓住船板的溺水者又看到了朦胧的海岸，立刻就高兴起来说，你是作家，是名人哪，有一次我听他和别人说话还提到过你，说是看过你写的一本什么书，这说明他心里有你。我就是想让他知道你是我的同学，两人关系还很好的，这样无形中他会把你和我连在一起，说不定就会考虑我的事了。最起码，我说你在我这里，想见一见他，请他来他总得来吧？我知道我这是利用你的身份来抬举我，有点儿狐假虎威的味道，说卑鄙都说得上，可是我要解决我的问题，实在是没有别的办法呀！

我望着他的那张皱成一团的苦脸，想了想问道，你要他解决你的什么问题？

马东风咧着嘴，想笑又笑不出，把脑袋低下去摇着，这样摇了两圈儿才抬起来，脸上的笑容有了，却是苦笑。我记得他从小长的就是一副哭相，随着岁月的增长，这哭相按着年龄的比例，长到现在就更明显，嘴又咧着，脸再一红，额上和两颊的折子里都充了血，简直要多难看有多难看。他轻了声说，事到如今，我不能瞒老同学了，我说了你别笑我，我是想，我是想他给我弄个副局长……

这又是一个始料不及，我原以为他想把自己调出文化局，到一个富点儿的单位去，每月多拿几个钱，或者把陈玉芳调进城里的学校，两口子离得近些，每天能够一起吃饭，每晚能够一起睡觉，却做梦也没想到这个老实人也想当官儿，哪怕只想当个小小局长，而且是个副的，为此竟动了请客的念头，不惜把我也搭进去。

绿林市是个屁大的城市，顶多县一级的，那个什么梁市长的级别冲破天是个正处，马东风想当的副局长是个副科，而他现在所任的股长只相当于一个工厂下面车间里的班组长，国家机关的正式编制里没有这小的官儿。在这么恶劣低级的仕途上努力挣扎，想想就让人脸没处放。当然我不能这么直说，这么直说了马东风肯定会接受不了，他一直都生活在巴掌大的绿林市里，那个什么梁市长是他仰脸所见的最大官员，相当于美国的布什，俄罗斯的普京，他马东风这一辈子想都不敢去想的。我嘴上叹了一口长气，扭过头去，不敢再看他那张难看的脸。

马东风从我这一声长气中听出了某种危险，我们今晚的谈话虽然还刚开始，却已历经了三个阶段，这期间我的态度一次一次地变化着，在他听来一定惊心动魄。最初他提出要我明天来陪那个什么梁市长，话一出口就遭到了我的拒绝，他妥协到我只是和他见一个面，而决不求他办事，我的口气才有所松动，不料得知他此举是想当一个副局长，我便又陷入了长久的沉默。马东风有些慌了，他害怕前功尽弃，他极力想把事态挽回到第二阶段，他把沙发里的身子挪了一下，向我这边靠近一些，一只右手放在我的左膝盖上，可怜巴巴地向我解释着说，老同学你先别忙瞧不起我，并不是我想当官儿，而是社会逼良为官呀！

我打断他的话道，我只听说逼良为娼，却没听说逼良为官，当官儿还用人来逼吗？

马东风就等着我问这一句话，屁股立刻向我挪过来说，你不知道，绿林市政府有一个死规定，科局长可以分到三卧一室，家属可以调回城里，除此之外还有一些其他的优惠条件，总之是一当就好了哇。你看我这两间破房子，玉芳在乡下待了二十多年，小村连台电脑都买不起，不就因为我是一个小股长吗？我要是一个局长，哪怕是个副的，下次你再回来看吧，我的房子就不会这么大了，玉芳也不会再在乡下了，也有人给我送东西了！其实我心里怎么不知道，当官儿的住的大房子却是白花花的，老婆孩子都养得白花花的啊！

马东风说着说着嗓音变了，节奏也慢了，有时一句话分几次都没有说完，长久地停在那里，我以为他不打算说了，可是后来他又把它接了上去。我不得不扭过头来看他，这个没出息的小股长，他果然是哭了，满脸的褶子里都是眼泪，储不下了就顺着折子尾端往下滑落，他怕流下来砸在地上，留下痕迹影响不好，就用两只手把脸整个儿地蒙住，掩盖着里面发生的一切。突然间我的心再一次软了，我深深地同情起他来，因为他说到了老婆和孩子。他以为他说的那些规定我不知道，其实我怎么会不知道？绿林市是这样，北京市又何尝不是这样？整个中国又何尝不是这样？如果他当了副局长，陈玉芳就能调进城里，让我陪一次那个什么梁市长，不就是喝几杯酒，说几句话吗，怎么就不能拉下这张不值钱的脸呢？为了我这两个小学同学的前途和命运，我的心动摇了，面对摄像机发出的誓言，看来又将以上述理由被我违背。

我下决心答应了他以后，马东风又哭了一会儿才松开双手，他的手像是刚从水里捞起来的，脸也像是刚刚洗过。他起身去卫生间里擦了把脸，转来时那脸笑得像朵雨后的菊花。他和我约好明天下午三点，我提前到他家里来，等我来了他再去请梁市长。这时候我的心态完全变了，连我自己此前也没想到，我的心里居然充满了一种崇高的献身精神，我对他说，明天我一定按时来，来了在厨房里找点儿事做吧。

马东风感动得语不成声道，不必，不必了，我请了绿林市最好的厨子，玉亭放着宾馆的大堂经理不做，专门请了天假来给他打下手，你来了不要你做什么事，坐在那里找本书看就是。你还不认识玉亭吧，她可比她姐姐能行，我是专门要她来陪梁市长的，加上她我们正好是四个人，吃了饭还可以打上几圈儿，梁市长爱的就是这个……

马东风说着说着忽然就闭了嘴，起身急急慌慌地走进卧室，过一会儿手里捧了一个黄杨木的根雕出来，一路上擦着上面的灰，走到我的面前递给我说，差点儿忘了我昨晚说的话，这是我在我们会计那里看到的，我觉得这个树根长得像你，野头野脑，莽里莽撞，想怎么长就怎么长，想什么样就什么样，我就把它要过来了，专门等你回来好送给你。

我接过根雕细细一看，还真是他说的那样，当时我就笑了，要他找张纸给我包好，回北京时我要把它带上。

三

第二天下午三点，我准时来到马东风的家里。他家一夜之间变了个样子，满屋里收拾得漂漂亮亮，就像过年一样，这都是陈玉芳的妹妹陈玉亭干的，这女人比她姐姐小十多岁，人也风流得多，穿一件半透明的浅色纱裙，领口开得很低，虽是一个绿林宾馆的大堂女经理，不细看却和北京的贵族女人没什么区别。马东风陪我坐了一会儿就出发了，去请那个什么梁市长，陈玉亭怕我一人坐着寂寞，在厨房里打一打下手，出来陪我聊一聊天，她不断地起身给我添茶，劝我吃碟子里的瓜子和糖果，又以女主人的身份埋怨着她的老实姐夫说，我要他在宾馆里请梁市长，哪怕由我掏钱买单都行，他偏要在自己家里，你看这又忙又乱的！

我替马东风解释道，你这个做姨妹的哪里理解你姐夫的心事，他只能以家宴的方式才好请那个什么梁市长，那个什么梁市长一日三餐都在宾馆里吃喝玩乐，要说是在宾馆里请客，人家兴许就觉得不新鲜了。

陈玉亭说，这倒也是。接着又轻轻一笑说，等会儿梁市长来了，你可别再说人家是那个什么梁市长！

我也笑了说，我又不是一个傻子。

原定是梁市长五点钟到，从四点四十五分开始，陈玉亭几乎每过五分钟趴在窗口望上一次，直望到五点半都过了，还没望到一辆小车向这里开来，梁市长出门必然是坐小车的。五点四十的时候，马东风家的电话铃突然响了，陈玉亭疯了一般从厨房里冲出来，一边向着电话机子扑去，一边斜着看我，嘴里作着英明的预计说，肯定是姐夫打回来的，梁市长有事要推迟了！

她的预计百分之百地正确，果然是马东风从前线发回来的消息，说梁市长正在召开一个新世纪绿林文化工作会议，此会大约要到六点以后才能结束。马东风电话里的声音很大，的确像是在前方战场上指挥作战，我坐在三米开外都听得一清二楚。马东风这个老实人说，玉亭，你替我对我那个老同学解释一下，害他久等了，让他别着急，要不你陪他跳个舞吧，你记着他是从北京回来的人。

陈玉亭搁下电话，满面春风，跃跃欲试地向我走来道，我姐夫说，要我……

我笑着做了一个从免的动作说，我听见了，我不会跳舞，谁和我跳，我就踩谁的脚。

陈玉亭极具风情地斜了我一眼说，从北京回来的人，又是作家，谁信！

我没想向她辩解，我说，我不着急，你忙你的去吧。

陈玉亭不听我的，双手轻轻提了提半透明的浅色纱裙，挨在我的身边坐下来说，那我就陪你聊聊天，聊聊你的夫人，我应该叫她嫂子吧？嫂子肯定是你的崇拜者，长得很漂亮，比我漂亮得多是吗？

快七点的时候，楼下响起小汽车的声音，接着尖锐地鸣了一声喇叭，似乎是通知主人下去迎客。我断定是那个什么梁市长来了，便和陈玉亭一道下去欢迎。我判断得不错，我们两人走到楼下，小汽车里的人都站在车门外了，是一前一后两辆车子，不带马东风总共是六个人。我又一次感到意外，心想不说好是梁市长一个人吗，怎么一下超出了五倍，这些人到底是干什么的？

马东风见我下楼迎客，觉得我给足了他的面子，显得万分高兴，拉着我就向梁市长介绍，又把梁市长介绍给我，接着再一个一个介绍那另外五人，原来一个是市委关副书记，一个是朱副市长，一个是党办罗主任，一个是宣传部刘部长，还有一个青脸瘦猴子是文化局李局长，数他的官儿最小，但他是马东风的顶头上司，俗话说不怕县官只怕现管，从这层特殊的意义来说，他的官儿又是最大的。马东风介绍到李局长时眼角的褶子全都出来了，小孩子画的太阳光似的，看来他在马东风心中的地位仅次于梁市长。想不到马东风老实巴交，介绍起人来却很有一套，按照官职大小的顺序，那么多人一点儿都没有乱套，语气当重的重，尾音当长的长，每个人都被介绍得红光满面，乐乐乎乎，猛一听有点儿吹牛，再一想却又是个实话，都认为自己今天是应该来、必须来的人物。

梁市长的官儿最大，个子最矮，相貌最丑，声音最亮，知道今天又是他的主角儿，其他五人握着我手摇一下就松开了，惟有他却一遍又一遍地摇着，嘴里批评着我说，作家同志你好，你回绿林怎么也不给我一个消息，我好安排人去车站接你嘛。

我看了马东风一眼，发现他也在紧张地看我，我完全是为他着想，就笑着向梁市长检讨说，这都是我的错误，我想着您日理万机，不敢打扰您，按说我是应该提前向您报到的呢。

梁市长嘎嘎地大笑着，笑声像是一只被人赶下河去的鸭子，终于松开我的手说，下次可不能再这样了，你是绿林的游子，我是绿林的父母官儿，你衣锦还乡，我应该为你接风洗尘嘛。

说罢他又鸭子般地大笑着，全然不知道他刚才的这个比喻，引起了我的极大反感。我曾经在杂志上发表过一篇随笔，就是论述这个所谓父母官儿的，我认为人民是当官儿的父母，而当官儿的却是人民的儿子，不知道从何朝何代开始，官民之间的关系就给搞颠倒了，这对历史的发展和社会的进步，无疑是起到了不好的作用。这个什么梁市长给我的印象，从一开始就搞坏了，他的这句话无意中得罪了我，和很多市县一级当官儿的一样，他是这样说习惯了。

陈玉亭在侧面带路，梁市长一马当先往马东风家走去，随后是五个长短肥瘦的官儿，按照职位大小依序而行。我以半个主人的身份，和马东风在后面压着阵脚，路上我问马东风说，你原本说是一人，怎么又变成一群了？

马东风脸色一白，害怕我的话被人听到，极小心地看一眼前面的五个后脑勺，声音比我要小十倍地说，梁市长和他们一起开会，散会时我堵在门口，去请梁市长，梁市长一挥手要大家都来，我就只好把大家都请来了。不过也好，六个人，六六顺，证明我的事情这次很顺呢。

马东风说着向我求情地一笑，笑得有些可怜兮兮，我就不忍心再质问他了，想着他说的一个“顺”字，我无声地原谅了他。

四

在这一干人众进门之前，大圆桌就已经架起来了，餐巾和杯碟沿着桌边摆了一溜，中心是几瓶好酒和几盘凉菜，桌边的椅子正好八把，还有一把机动的在墙边靠着，这都是我和陈玉亭下楼迎客的时候，全绿林市最好的厨子动手布置的，证明他从窗子里看到了人员的猛增，同时也证明在长期给当官儿的办席生涯中，他学会了应付一切意外的变化。大家肃立在墙边，关副书记和朱副市长等着主人马东风安排入座，罗主任和刘部长却帮助马东风把梁市长往上席推，梁市长一点儿也不推辞，直着过去坐下，盯着桌上的酒瓶子说，你马股长总说你穷，穷还喝得起茅台？

马东风一时想不出说什么好，搓着双手傻笑，陈玉亭走上前来替他说道，梁市长大驾光临，各位领导都看得起，这是千载难逢的好事，我姐夫就是把裤子脱下卖了，也得买瓶好酒给领导们喝！

她的话说得如此粗俗，但充满感情色彩，可能是故意迎合梁市长等领导们的口味说的，果然赢得梁市长的哈哈大笑，他随手抓起一双筷子点着陈玉亭道，就凭你这一张小嘴儿，你十个姐夫也比不上你一个！

陈玉亭得了表扬，趁热打铁地安排着余下的座位，大家谁都不愿坐到梁市长的身边，恨不得离他越远越好。梁市长也不主动地拉拢谁，却掉了钱似的四下寻找着说，我这身边是不是有个炸弹，谁坐就会把谁的屁股炸了？

大家都笑，还不去坐，关副书记假装受了激将，勾着个脑袋走过去说，还是我来陪梁市长吧，梁市长的屁股能炸，我的屁股怎么就不能炸！

陈玉亭安排朱副市长坐在梁市长的这一边，朱副市长的身子虚晃了两下，心里却认为这个位子的确应该是他的了。正要过去坐下，不料梁市长抬手朝陈玉亭那么一招，叶的一掌拍在身边的座椅上说，来来来，我就要你坐在这儿，为什么男人能坐这儿，女人就不能坐这儿？妇女同志翻了身嘛，今天你就给我坐上一回！

朱副市长知趣地退了回去，嘴里说着就是就是，顺水推舟把陈玉亭往那里推，陈玉亭红着脸高声叫道，不行，不行，我可不能坐这儿，我要给你们端菜的，等会儿菜上齐了，我再来敬梁市长和各位领导一杯！

陈玉亭说着扭身就要逃开，梁市长一句也不挽留，却对着马东风一板脸说，马股长，今天你把我请来，不是故意要扫我的面子吧？

马东风被吓住了，搓着手央求陈玉亭道，玉亭你真是的，梁市长要你坐那儿，你就坐那儿，你不要去端菜了，菜由我来端好了！

陈玉亭又忸怩了一阵才坐下来说，好吧我听梁市长的，不过梁市长也得听我的，我要敬你的酒你不喝可不行的！

梁市长满意地在她腿上拍了一下说，听话就好，我就喜欢听话的女人。

一席的人都大笑起来，梁市长自己并不笑，故意板着个脸到处张望，让大家觉得他更加幽默。接下来不再由人安排，每人都互相推让着，各自找个适当的位子坐下。马东风坐不成了，他得顶替陈玉亭端菜上汤，我就代表他坐在下席，迎面对着坐在首席的梁市长。满桌人都没有提出什么异议，觉得这样挺合适的。

一席的人一个挨一个地站起身子，端起杯来向梁市长敬酒，梁市长稳坐钓鱼台，来者不拒地一口一杯，喝完就把杯子伸到陈玉亭的面前，让她充当公证员的角色，佩服他的英雄气概。陈玉亭抓住他的这个心理，每喝一杯她都鼓掌叫好，这无形中又助长了梁市长的豪气，喝过一个人的敬酒以后，埋头吃一块肉，然后眼睛又看着了下一个人，迎接着酒杯的再次举起。一圈儿人就这么秩序井然地轮下去，轮到我的时候，我想到了可怜的马东风，就鼓足勇气，也端着杯子站了起来，梁市长竟破例地伸出一只手，在空中按了两按说，坐下，坐下，你是作家，不许站起来，站起来我就罚你的酒！

我便就势坐下，和他把酒喝了。梁市长用筷子夹起一块什么肉喂进嘴里，一边吧唧嚼着一边表扬我说，好，看到作家同志喝酒，我就想起一个秀才和他娘子喝酒的故事，说是……刚说出这两个字，猛地扭头看看身边的陈玉亭，嘴里嘀咕道，有女同志在场，我不说了。

一席的人急着想听，都催陈玉亭出去一会儿，上个厕所也好，陈玉亭做出生气的样子，放下筷子质问梁市长说，梁市长，你是存心要赶我走吧？

梁市长说，好吧，实在不想走就让你听个便宜吧。

说罢就开始讲秀才和他娘子喝酒的故事，无非是和两人的生殖器有关。一席的人笑得不成体统，陈玉亭趁机端着酒杯站起来说，梁市长你怎么也这样坏，我要罚你一杯酒！

端坐不动的梁市长眼睛向上斜着看她说，不是说男人不坏女人不爱吗？你说我坏我感到莫大的荣幸嘛，喝，你先喝，我后喝！

陈玉亭就只好先喝了，却含在嘴里不忙着吞，用眼睛和手逼着梁市长也喝了，转身捂着嘴往外面跑去，过会儿归座的时候呛得直咳，一只手在胸口上轻轻拍着，脸都红了。梁市长一双眼睛明察秋毫道，别做怪相，你陈玉亭跑出去就把酒吐了，你当我不知道！这是你们女人惯用的伎俩，只不过我不揭发你算了！

梁市长抛砖引玉开了个好头，接下来一人讲了一个故事，个个故事的中心都是男人女人的生殖器，讲得有滋有味，栩栩如生，看来他们都是讲这类故事的老手，在多次的宴席上已经练出了口才，今天是有备而来，打有把握之仗的。大家每讲一个，都会引起一阵大笑，讲完了又互相点评，说这一个过瘾，那一个却是上次听过的，评比结果，公推梁市长讲的秀才和他娘子的故事应获冠军，文化局李局长的那个屈居第二。

陈玉亭一听，趁机又向梁市长敬酒，受过骗的梁市长这次改变了措施，一定要等她把酒吞进喉咙，又用手掰着她嘴往里看看，发现里面的舌头能像鱼儿一样摆动，证明的确是没有酒了，自己这才端起杯来。但他向陈玉亭提出一个要求，这杯酒他要做三次喝完，陈玉亭的脸已被刚才的酒呛得血红，她付出的代价太大了，这时索性做出逼酒的样子，就势扑在他的身上叫着，这哪里行，梁市长那个获奖的故事是一口气讲下来的，当然要一口把酒喝干，各位领导说应不应该呀？

一席的人异口同声地回答说，应该！应该！

梁市长在陈玉亭的身子下面挣扎着，扭过脸恶狠狠地瞪着党办罗主任和宣传部刘部长说，你们两个再跟着起哄，明天上班我就把你们两个撤了！说了又指着文化局的李局长说，你这个不学好的李猴子，我把你也撤了，让马东风去当着！

三个挨了骂的嘿嘿地笑，李局长的笑跟罗主任和刘部长不同，他联想着马东风的这次请客，觉得梁市长的话里有真有假，又当众喊他李猴子，猴脸上的颜色就有些不自然了。陈玉亭一眼就看穿了李局长的心事，从梁市长的身上咕噜一下爬了起来，抓住时机说道，梁市长你开李局长的玩笑，别把我姐夫也扯进去了，你就是要提拔我姐夫，他也应该是副局长，是李局长的助手哇！

李局长猴脸上的颜色这才和缓了些，睁大眼睛也把梁市长死死盯着。梁市长指着陈玉亭说，好你个陈玉亭，你姐夫给你什么好处了，你来给他要官儿？今天不说这个，今天只管喝酒，管讲故事，对了，还有谁没有讲？作家同志没讲对吧？

我就被迫也讲了一个，是最近从网上看来的，由于不会表达，讲完了众人脸上都露出失望的表情，说是不怎么精彩，连陈玉亭都不鼓掌叫好。梁市长不满地摇着头说，可惜你还是个作家，你怎么就不作出个好听的呢？喝酒，喝酒，我要学学陈玉亭的做法，罚你一杯。

我只好息事宁人地把酒喝了。梁市长兴犹未尽，一双眼睛考勤似的满桌子找人，接着又问，还有谁没有讲？

但是满桌子人都讲过了，其中朱副市长一人讲了两个，超额完成了指标，忽然罗主任想起了这桌宴席的主人，大声喊道，马股长，马股长还没有讲，快把他叫来讲一个！

众人都想看老实人的好戏，就七嘴八舌地喊马东风，马东风以为是要他添菜，在厨房里答应一声“来了”，转眼就端出一只大汤盆来。梁市长板着个脸说，坐下，来个荤的，不行还要重来一个！

马东风望望手里的汤说，先把这盆清汤尝了，王八汤马上就好。

众人都笑得不行，李局长恨铁不成钢道，谁说要喝你的王八汤，梁市长说的来个荤的，是要你讲一个带色儿的故事！

马东风方才明白过来，一时把脸憋得通红，也憋不出梁市长要的东西，急得放下汤盆两手乱搓。陈玉亭见姐夫难受成了这个样子，众人又都停下杯筷等着要听，想了想咳声嗽说，我来帮我姐夫讲一个吧，你们别逼他了。

众人想不到还有这样的好事，一对对喝红的眼睛里放出光来，齐刷刷射向陈玉亭。梁市长本来是仰躺在座椅上的，这时一下坐直了说，讲吧讲吧，讲得好我也奖你一杯！

陈玉亭突然又双手捂脸，从指缝里嘻嘻地冒出笑道，太难听了，我实在是讲不出口！

梁市长说，你敢打退堂鼓，我就罚你姐夫在这里站一天！

众人又一齐起哄，有的请求，有的激将，有的则做出痛苦的等待状，陈玉亭这才松开双手，做了个深呼吸，然后开始讲道，说是有个姐夫看中了他的姨妹，有一天晚上他假装喝醉了酒，偷偷摸进他姨妹的房里，他就，他就，他就那样儿了。

众人正等着听故事怎么往下发展，不料陈玉亭却已经结束了，一个一个都很扫兴，关副书记急道，他到底哪样儿了，你倒是说呀！

管宣传的刘部长摇摇头说，你说得太简单了，那个姐夫第二天给姨妹写了一首诗赔情，姨妹回了姐夫一首诗说要告诉她姐，岳母看见后也写了一首诗说这都是应该的，她年轻的时候和姐夫就是这样。

梁市长忽然指着陈玉亭问，你讲的是你姐夫跟你的事吧？

说完鸭子似的嘎嘎大笑，众人都齐声附和，陈玉亭被笑红了脸，小着声说，梁市长你不是一般的坏！

五

宴席在谈笑声中推向高潮，这时从上席的方向发出一声屁响，满桌的人都听到了，都想笑却都憋着，做出一副麻木不仁的样子。有人害怕自己会憋不住，就拿起筷子随便夹点儿什么，喂在嘴里慢慢地嚼，一心把思想转向别处。然而要做到这一点并不是件容易的事，从上席方向传来的这个屁很大很猛，像是房屋装修工用电钻为墙壁打眼，叶的一下就停止了。随着响声散发出一股浓浓的臭气，即便在座的人耳朵不好，鼻子却不会也不灵吧，因此这席上的两个年轻人，党办的罗主任和宣传部的刘部长，一个鼻翼扇了两扇，一个嘴角咧了两咧，先后都露出了有感觉的迹象。这个屁放得实在是财大气粗，肆无忌惮，没有一点儿后顾之忧，只有每天吃大鱼大肉的人才会有那么臭，只有当官儿的在百姓面前才敢有这么响。上席坐着的是三个人，右边是陈玉亭，左边是关副书记，中间夹着个梁市长，陈玉亭是一个宾馆大堂的女经理，断然没有这么大的气魄，关副书记虽是一个当官儿的男人，但他身边坐着的却是个官儿比他大的正职，也断然没有这么大的胆量。放屁嫌疑人很可能就是梁市长，因为只有一把手才能放出这样优越的屁来。

我正枉费心机地破着此案，却见梁市长的身子稍稍向右倾斜了一下，随后又是一个响屁，声音和刚才几乎无异。这个动作立刻就把他出卖了，基本上证实了刚才的一个屁也是他放的，他一定是为了放得通畅，放得舒服，才那样移动屁股的位置，他在酒席上放屁都放出经验来了。梁市长丝毫不动声色，好像宣称这一对屁和他无关，又好像承认这一对屁是他放的，眼睛直盯着陈玉亭说，你说，下次还敢不敢坐在我的旁边？

陈玉亭大智若愚地小声回答，怎么不敢，你还能吃了我吗？

说着随手拿起一张餐巾纸，装作擦嘴的样子把鼻孔堵住。梁市长又转向我说，作家同志，你也给我们留张名片，以后我们到了京城也好去找你吧！

我从裤兜里掏出名片盒，按次序一张一张发给他们。我的名片盒里装着两种名片，一种印着笔名，后面是作家的头衔，一种印着本名，后面是在单位的职务和职称，这是机关统一为我们印的。名片发到第六张，也就是发到文化局青脸瘦猴李局长的时候，印着作家的那一种没有了，正好换成印着职务职称的那一种，李局长接过名片看了一阵，眼光定在上面不动了，右手的筷子不知不觉地掉在桌上，忽然他看我一眼说，你是个主任？

我点了个头。他的问话和我的点头同时引起了在座五位的注意，梁市长把李局长手里的名片要了过去，和他手里的名片比较着看，看出差别来后对我问道，这都是你？

我也点了个头。梁市长又问，你那单位是什么级的？

我说，局。

梁市长又问，你那部门是什么级的？

我说，处。

众人都发起愣来，你看看我，我看看你，惟有梁市长一人还镇定如初，嘎嘎地笑道，搞了这老半天，原来你的官儿比他们都大，我俩是平级的！

梁市长此言一出，满席立刻热闹起来，差不多有五个屁股都在椅子上挪动着，坐在梁市长身边的关副书记率先站起，说是我理当和梁市长平起平坐。接着朱副市长也把我往他的座位上让，罗主任和刘部长更是争相让位，边让嘴里边嚷着，你这个主任可比我们的主任要大多了！

瘦猴子李局长因为坐得比较接近下席，让也不是，不让也不是，就只好左一眼右一眼地看着我们的脸。我实在是感到好笑道，大家都别动，这样挺好的，我回老家来，老家的各级领导都是我的领导，我只认为我是个作家，作家是不应该有行政级别的。

这时酒席已进行到最后的阶段，酒已经喝了两瓶，菜已经上了十七八个，就还差扫尾的一个王八汤了。众人都沉默起来，不知道是在静等那道名菜，还是继续想我级别的事。陈玉亭觉得气氛有点儿不对，端起杯子又劝酒道，梁市长，接着喝哇，我再敬你一杯！

梁市长在她腿上拍了一掌，依然用那只手指指我说，你应该敬你姐夫的老同学一杯吧！

陈玉亭听话地朝我奔来，嘴里连声道着歉说，真对不起，才知道你也是位领导，谁让你一直瞒着不说，这杯酒是罚你的！

王八汤终于端了上来，绿林市最好的厨子亲自端上来的。马东风作为主人跟在后面，这是酒席上主菜上完的一道仪式。马东风听陈玉亭叫我领导，傻呵呵地插了一句话道，我的老同学从来都没有这个概念，他说到了北京才知道官儿小，北京满大街都是局长处长，上医院一不小心，就会碰上一个排队化验大便的副部级干部。

老实人马东风以为在座的众人会笑，谁知六个人中竟没有一个笑的，年轻的罗主任和刘部长脸上的肌肉抽了两抽，神情和刚才听到屁声相差无几，大家的眼角不约而同朝上席梁市长的脸上一扫，又很快地收了回来。梁市长面无表情，带头舀了一小勺王八汤喂进嘴里，尝了尝味道说，好，味道不错嘛，大家都尝一尝！

他用指头在空中顺时针转了一圈儿，于是他的指头经过哪里，哪里的勺子就拿了起来，当哩当啷地伸进王八汤里，接着就是一阵咂巴声。每人都喝了汤，梁市长拿起一块餐巾纸擦擦嘴巴，低头叹着气说，马股长说得是呀，我们这都是一些小鸡巴官儿，北京满大街走的都比我们大，随便下来一个都是处长，都不会把我们放在眼里呀，你说是吧作家同志？

梁市长说着说着把眼光转向了我，这使我产生了一个很大的误会，我以为他终于从放响屁的优越感中跌落下来，掉在自惭形秽的位置上，感到了渺小和自卑。我注意地看着他的眼睛，他的眼睛也喝成了红的，就像兔子的眼睛一样。我特别担心他的情绪一坏会丧失理智，借着酒性说出一些不该说的话，闹得大家都很尴尬，以至于马东风的事情也说不成，一桌酒席算白请了。我就昧着良心尽说他爱听的话，我说，梁市长你喝醉了，其实你们才是权力最大的官儿，你不是说你们是我们的父母官儿吗？古人也是这么称的，因此别说我们这些老家出去的人，就是我们的父母，就是你们自己的父母，也是你们的子民，也是归你们管的啊。

众人为了让梁市长振作起来，纷纷赞成我的看法，一人把我的话用通俗的比方演绎了一遍。不料梁市长却红着眼睛，晃着脑袋，大着舌头，突然放开别人专门指着我说，作家同志，你不要真的以为我喝醉了，你就来讽刺我，我告诉你吧，我没有醉，我是喝不醉的，我就是喝醉了也是你们的父母官儿，我就是要管你们，管你一会儿是什么作家，一会儿又是什么主任，你只要回到我的地盘上来，你就是要服我管，你不服我管是不行的，不信你试试看嘛！

他说话的语气厉害得很，脸上的表情更加凶狠，我这才发现他是真喝醉了，只有喝醉了的人才说自己没有喝醉。我看在马东风的面上，想着马东风的大事，仍然对他赔着笑脸，一句也不进行对抗。众人提心吊胆，怕我终有忍不住的时候，纷纷向我挤着眼说，他喝醉了，他喝醉了！转过脸去又对他摇着头说，你没有醉，你没有醉！

马东风傻呆在我的身边，他一直紧紧张张地忙到现在，没有吃一口菜，没有喝一口酒，连王八汤也没有尝上一勺。他还没来得及向梁市长说他的事情，他不明白我们是怎么闹翻了的，他特别害怕我出问题，害怕着害怕着，结果问题还是出了。不过他却不能怨我，为了他我一直都在忍辱负屈，甘拜下风，是他们这些人的心太阴暗复杂，太刁钻古怪不可捉摸了。

六

六个人走了以后，屋里还弥漫着臭屁的味道。马东风饿着肚子开始打扫战场，我抄起一把扫帚要过去帮他打扫，他打架一般坚决不肯，只让陈玉亭做他助手，觉得玉亭是玉芳的妹妹，今天请梁市长吃饭又是为了她的姐姐，她的帮忙是分内的事，而我却不应该，今天我能忍辱负屈来陪梁市长，已经算是帮他大忙了。他扬着两只油腻腻的脏手，用肘拐子把我推到小村复习功课的那间房里，那是他家最王牌的一间小房，他要我在床上躺一会儿。我拗不过他，恭敬不如从命。

其实我没有睡，我在翻看小村书桌上一堆没有带走的书和本子，有一个硬壳的是他的日记本，我随便地偷看了几篇，见有一篇写着他的妈妈。从小村的笔下我看出陈玉芳一直在乡下带病教书，儿子认为他的妈妈是天下最好的老师。还有一篇写着他的理想，她想将来也和妈妈一样当一名人民教师。我想起马东风要当副局长，其中一个目的是想把陈玉芳调回城里，心里酸酸的不是味道，把日记本合上放回了原处，坐在床上静静地想着今天发生在这里的事情。

马东风把我推进来后，为了使我安静休息，顺手就掩上了房门。是风把门吹开了一道缝隙，使屋外挪动桌椅和收拾杯盘的声音从门缝里传进来，其中还夹着马东风和陈玉亭低声的说话。马东风说的什么我听不太清，陈玉亭的我全听清了。她说，不怪你的同学，是你自己说错了话，你说北京满大街都是局长处长，梁市长就多心了，所以最后才说出那样的话来。其实他并没有喝醉，我知道他酒量大得吓人，顿顿喝那么多酒他都没喝醉过，这次才喝这一点儿，他怎么会喝醉呢？

马东风就后悔莫及地唉声叹气，忽然发狠地说，我真想自己打自己一个嘴巴！

陈玉亭又劝她的老实姐夫说，一定要想开一些，只当是没有请这次客，只当是根本就没有这回事。

马东风是个死脑筋，仍然想不通说，怎么能是只当？你算算办这一席我花了多少，一个月的工资也打不住，早知这样还不如把这只王八给你姐吃了……

接下去是一片瓷器相碰声，听得出马东风由于心情不好，收拾杯盘时手脚重了一些。再接着哗啦一响，一只盘子掉在地上被打碎了，马东风一声没吭，倒是陈玉亭柔声说道，姐夫你别管了，你到那间房里去陪你的同学，这里都归我了！

我在房里待不下去，开门走了出来，我看见马东风背对着我蹲在地上，一只手把瓷盘的碎片捡在另一只手里，那只手的虎口上有一块血，肯定是做这件事时思想不集中被划破了，血滴在破成几半的白瓷片上，远看像是盘子上曾经画着一枝梅花。我叫住他说，东风，听玉亭的，这里让她收拾，我俩坐着聊聊天吧，不然我就走了。

马东风没有理我，但是他的手慢慢停止了动作，过了一会儿，他把手里捡好的瓷片扔回地上，回头看我一眼，起身去把虎口上的血洗干净了，然后走到我的身边，消极地把我望着。

我说，你知道吗？今天我差点出大问题了，那一会儿我听着那个什么梁市长狗屁喧天地胡说，我真想照他嘴巴就是一拳，幸亏我一眼看见了你。

马东风后怕得打了个哆嗦说，打不得呀，一打我就什么都完了！

我说，争一口气，不当那个什么破副局长了！你想一想，你要是当了文化局副局长，不就和那个让人恶心的李猴子差不多，整天陪市长书记主任部长那一类乱七八糟的人喝酒坐席，闻人家的臭屁都不敢声张，有意思吗？

马东风避开这个问题不答，却猛地哭出声道，玉芳，是我没有能力，我对不起你呀！

我一下子沉默了，低下头去，突然我听见自己说出一句事先一点儿也没想到的话来，我说，你告诉我梁市长住在哪里，今晚我到他家里去，向他道一个歉，顺便求求你的事情。

马东风止住哭声，不相信地把我望了很久，后来他从我的脸上看到了痛苦的真诚，泪水又一涌而出道，那我就跟你一起去，我还得再准备一下……

七

马东风又从折子上取了一笔钱，不敢买烟买酒，一来觉得梁市长家里不缺那些东西，二来担心烟酒目标太大，会给梁市长带来负面影响，就去药品店里买了一盒扑克牌那么大的鹿鞭，藏在裤子兜里。他结结巴巴地要求着我，要以我的名义送给梁市长，假称是我从北京带回来的。我竟红着脸不顾羞耻地答应了，我觉得我为马东风付出的代价，他和陈玉芳这一辈子偿还不了，下一辈子应该接着偿还。

后天上午我将离开老家，明晚我要和父母大人和兄弟姐妹聚在一起，收拾回京的行装，去见梁市长只有今天一个晚上。晚饭后马东风带我来到梁市长住的那一幢楼，从八点等到十点，他家的窗口还没亮灯，马东风下楼去一打听，看门的老头儿说他每天都回来得晚，今天下午是去一家远些的酒楼，车里坐的又是一家子人，估计回来怕是半夜。马东风望着我叹了口气，觉得这真是老天的安排，同时又深深地自卑起来，嫉妒别人请客也比他会请，连同老婆孩子一道，酒席上表过了态回家如果忘了，还有人在枕头边上常提醒着，而自己请来那一席的官儿，比方说文化局那个狼心狗肺的李猴子吧，说不定吃了喝了，嘴巴一抹，还在梁市长面前搞他的破坏。

十一点钟我们各自回家，长长的一路没有说什么话，我们都知道他的事情就算完了。路灯照着他沮丧的脸和疲惫的身子，他只用一只手前后摆着，另一只被瓷片划破的手却插在裤子兜里，防止那盒扑克牌大的鹿鞭掉了出来。第二天我没去他家，他也没到我父母家来。我去商场买了一些旅途用品，回来时我的母亲告诉我说，马东风刚才来电话了，我立刻给他打过去，谁知单位和家里都没有他。

吃过晚饭，我索性骑着车子到他家里，他的儿子小村正好放学回家，说是进门见到爸爸留的字条，他到乡下看妈妈去了。我就明白过来，原来马东风是从乡下给我打来的电话，一定是这场无效的请客触动了他的心事，他怀念起他许久不见的妻子陈玉芳了。小村说妈妈教书的学校不通电话，有事打电话要上邮局，马东风的电话必然是从邮局打给我的。

无论如何，我仍然觉得对不起马东风，把他蓄谋已久、精心策划的一件好事给办砸了，这次的一席客还不如不请，一大盆王八汤还不如不熬。虽然是怪他自己说错了话，但那话毕竟是因我引起，所以我还是有责任的。他当不了副局长，陈玉芳回不了城，好房子不能分给他住，这些责任我都是负不起的，看见至今没有用上电脑的高中学生马小村，一阵愧意涌上我的心头。我把走时特意装在兜里的几千块钱掏了出来，谎称是过去借他爸爸的，交给小村说，等你爸爸回来，让他带你去选台学生电脑。

小村睁大一双惊喜而又怀疑的眼睛，紧紧地盯着我说，野叔叔你是作家，你怎么还向我爸爸借钱呢？一定是我爸爸向你借的钱吧？

我说，傻孩子，你犯的是和你爸爸类似的错误，你快要把作家看成财主和市长了。

从马东风家出来，我骑车浏览了一下老家的夜市才回到家里，一进门母亲就高兴地叫道，快看快看，电视里正在播放你呢。

我赶快坐下来看电视，原来还是那天采访的摄像，直到今晚才放出来。无非是三天以前的事情，镜头中的我却比现在要潇洒得多，咧着一张大嘴谈笑风生的样子，还时而做一个漂亮的手势。可是只有动作没有声音，像个手舞足蹈的哑巴，女编导居然用她十分野蛮的解说，把我那么精彩的语言给覆盖了。我一时心头火起，听不清她叽里呱啦究竟说了一些什么，只记着她的最后一句话是，作家野莽先生此次故乡之行，对这里的一切人和事都感到非常地熟悉和无比地新鲜。

我说，去你的！

八

两天以后我回到北京，一进家门就听说京郊最近出了一个奇人奇事，地方组织正在准备申报吉尼斯世界纪录。我这人素来好奇，又想借此机会调整一下从绿林市带来的不好心情，便去那里待了一个星期，结果发现纯属假话，新闻制造者是想扩大当地的知名度，借以推销一种地方产品。首次进行报道的那家报社面对读者的愤怒，正左遮右掩地撰文狡辩，此时又一家报纸披露有一位正义的法学博士，已宣称要代表受欺骗和受愚弄的读者，向厂家和媒体进行起诉。我无法排除这条消息也是假的，一时间对所有的新闻都失去了信任，心情比在绿林市时更加不好，成了一个彻头彻尾的怀疑主义者，回到家里打开电脑，又写起虚构小说来了。

过不几天，我收到一封马东风寄来的厚信，信封上几乎贴满了邮票，里面他用钢笔足足地写了五页，全是一些感激涕零的话，感激我那天去他家里做客，感激我为了他而在梁市长的面前丢了面子，感激我送了小村一台电脑，感激我为他们一家三口所付出的一切。这些年我习惯了在电话里和电脑网上和朋友联系，已经很久没有收读这样人工书写的信了，它使我感到遥远和陌生。如果是换了其他的人，一般会在我回京的当天或者稍后一些日子给我打个电话，问候我的一路平安，回味我们刚刚结束的短暂相逢。但是马东风这个老实人没有，他仍旧采取古老的写信方式。我似乎突然看到了他的命运轨迹，眼前为之一亮，觉得他之所以现在还没有当上文化局的副局长，连那个恶心的李猴子也不如，原因就在于他落后的思维和过时的行动。

这封信里废话连篇，直到快结尾时才写了一段正经话。马东风说，他已彻底打消了他的副局长梦，房子就住目前这两间破的算了，也死了把玉芳调回城里的心。现在他最大的理想，是她在乡下再坚持几年，然后争取病退回来，用这办法结束几十年两地分居的日子。那时候可能他也退休了，儿子小村也大学毕业分配工作了，如果一切正常的话，还应该有一个儿媳妇了。接下来就是要添个小孙子，让病退后的婆婆在家带着，他这个做公公的也适当做些配合。

我边看边笑，看到后来忍不住大笑出声，两汪眼泪淌了出来。

但是不出一月，又收到了马东风的第二封信，这封信明显地薄了，信封的右上角只贴了一张八毛钱的邮票，里面一页信纸还没写满，因为悲痛他写不下去了。他说陈玉芳死得实在冤枉，过去在乡下的小诊所里，土医生一直说她是胆石症，这次疼得太厉害了，下决心进城来看一次，大医院一查很早以前就是肝炎，现在转成肝癌并且已是晚期，住进医院就不行了。马东风在信中愤怒地喊着，如果不是乡下庸医误诊，如果她回城里教书看病，怎么会这么快就离开他哟！

这次我是真正地流泪了。

马小村如愿以偿地考上了大学，不是北京师范大学也不是首都师范大学，而是人大政经系。他来北京报到的时候，马东风没有和很多父亲一样担任保镖，护送他的是他的姨妈陈玉亭。陈玉亭来北京找了个出公差的理由，一下火车就打电话给我。我去车站迎接了他们，一见面我吓一大跳，在走出站口的女人们中，陈玉亭是最出众的一个，年龄明明比上次在老家见面时大了几个月，看上去人却反而小了几岁。她说她现在不是绿林宾馆的大堂经理了，而是市委办公室的秘书。

我说，恭喜你，是那个什么梁市长把你要去的吧，那次席上我就看出他喜欢你了。

陈玉亭斜瞟了我一眼说，去你的，他是觉得对我姐姐的关心不够，才在我的身上弥补一下感情。

我看着她风韵犹存的女人的身体，想着那个什么梁市长要在上面弥补感情，嘴里差点儿冷笑出来。我本想围绕这话和她开句荤点儿的玩笑，但我看到眼前站着的大学新生马小村，来到嘴边的荤话又缩了回去。我转而对马小村说，好好读书，将来当个好市长。

陈玉亭嘻嘻地笑着，我以为马小村会以中国的传统美德，红着脸进行一番谦虚，然而这个死了娘的孩子他却没有，他庄严地回答我说，是。

原载《山花》2001年第8期

皇城奇遇

刘德华如愿以偿地登上了城楼，他把双手扶在城楼的栏杆上，俯视着城楼下的广场，广场实在是太大了，游人就变成一只只大蚂蚁，在上面爬来爬去。刘德华想起曾经看过的一部纪录片，模仿着里面的大人物，把一只手叉在腰上，另一只手向下面挥了一挥，他还想大声喊一句什么，不过他忍着没喊，他不敢喊，害怕一不小心会给自己喊出麻烦，这里可不是他们慈孝沟，不能随便闹着玩儿的。广场上的人没有理睬他的手势，他们看都不看他一眼，他们在那里跑着跳着，悠闲地散着步子，往天空上放着风筝，那风筝有的是雄鹰，有的是蝴蝶，有的却是蜈蚣和金鱼。北京人真是会玩儿，刘德华羡慕地想着，可是金鱼是水里的动物，蜈蚣是地上的毒虫，它们怎么能够飞到天上去呢？由此他又觉得北京人竟连这点常识也不懂，他不禁瞧不起他们来了，虽然他自己心里明白得很，这个瞧不起里有一种不服气的东西在起作用。

他想起了那个名叫刘晓波的男人，如果不抛弃他的母亲，如果自己回到北京以后，把他母亲和他也接到北京来，那他不也是一个北京人，此时不也可以在天安门广场上放风筝吗？母亲并没有告诉他这个男人的名字，是他从喇叭筒子姚臭嘴口中知道的，他还从她那里听到了“知青”这个名词。姚臭嘴口无遮拦，满世界地传播小道消息，已成为慈孝沟家喻户晓的典型人物，她的男人之所以将她一脚踢开，除此以外没有第二个原因。刘德华跟沟里所有的人都不同，他倒是很感谢她的一张臭嘴的，他记得在他还小的时候，姚臭嘴每次一见到他的母亲，老远就亲切地奔将过来，口口声声说母亲是跟她一样命苦的女人，又说他是一个没爹的可怜孩子。有一天她还小着声向母亲探问了一句：那个坏良心的东西还没有消息？她发现母亲并不愿意听到这样的话，每次都仓皇地看她一眼，然后拿别的话把姚臭嘴给搪塞开了。母亲说，姚嫂子你是去地里吗？今年你地里的红薯长得怎样？

后来母亲一见她就脸色发白，赶快拉着他不要命地逃走，有一次他听见姚臭嘴的声音在后面追了上来，妹子你给儿子改个姓吧，就跟你姓也行，凭什么还要姓刘呀？随着这样次数的增加，刘德华把她的只言片语串联起来，得出了关于母亲的一个秘密。一个名叫刘晓波的北京知青，在他们慈孝沟干了十年农活，最后一年跟他母亲成了亲，但是就在那一年的年底回到北京，从此一去再不复返了。刘晓波走后的第二年母亲生下他来，于是用喇叭筒子姚臭嘴的话说，母亲就成了跟她一样命苦的女人，他就成了一个没爹的可怜孩子。

刘德华想到这里，心情一下子忧伤起来，就好像突然间天气变了，广场上阳光灿烂的天空从远处飘来几朵乌云，为眼前的美景罩上了阴影。他不再向城楼下的人们挥手致意了，因为他不是电影里向下面喊话的大人物，就是把胳膊挥断也是枉然。他用手抚摸着城楼上的栏杆，又从横着的栏杆摸到竖着的柱子，就像小时候和母亲在一只洗脚盆里洗脚，用手抚摸母亲的小腿肚子一样。他觉得这些东西实在是太光滑了，圆润而又细腻，好比身上抹了滑油，摸上去手心舒服得很，母亲的小腿肚子怎么也不能跟它们相比。春秋两季，母亲的小腿肚子上面总是布满了鱼鳞般的裂纹，而一到冬天，它们就变成两块长条形的石头，或者两截树皮，那鱼鳞间并且现出一弧一弧的口子，轻轻一抓就是几道白印，随后在洗脚盆里落下一层白色的粉末。他害怕会从那些裂口里流出血来，就赶快把盆里的热水浇在上面，让它回到原本的颜色。姚臭嘴的那些令母亲闻之色变的话，就是在这样的时候说出来的。一年之中，只有春天要好一些，那时候年过罢了，天气渐渐转暖，沟里的柳树开始发青，坟头上的迎春花开出一枝枝的黄来，母亲的小腿肚子才不至于那样糙手。但是无论如何，说到天上掉在地上，它们也不能跟天安门城楼上的栏杆和柱子相比呀！

十七岁的刘德华很早以前就听老人讲过，北京城里的金銮宝殿，都是他们慈孝沟的金丝楠木盖的。开头他并不相信，这怎么可能呢？慈孝沟离北京城多远，北京城又有多少个好地方可以砍树啊，这是沟里的人在吹牛呢。可是有人给他搬来一本县志，翻到里面的一页字说，你会识字不？会就自己看吧。他读完高中，当然是会识字的，就接过县志看了，他看见县志里面这么写着：明永乐年间，朝廷建奉天殿（今太和殿）及承天门（今天安门），遣十万丁壮入湖广鄂坪慈孝沟，采金丝楠木作宝柱金栏。山险谷深，蛇毒兽猛，夏有蚊虫瘴疠，冬覆坚冰厚雪，故进山十万，出而八千，耗时二年得木五百株，龙颜大悦。刘德华这才和永乐皇帝一样高兴起来，觉得自己的家乡原来还是这般的伟大。

因此刘德华来到北京打工，心里怀着一个重大的理想，就是一定要爬上天安门城楼，亲手摸一摸用他们慈孝沟的金丝楠木做成的栏杆和柱子，不管花多少钱买票都行。至于姚臭嘴拦在路中教给他的，教他想办法找到那个名叫刘晓波的男人，说什么也要为他们母子讨回一笔钱来，这一条却被他淡淡一笑摇头拒绝了。他是一个有志气的青年，决不会做出这样的事情，更何况母亲并没有对他说过这话。刘德华用第一次打工挣得的钱，轻而易举就实现了登楼的计划，他认为这很值得，他看到了遥远而又伟大的北京，跟他深山里的老家慈孝沟的联系。就像是女人肚子上的一根脐带，把娘和儿连在一起呢，刘德华想到这里，抚摸柱子的手就又多了一分亲切。

今天是一个好日子，秋高气爽，风和日丽，登天安门城楼的游客不少，其中有些人的脸白得反常，还有一些则黑得古怪，一看就是来自别个国家的人，他们一人手里捏着一个照相机，脖子上同时还挂着摄像的玩意儿，一不小心，他就被他们照了进去，好几次他都被人家照进去了。刘德华对这一点很不满意，他认为他们应该对自己打声招呼，取得自己的允许才行，不能就这么说照就照，把他的像随便带到国外，对他们的亲戚朋友说，看哪，这是在中国人民的首都北京天安门城楼上遇到的一个山里孩子，他用打工的钱买票来登城楼！自从拿定这个主意，刘德华就不肯好好地配合他们了，每当有照相机和摄像机的镜头向他伸来，他不是火速走开，就是把脊背和屁股送给人家。你们愿带就把这个带回去吧，他在心里好笑地想着，还故意把屁股扭上几扭，他听到身后发出一阵快活的笑声。

一位干部模样的人盯上了他。干部的一只手里握着一把带鞘的西藏小刀，刘德华认得这件东西，敢肯定他是从广场右侧一个穿长袍的人那里买的，因为他路过广场右侧的时候，一个穿长袍的人用西藏普通话向他推销道：好刀好刀，三十块钱一把，真心想买还可以砍价！他脚也不停地径直走了，他要集中财力购买登楼的门票，不然钱不够了可就是个问题。干部的另一只手牵着一个瘦女孩，瘦女孩的那一只手里又牵着一个胖太太，看样子这是他的太太和他的女儿。手握藏刀的干部走着走着就走到了刘德华的面前，竟主动跟他搭上话说，小伙子，你叫什么名字呀？

刘德华，他回答说。他以为干部接下来会再问他是哪里的人。

嘻，他叫刘德华！瘦女孩首先发出一声惊叫，并且迅速地转过脸去对着胖太太，用手指着他说，妈妈，他叫刘德华，嘻！

他怎么不能叫刘德华？胖太太说，谁都可以叫刘德华！

那他会唱歌，他会唱《我是中国人》吗？瘦女孩问。

胖太太望着他笑了一下，伸手摸摸瘦女孩扎得花里胡哨的头顶，样子是不屑于回答女儿这么幼稚的问题。

刘德华也望着那胖太太笑了一下，心里的笑却是冷笑。会唱歌又怎么啦？有一天我会让那一个刘德华唱的歌是我作的歌词，不信你们就等着吧。不过这话他没说出口，他只是在心里这么想着。他觉得他完全有这个可能，在北京打工的日子里，有一天他偶尔看见晚报上登着一则征文启事，题目是“打工者的故事”，他心想这题目不就是给他出的吗？晚上他趴在灯下写了一篇，寄给晚报不久就登出来了，还得了个二等奖，给他汇了三百块钱来。歌词的字比文章可少多了，横直就那么几句，又是大白话，让歌星站在台上翻来覆去地唱，别看台下的人瞎嚷嚷，那是因为他们净找怪衣服穿，有的身上没几根纱，全靠扭屁股和打飞吻，台上台下跑着握手，还不要脸地喊着要人家鼓掌。如果只看歌词，如果他有时间写，敢保证他们谁也写不过他！

你也来登城楼？干部接着被女儿中断了的问话，又开始问起他来。

刘德华突然对这位干部产生了反感，他居然在这句问话里用了一个“也”字，同时在他的声调和他的眼神里，都明明露出一种居高临下的味道。我为什么不能来登城楼，难道我没有买登楼的门票，买门票时比你少给了一块钱？他在心里愤愤地质问着，连外国人都能来我怎么就不能来？但是他却用沉默代替了回答，作为对这位手握藏刀的干部的反抗。

这柱子真粗！胖太太发现了她丈夫脸上的尴尬，就把话题转移到柱子身上，她用又白又嫩的手摸着一根紫红色的大柱子，眼睛从下往上地看着它说。真高！从哪里运来的这么大的树！

刘德华在心里笑了笑，出于一种报复的心理，他决定故意撇开这位干部，而对他的太太说一说话。他对这个胖太太的印象要好一些，是这一家三口里面最好的一个，至少她对他说话没有用“也”，她制止了女儿幼稚的追问，她对女儿说谁都可以叫刘德华，仅从这一点上来说，她把他看成是一个平等的人了。

你问这是从哪里运来的树吗？刘德华冲着她说，是从我们老家运来的，这种树叫金丝楠木，只有我们老家才有。

你们老家？胖太太对他的插话深感意外，她问这话是自言自语，并没有指望谁来回答，更没有想到是从他们老家运来的树。你们老家是在哪里？她随意地问着他说。

南方，一座大山里面，离北京好远好远。刘德华没有告诉她具体地名，他知道这些什么坪呀沟呀的土名字，告诉她她也记不住的。这个女人又白又胖，满嘴京腔，说话像念京韵大鼓的道白，一看就是从小在皇城根儿下长大的贵人。

那大老远的，它是怎么运到这里来的呀？胖太太疑惑地问。

用旱船，旱船你见过吗？刘德华兴奋起来道，他用两手比画着，先比了一个宽度，接着又比了一个长度，最后再比了一个船底的弧形。从树林里砍出一条路来，用黄泥巴在路上筑一道堤，堤上浇一些水，堤面就滑溜得像冰一样，然后把大树架在两头翘的旱船上，人就用纤绳拉着旱船往北京走，走到大河边上再运上大船。这是天热时候的运法，冬天就沿路打井，往路上浇水让它结冰，这旱船就变成了冰船。

一只船上只能放一根皇木，一根皇木要动用一百多人，花一两年的时间才能运到北京……

你别听他胡说八道，一会儿金丝楠木一会儿皇木！干部武断地做了一个手势，好像是手里的藏刀切断了刘德华的话，他对他的太太说过之后，接着又把眼睛转向刘德华，一脸的鄙视，他一定是为刘德华刚才不回答他的问话而怀恨在心，他不知道他的问话里面，有一个字伤害了刘德华的自尊心。他一脸鄙视地责问着刘德华，你有什么根据，就敢在这里散布谣言，你以为这是哪里？你以为是你们的小山沟吗？我告诉你，这是中国人民的伟大首都，北京雄伟的天安门城楼！你知道吗你！

刘德华一听到他那口气，一看见他那神色，就在心里做好了迎战的准备。我当然知道，我当然有根据，刘德华也采用他那样的口气，采用他那样的神色，惟妙惟肖地回答他说，金丝楠木就是皇木，皇木就是金丝楠木，因为皇帝修建皇城点名要金丝楠木，所以金丝楠木就成了皇木，这下你该知道了吗？这段话他说得像绕口令一样，比干部的北京口齿伶俐多了。我们县志里有记载的，而且还有诗为证，让我念给你听：

采采皇木，入此幽谷。
求之未得，于焉踯躅。
采采皇木，入此幽谷。
求之既得，奉之如玉。
木既得矣，材既美矣。
皇堂成矣，皇图巩矣。……

瘦女孩惊奇地推着胖太太说，妈妈妈妈，别看这个刘德华土里巴唧的，他还会念诗呢！

胖太太扬起一只白嫩的手来吓唬她说，不许胡说！

忽然手握藏刀的干部哈哈大笑道，你们别看他装模作样，让人觉得他山里人也有文化，不信让他讲一讲那诗是什么意思？讲给我们听听！

刘德华的脸唰地红了，心口狂跳不止，冷笑着说，你不是北京人吗，你不是有文化吗？我倒要听你先讲一讲啊！

干部的两只眼皮往上翻翻，分明是没有足够的把握。刘德华心里暗自得意起来，他小看山里人没文化，其实他自己才没文化，连这几句诗也讲不清楚，干部也有没文化的，北京也有没文化的人呢。刘德华又一次冷笑了，他居然笑出了声来，笑声像他们慈孝沟里的一种鸟叫，一下子招来了好几个外国人。

这种鸟叫般的笑声，还有他那冷笑的样子，不禁激怒了手握藏刀的干部，干部的一双眼睛里顿时射出两道凶光。今天我倒要跟你较一个真，你说这柱子是你老家的金丝楠木，你是怎么认出来的，你不妨教一教我，你教给我怎么个认法？

我们老家的金丝楠木树心是黄颜色的，金黄金黄，就像真的金子一样，就像用金子抽出的细丝捆在一起的。刘德华将计就计地教给他说，割开树皮里面有一股香气，像兰草花的香，比兰草花还要香，就是过一千年过一万年，这木头也是香的，香得叫人鼻子痒痒。刘德华把鼻子贴在一根柱子上面，夸张地长长吸了一口，把眼睛都闭上了。

我怎么一点都闻不出来？干部的确是一点也没闻着比兰草花还香的香气，但他看着刘德华那副沉醉的样子，还有他的太太和女儿也都把脸贴着柱子，模仿刘德华的样子沉醉着，他拿不准是不是他自己的鼻子有问题，朝廷为什么把这种树定为皇木？为什么选它来做天安门的柱子？这里面大概是有一定的道理吧，因此这话说过之后他就不再说了。他玩弄着手里的那把藏刀，用套在刀鞘里的刀尖在柱子前面划来划去，像是要划开那层紫红色闪闪发亮的油漆，真的看看里面的颜色。好吧就算有香气吧，可是我又怎么知道这木头还是金黄色的呢？

那我们就打一个赌好了，你敢不敢跟我打赌？刘德华睁开眼睛逼视他说，你把这柱子划开看看，看看里面是不是金黄色的？

干部恶狠狠地瞪了他两眼，突然把手里的藏刀往他怀里一递。既然是你老家山里的皇木，你要划你就来划吧，你划！干部用小量的眼光看着他说，这眼光本身就是两把刀子，在他的心上划了一下。

刘德华一时想不起这把藏刀是怎么到他手里来的，现在他已经一手握着了它的刀鞘，另一只手捏在刀把上了。为了显示他的胆量，证明他对柱子里的颜色有绝对的把握，只听得嗖地一响，他把刀子从刀鞘中拔了出来，立刻有一道寒光照在干部的脸上。

胖太太拉着瘦女孩往后退了一步，母女二人几乎同时发出愕然的惊呼。

你真敢这么干哪，你是想犯法了是吧？干部猛地吼了一声，只过了很短的一会儿，他右边的这只手就朝左边的那个胸兜插去，一只明晃晃的手机被他掏了出来。他迅速拨了一串号码，然后把手机贴近耳朵，转身走到城楼的一个角落去了。

刘德华恍惚听见胖太太很急促地说了一句，晓波你不要这样，自己的意识立刻就被砸个稀烂。天哪，这个北京干部竟然也叫晓波，他姓什么，他会不会就是姚臭嘴要他找的那个刘晓波呢？天下会有这么碰巧的事吗？不过这个干部的确也是太可恨了。他在这么五湖四海乱想着的时候，看见很多游客向他围过来，有人又对他端起了照相和摄像的玩意儿。很快从人群后冲出几个胳膊上戴着红袖章的人，他们扑到他的面前，一人夺下他手里的藏刀，一人推着他的肩膀往前走了。

晓波你不要这样，刘德华听着背后的胖太太又追来一句，声音比刚才显得急切，话里透着一种埋怨。胖太太大了声说，似乎还是说给几个红袖章听的。他不是要划柱子，他只是跟你打赌，做个样子给你看看。

但他毕竟还是被红袖章们带走了。

一个月后，刘德华又出现在北京大街上了。他并没觉得这一个月的时间有多么漫长，他跟别人一起住在一间黑洞洞的屋子里，听着别人谈吃谈喝又谈女人，而他纯粹就是一个哑巴，在这三十个日夜里他想的是一件事，他想那个名叫晓波的男人到底是谁，遗憾的是人都放出来了，那个问题还没想出来。他甚至愿意在黑屋子里再住一些日子，接着再往下想，还可以把那个胖太太和他母亲做个比较，从中得出某种信息。但他一出来就没工夫再想这些闲事了，不想了吧，天下叫晓波的男人多着呢，就算真的叫刘晓波也未必是那个北京知青，而且就算是那个北京知青，谁又能担保是二十年前住在慈孝沟的刘晓波呢？何况再说，就算是天下出了奇了，就算这位干部真是姚臭嘴唆使他要找的人，找到后他又能把人家怎么样呢？刘德华灰心丧气地想着，越想越觉得自己没有志气，觉得自己无聊，他得赶紧去找个打工的地方，上次的地方因为这个偶然事件，不可能再要他了。他的肚子饿得要命，他得想办法去吃点东西。

刘德华第二次来到天安门广场，这次在广场的左侧看见了那个穿长袍的卖刀人。卖刀人长袍的腰带上挂满了藏刀，在早晨的太阳下面，他的腰部看上去金光闪闪，他将一把藏刀从刀鞘里拔出来，又向刀鞘里插进去，就这么反反复复地拔着插着，银色的刀口和金色的刀鞘在他手里交融在一起，闪发出一种迷人的光辉。刘德华联想起那位干部手里拿着的藏刀，跟这把一样长短一个形状，真的是一个模子刻出来的，想起他跟干部打赌划开城楼上的柱子，看看里面是不是金黄色，闻闻里面有没有兰草花的香气，接着又想起后来发生的这些事情，心里突然产生了买刀的欲望。他走过去，从卖刀人手里接过那把拔出插进的刀。

最低多少？他用行家的口气问道，他知道这刀最低的价格是二十块钱。

二十块你快拿走吧！卖刀人果然看出他是行家，眼睛飞快地扫了一下左右，速战速决地告诉他说。

他把手伸进自己兜里。但是就在这一刻他犹豫了，他的手又从兜里收了回来。对不起，我身上只有十块钱，他对卖刀人撒了个谎，不好意思地笑道，下次我再来买你的刀吧。

十块就十块，看你是个乡下打工仔，赔本我也卖你一把！卖刀人眼睛又飞快地扫了一下左右，做出一个吃亏的样子，对他挥了一挥长长的袍袖。

刘德华的脸一下子红了。对不起，我身上连十块钱也没有，他脸上的笑难看极了，边笑边想瞅个机会走开。

原来你他妈是跟老子闹着玩儿的！卖刀人伸手一把向他抓来，正这时迎面走来一个戴红袖章的，卖刀人的手又缩了回去，眼睛里却仍闪着凶光。刘德华趁红袖章走到他俩面前，机不可失地一转身就溜走了。卖刀人的两眼冒出两股火焰，等着红袖章刚一离开，拔出刀鞘里的藏刀向他砍去。我让你他妈的来玩儿老子！卖刀人气愤难平地吼了一声。

刀子闪着白光，带着响声，从刘德华的耳边飞过，当啷一下落在离他脚尖尺把远的地方。刘德华站着看它一眼，他想弯腰捡起刀来，送还给那个穿长袍的卖刀人，他觉得是自己对不起那人，就像名叫刘晓波的知青对不起母亲，那个诬陷他的干部对不起自己一样。但他终于没敢去捡，他从这把刀的上面跨了过去。

刘德华不知道自己要去哪里，他成了一个走投无路的人。再往前走，前面就是一个肮脏的垃圾场了，一伙十五六岁的小青年站在一间小房子的后面，一边抽着香烟一边分配一样东西，你几张我几张的，见他远远向他们走来，大家火速散了开去，其中一个岁数略大点的青年上前几步把他截住，从上到下地打量着他。

兄弟想找活干是吗？这人问道。

你怎么知道？刘德华友好地望着他说。

我一眼就看出来了，这人笑了笑说，那你就跟我们干吧。

捡垃圾吗？刘德华问，他又看了一眼小房子后面的那伙小青年，觉得他们的职业像捡垃圾。不过捡垃圾也行，只要能够挣钱，干什么都可以。他听见自己的肚子响了一声，现在心里的确是这么想的。

这人摇了摇头。干吗要捡垃圾？你干吗只想到捡垃圾？这人又笑了笑说，你就没有想过干别的好事？

刘德华不由得心头一喜，有什么好事呢？他暗暗地等待着，尽量不动声色，担心一旦流露出过于高兴，这人反而会瞧不起他，认为他是真的没有理想，没有抱负，因此把准备给他的好事又收回去了。他记得刚才他说拣垃圾的时候，这人脸上分明已经露出嘲笑的意思。干什么事你直说吧，我看我到底能不能干！他故意做出一副无动于衷的样子，虽然他的心里已经扑嗵扑嗵，一阵紧似一阵地跳个不停。

这时候站在小房子边抽烟的那伙人都走了过来，他们把他团团围住，什么话也不说，一个小矮子从裤兜里摸出一样东西，噗地丢在他的脚下。他一低头就认出来了，这是一只女人用的羊皮钱包，瘪塌塌的，像只里面被掏空的鸡膀子。

刘德华愕然地看了他们一眼，眼光落在最先向他走来的这人脸上。我不会干这个，他摇摇头说，他听着自己的声音并不很大，这使他这句话的含义显得有点模糊，是他不善于干这个呢，还是他不愿意干这个呢？他当然明白自己是第二种意思，只是不知道他们会怎么理解。如果理解成不善于干，他们会不会一口答应教给他干，但是如果理解成不愿意，他们会不会一齐扑过来，把他掐死？

你是不愿意干？小矮子问。

刚才我跟你们说着玩儿的，我来找一个人。刘德华忽然给自己编出一个理由，然后就顺着这个理由编下去说，我来是找我的父亲，他是我的亲爹，他不要我的母亲和我，回到北京过好日子来了。我的母亲不要我来找他，是我自己要来找他……

操他妈的，跟大哥家里一模一样！小矮子骂着人说，望望那个岁数略大一点的青年，看样子他是他们这伙人的大哥。

大哥很长时间没有说话，后来对他们一挥手说，要走就让他走吧！说完又转向刘德华道，以后在北京混不下去了，你可以来找我，就在这里！

刘德华权宜之计地点了个头，赶快转过身去走了。其实他相信自己就是饿死，也不会来找他们的，他是一个正派的青年。休想要我入伙！他在心里冷笑一声。走上大街以后，刘德华对自己刚才的点头有了意见，觉得现在的人都很复杂，竟连他也这样，有时候的动作非常奇怪，根本不听大脑的指挥。

他向来时的那条路上走着，心里又不由自主地想起了那个名叫晓波的男人。

原载《山花》2002 年第 4 期

基辅罗斯餐厅

我称萧岛泉先生为八零后，因为他今年八十一岁，萧老先生高兴得发疯，打电话请我到基辅罗斯去吃晚饭。此时我中饭吃罢不久，午觉睡到一半工程，耳朵还处于半聋状态。我问这位八零后说，鸡吃螺丝是一道什么菜，何种风味？上次一位江东朋友来京请我赴宴，点了道菜叫霸王别姬，相当名贵，等到导吃小姐端来一看，是一个王八，一只乌鸡，那个小王八看样子二两不足，垂头丧气地躺在老乌鸡的怀里。电话里发出萧老先生青春的欢笑，老人家说，不是鸡吃螺丝，是基辅罗斯，一个苏联人在北京开的饭店，自然是俄式风味，非常火爆，客人一边吃一边欣赏乌克兰功勋演员的歌舞，其中有个名叫约利亚的姑娘还会唱中国民歌，好一朵茉莉花，好一朵茉莉花。

第二句是他模仿约利亚的女音唱出来的，可惜他把歌谱唱串了，唱成了《南泥湾》里的曲子。我被他给逗笑了，放下电话就往床底下钻，在一只破柜子里翻找出了一条皱巴巴的裤子，一件和尚领的旧汗衫，然后整装待发。现如今天道失常，北方的夏天比南方还热，为了不得可怕的空调病，又图省电，在家我就上打赤膊，下穿一条短到极限的短裤，这打扮比盖着一片树叶的亚当略胜一筹。此外我怕硌脚，趿拉一双日本式木屐，后腰上还斜插着一把赶蚊子用的大蒲扇。这两样东西是我从小摊上买的尾货，无照摊主眼看着天要黑了，害怕工商人员趁着凉快赶来没收，以跳楼价五块钱甩给了我。

萧老先生是哲学家杨献珍生前的秘书，我的前辈兼郧阳老乡，他送了我三本他的著作，据此我也写了两篇评论，发表在北京和海南的报纸上，但是我们迄今只闻其声，不见其人，我也只通过其声莫名其妙地觉得其人是个瘦老头儿。现在，这个莫名其妙的瘦老头儿请我到基辅罗斯吃饭，目的无非是想谋一个面，同时也想看看我写的书，因此我还要给他带上我的新著，鉴于他是新中国成立前参加地下党的老革命，我得选几本稍微正经点儿的。

我上网查了一下，基辅罗斯在玉渊潭南路，不叫饭店也不叫酒楼，而叫餐厅，离翠微大厦不是太远，不必打出租，乘地铁万寿路下，转乘路面公交几站就到。因为过去从没去过，我得留出向红绿灯路口的警察问路以及万一走错的富余时间，宁可我等萧老先生，不可萧老先生等我，我就差不多提前了一个小时出发。

不料这一路上顺得要命，地铁加公交哐啷几下就把我运到翠微大厦。下车的前一站地，我把座位让给了一位走路直打磕巴的老年妇女，我说阿姨，您请坐吧，您老今年有多大了？

老年妇女屁股落座以后，气喘喘地告诉了我一个数字，我一听觉得自己吃了大亏，原来她还小我两岁。不过她为了报答我的让座之恩，听说我要去基辅罗斯餐厅，就望着玻璃窗子对我进行了一番指点，她说小伙子你是去听约利亚唱歌的吧？下车向东走，穿红绿灯，往南拐，横过马路，西北角上有一个地下通道，进去就是，上周末我女婿还请我来过一次，那姑娘，嘿，比我们春节联欢晚会上的唱得还棒！

我是个不知道北的人，一出家门就晕头转向，有一次我上市场买十斤大米，不小心忘了回家的路，又不好意思打 110，只得转去表扬那个米贩子的大米不错，提出再买九十斤，请他帮我送到我所住的塔楼，我顺便就坐在他的三轮车上。我在车上东一指西一指的，米贩子满头大汗把我送到了家，回头看一眼说，先生您可真逗，您家就在对面您让我绕这大一圈儿！那次买的大米吃了一个夏天还没吃完，都长虫了。因此，这位老年妇女说的东西南北我一个都没搞懂，却装懂说，哦，知道了，大妹子！

然后我按自己的方法去找基辅罗斯餐厅，正好前方红绿灯路口有一个蓝色的指示牌，箭头所指的方向有一座尖顶建筑，带点儿圣彼得堡教堂的风格，第一层的门口站着两个身穿异国服装的年轻人，样子像俄国十月社会主义革命前后的青年近卫军。我断定那座伪教堂很可能是，就直奔那里而去，走拢我才发现，两个“青年近卫军”的脸都是中国人的，他们望着我笑，我没搭理他们，径自走到地下一层。这层大厅的四壁和顶子都镶着木条，地上铺着更厚的木板，一列一列的木桌木椅布满三方，空出的一方摆着一架巨大的俄式钢琴。

一个吃饭的人也没看见，估计高峰是在有歌舞表演的晚餐。我在离大门不远的地方随便找个位置坐了下来，时间还早，我无所事事，给萧老先生写了一条手机短信，告诉他我已经顺利到达，请他放心。但是发送两遍手机都说失败，我分析也许是在地下的缘故，比方说地铁里的短信就发不出去。地下工作者的工作总比地上要艰苦一些，由此我还浮想联翩，想到萧老先生新中国成立前参加的地下党，给组织上发送一个秘密电报是多么地困难。我决定不再发第三遍，趁这工夫还不如掌握一点这个异国餐厅的基本行情，做到知彼知己，百吃不殆。

餐厅的书报架边放着一摞折叠的宣传图册，这正是我想要的东西，我走过去抽出一本，翻开刚看几行字，一个蓄络腮卷胡的大胖子向我走来，也望着我笑了一下。我认出他跟两个守门的“青年近卫军”有明显的不同，这是个正宗的俄罗斯人或者乌克兰人，就望着他也笑了一下，问道，你是基辅罗斯餐厅的老板？

大胖子的中国话相当地道，只是带着东北那旮瘩的口音，摇着头说，老板哈呀，我只是一个小萝卜头儿，基辅罗斯餐厅的厅长，你叫我弗拉基米尔吧，要图省事叫基米尔，要么索性叫老基，基胖子，怎么都行，没关系的。我们总经理上个月回乌克兰去了，大哥，您提前订餐了吗？

听他最后言归正传，用东北口音叫我大哥的时候，我忍不住笑出声来，我对他说了“萧岛泉”的名字，弗拉基米尔于是对我更客气了，伸出两只毛茸茸的手来左右开弓，一只握着我的手，一只拍着我的肩膀说，原来是萧老先生的客人哈，萧老先生跟我们总经理是老朋友，三天前就预订了餐位，说是要请几个作家记者，大哥您就是其中的一个吧？

我坦白地说是，随手把宣传图册放回原处，请他用肉嘴向我做一下介绍，只当是给我看有声有色的录像片。弗拉基米尔就积极配合，从基辅罗斯的十八辈祖宗开始说起，说基辅罗斯最初叫古罗斯，又叫罗斯国，是白俄罗斯、俄罗斯和乌克兰的前身。公元八世纪由奥列格大公率领东斯拉夫人定都基辅，改称基辅罗斯。十三世纪初被蒙古汗国的军队占领，这支军队的首领叫拔都汗，统治了他们二百四十年，最后又被他们夺了回来。

非常相似，中国也是十三世纪，一个名叫忽必烈的蒙古首领带兵灭了南宋，改为元朝。我对弗拉基米尔说，让他也知道一点儿我们中国的历史。

知道，我知道，你们北京曾经一度叫元大都，连每条巷子都按他们的蒙语叫作胡同，弗拉基米尔内行地说。他说了我们中国，接着又回到他们基辅罗斯，在拔都汗的军队占领基辅罗斯之前，奥列格、伊戈尔、奥尔加、斯维雅托斯拉夫一世这四任公爵在位的时候，基辅罗斯多次进攻君士坦丁堡，打败了拜占庭！到了斯维雅托斯拉夫公爵的幼子继位，基辅罗斯已经成为东欧强国，哈，那真是基辅罗斯的黄金时期！……您知道这位公爵叫什么吗？

斯维雅托斯拉夫二世？我纯粹是想当然地回答。孔子说知之为知之，不知为不知，是谓知之，话一出口我就知道自己犯了一个不知装知的错误。

哈呀？他跟我一样，也叫弗拉基米尔，就是娶了拜占庭安娜公主为妻的弗拉基米尔一世！而且还有一个人，你们最敬爱的、领导十月社会主义革命的列宁也叫弗拉基米尔，列宁只是他的笔名！

他用两只灰不灰蓝不蓝的眼睛把我看着，脸上露出骄傲的笑容。由于刚才丢了面子，我决定把他轻轻地打击一下，就对他说，这个我太知道了，我还知道列宁姓乌里扬诺夫呢！我也想问你两个问题，你娶的是哪国公主为妻？领导了几月份的什么革命？

中国，我娶的是你们中国的媳妇儿，她是基辅罗斯餐厅的配餐领班，等会儿您可以看到她！不过革命这事就别说了，大哥我问您，现在谁还去领导革命？那不成了反革命吗？

我笑了笑表示认同，接着又问，那你们总经理姓什么？叫什么？

姓苏，叫苏爱中，中国的中。

他的回答大出我的意料，萧老先生在电话里明明白白地告诉我，基辅罗斯是一个苏联人在北京开的饭店，总经理怎么会是中国姓呢？我就又重复了一遍说，我问的是你们老板，就是你的上司，这个基辅罗斯餐厅的最高领导和法人代表，他是你们俄罗斯人或者乌克兰人，名叫爱中可以，可他怎么会姓苏呢？

我没说错哈大哥，我们总经理祖上的确是乌克兰人，但这并不能成为您不让他姓苏的理由。当然，这不是他的本姓，苏总本来姓什么连我都不知道。我只听说他的祖父是一个以酿造伏特加酒为业的庄园主，八十年前被苏维埃政府驱逐出境，就是你们称的苏联吧，以后这一家人流浪到了你们中国，就把自己的姓给废了，改姓苏联的苏，叫苏流邻，儿子叫苏居华。苏总是他们家的第三代长孙，叫苏爱中，他还有一个弟弟一个妹妹，弟弟叫苏慕中，妹妹叫苏恋中。他们兄弟二人跟我一样，娶的都是你们中国的媳妇儿，妹妹嫁的也是中国丈夫，说句您别见怪的话哈，大哥，我们的孩子长得都有些像您了！

弗拉基米尔又骄傲地笑了起来，我也笑道，大哥我不见怪，你们的孩子长得像我，我应该感到由衷地高兴才对！

我以为他听不懂我的弦外之音，但是这个中国通听懂了，他第二次用毛乎乎的手拍着我的肩膀，放声大笑道，大哥是一个幽默的人哈，我希望您三天两头光临基辅罗斯餐厅，至少每个双休日来撮一餐！

你到底说错了，我来这里的主要目的并不是为了撮，我又轻轻地打击了他一下。

哈，其实我也知道，您是来听约利亚唱歌的，对不对？这里每天都有人来听她唱歌，她是我们苏总花高价从乌克兰请来的台柱子！约利亚在北京受欢迎的程度，相当于普加乔娃在俄罗斯，大哥您知道普加乔娃吗？

这次他撞到我的枪口上了，大约一个小时以前，地铁里的一个瞎子卖给我一张小报，头一版就转载了《基辅报》上一条爆炸性新闻，乌克兰美女总理季莫申科近日在《爱人》杂志刊登文章，吹捧阿拉·普加乔娃是俄罗斯麦当娜式的明星，说是跟她见面自己真的很紧张，结尾还高呼“我爱普加乔娃”。卖报的瞎子闭着眼睛对人瞎说，看报啦，

看报啦，乌克兰美女总理跟俄罗斯当红歌星同性恋哪！看报啦，看报啦，两个女人做爱的时候也很紧张哪！

我说，你说的这个俄罗斯歌星连中国的瞎子都知道，约利亚有那么优秀吗？

大哥您相信我好了，普加乔娃只是俄罗斯的通俗歌星，约利亚却是乌克兰的功勋演员，等会儿您一听就知道了！弗拉基米尔翘起一根半截长毛的大拇指，说到这个程度还觉分量不够，接着又补充了一句中国俗语，不怕不识货，只怕货比货！

这时候我发现门口的光线一暗，一个“苏联青年近卫军”带着一群人向我们走来，这群人里有一位被搀扶着的老者，一身瘦肉，可以显出下面硬邦邦的骨头。我认为他非常符合我通过电话声音想象的那个八零后，就迅速看了一眼墙上的时间，断定这位老者必是萧老先生无疑，于是扔下意犹未尽的弗拉基米尔，起身向他们迎接过去，嘴里试着叫了一声，是不是……萧老先生？

被搀扶的老者回答说是，接着他也断定出我是谁了，扑过来与我紧紧拥抱，他身上的骨头真硬，力气也大，把我的肋部都摁疼了。搀扶他的中年男人觉得这个镜头有点儿激动人心，随即掏出别在腰上的数码相机，对着我们前后左右地拍个不停。青年近卫军把他们交给餐厅一个身穿乌克兰服装的中国小姐以后，转身又回到门口继续迎宾去了。穿乌克兰服装的中国小姐耐心地看着我们，等我们好不容易拥抱完了，这才带我们到预订好的一桌席位就座。

这是整个厅里最好的一桌席位，坐南朝北，跟故宫里的那把龙椅一样，居于餐厅的中央位置，对面就是那架巨大的俄式钢琴。等会儿乌克兰演员出来表演歌舞，金发披向背后，碧眼正好对着我们。萧老先生坐下以后，急着向我介绍他的保姆、女儿、侄子，还有一个在英国读书的小孙女儿。

大厅里的枝形吊灯恰到好处地亮了，灯光下穿乌克兰服装的中国小姐又引着两位女宾走了过来。我认出她们一个是女作家梅姐，一个是女记者阿红，她们是萧老先生的忘年之交，也是我们共同的乡亲和朋友，女人总有这个本事，她们能够踏着准点来到约会的地点，为此哪怕在附近转上两个半小时，一会儿一看腕上的坤表。这一下气氛就涨了上去，大家紧密团结在萧老先生周围，坐下来开始点酒点菜。我想起弗拉基米尔对我说过的话，就向穿乌克兰服装的中国小姐打听，请问哪位是老基的夫人？

老——基——？穿乌克兰服装的中国小姐茫然地望着我，两弧翘翘的人造眼睫毛一秒钟眨了二十多下。

基胖子，基米尔，弗拉基米尔，基辅罗斯餐厅的厅长啊！

不等穿乌克兰服装的中国小姐第二次眨眼回答，远处有个女人一口抢了过去，哪位先生找老基？是不是又想要一瓶烈性的伏特加酒？

我发现问话的这个女人长得异常茁壮，配餐员中唯有她穿的不是乌克兰服装，而是一件白色无袖缎子旗袍，一身滚肉大部分鼓胀在白缎子的下面，少部分直接从旗袍的开口处挣脱出来，比方那四条跟缎子一样白晃晃的胳膊和腿。听口音她也是东北那旮瘩人，体态跟基胖子旗鼓相当，我猜想她就是弗拉基米尔那个做配餐领班的中国媳妇儿，基辅罗斯餐厅厅长的中国话多半是从她嘴里学来的。我转脸看看萧老先生，居然替他这个主人做了主说，来一瓶吧，最好是苏总经理曾祖父酿造的那种伏特加酒！

胖女领班就怀抱了一瓶伏特加酒过来，嗵的一声墩在我们的桌子上说，您说得对哈，这就是苏总曾祖父酿造的那种伏特加酒，苏总的祖父被苏联驱逐出境时，他家的酿酒术差点儿就失传啦！接着她一眼发现坐在首席的萧老先生，笑起来道，老爷子又来了哈？

我接过酒瓶转着圈儿地看了一遍，上面印的是俄文标识，我担心这真是一瓶烈性伏特加酒，而我们这一席人老的老，小的小，女的女，剩下我一个平时只敢喝啤酒的，打开了恐怕谁也对付不了。我就拿老人和妇女儿童说事，问她可不可以换成鸡尾酒，能不能够等一会儿再上？胖女领班看一眼萧老先生，又看一眼我，豪爽地回答怎么都行，只要是老爷子带来的朋友，没问题！

萧老先生的侄子点头微笑，等她一走就从自己的包里掏出一只陶瓶，瓶颈上系着一根麻绳，麻绳上穿着一块标牌，标牌上印着一段日文，只有“百岁酒”三个字是繁体汉字的书法。萧老先生亲自开瓶，开了十几次没开成功，累得咬牙切齿，大气直喘，最后不得不放弃说，日本人是最会捂盖子的，对待历史的真相也是如此！

他的侄子接过酒去，又使劲几下方才旋开，接过萧老先生的话说，人家是人如其名，他们是货如其国！

萧老先生的小孙女儿咯咯笑道，七个地道的中国人，到基辅罗斯餐厅来吃俄式餐，喝日本酒，爷爷您倒是挺有创意的嘛！

她的姑姑替她爷爷解释说，这是一个日本朋友赠送的酒，拿来跟自己的朋友共享，这不是顺理成章的事吗？你在英国读书，难道英国人每喝一次酒都有创意？

萧老先生的侄子给每人都斟了一个满杯，却只在萧老先生的杯里蜻蜓点了一下子水，然后举起自己的杯说，我大爹的创意已经写在酒瓶上了，就是要活百岁！

大家就响应号召一样喊着要活百岁，把手中的杯子碰得叮当乱响。萧老先生一下子来了劲儿，觉得百岁还不够，又喊万岁，万万岁，故意让大家闻风丧胆地想到“文革”。阿红喝了一小口说，早知道还能自带酒水，我就给你们带瓶新加坡葡萄酒来尝尝，你们有谁尝过新加坡司令调的鸡尾酒？

我说，自然是没尝过，我们又不是大使夫人，新加坡司令连鸡毛都不会为我们调。

又老土了不是？“新加坡司令”是一种酒的名字，用它调的鸡尾酒在新加坡是最有名的，阿红放肆地嘲笑我说。她的老公是中国驻新加坡的大使，从那里带回来的葡萄酒在家赋闲多年，今天她来会见萧老先生，只在小坤包里装了一盒儿童爱吃的新加坡肉松卷，一见面就像献哈达一样献了上去。

为了让阿红在众人的笑声中得到更大满足，我索性让自己土得掉渣说，我还以为是新加坡的三军司令，相当于过去的元帅呢，如今指挥军队还用鸡毛当令箭，而鸡毛又数长在鸡尾巴上的质地最硬，所以令箭就用它来制造。军队出征之前，司令一手持箭，一手举杯，以箭调酒，预祝将士们胜利归来。

大家被我笑得东倒西歪，阿红一边直拍胸口，一边叫着我的妈呀。萧老先生的女儿笑完以后，用餐叉指着镶在墙上的禁规，又回到阿红刚才的话上说，谁都不能自带酒水，新加坡司令也不行，基辅罗斯餐厅只对我们实行宽大政策，因为苏老板跟我爸爸不是一般的朋友。

我盯着萧老先生女儿餐叉指的方位，从上往下地念着用餐禁规，念到衣冠不整洁者不得入内这一条时，不由得低头看了自己一眼，感慨地说，对我们真的是很宽大的哈！

大家都笑，唯有萧老先生一人不笑，梅姐问他，苏老板应该比您小很多吧？

你们应该是同龄人，“文革”时他才一二十岁，跟我关在一间牢里，我们是牢友。萧老先生说，接着又对这个老词做出新的解释，牢友，友牢，所以我们的友情非常牢固！

主菜是萧老先生的女儿三天前就订好的，基辅烤鳕鱼、培根牛肉卷、罐焖牛肉、金枪鱼沙拉、剔骨牛排、伏特加烤串、基辅冷鳟鱼、奶酪焗鲜蘑、鹅肝、黄油烤鸡、嘎瓦斯、基辅沙拉、芝士布丁、乌克兰红菜汤，主食是蒜香面包、俄罗斯列巴、杂拌葱油饼、草香冰激凌，饮料除了鸡尾酒，还有西瓜汁、苏打水之类。穿乌克兰服装的男配餐员端上一样，报上一个品名，然后说出它们在乌克兰食谱中的重要地位。

梅姐搜索枯肠，使劲儿回忆着自己的少女时代说，我读中学的时候学过俄语，当时这些菜的俄文名字我都会念的，时间一长完全记不住了，唉，年纪不饶人哪。

我喝了一口乌克兰红菜汤，感觉味道不错，趁着高兴吹大牛说，我也会念，读初中时我还是全班三个俄语小组长之一，另外两个是留级生，后来两个留级生也被我干下去了，我又当了全班俄语课的课代表。俄语里有个弹音叫“得儿”，班上多数同学弹了一个学期也没弹会，据说连伟大的无产阶级革命导师，他们本国的列宁同志都不会这个弹音，而我只练了三天就会了，不信我给你们弹一个听听！

为了重现昔日的辉煌，时隔四十年后，我咧开嘴巴，露出下牙，卷起舌头，用舌尖轻轻顶住上颚，聚一股气猛一发力，“得儿”的一下就弹了出来。梅姐佩服得直点头说，是这样的，是这样的。

阿红不服气道，切，这有什么了不起呢？大街上卖羊肉串儿的新疆人个个都会弹这个“得儿”，他们弹得可溜着呢，哪像你这样龇牙咧嘴的！

萧老先生挺身而出，替我讲了一句公道话说，维吾尔民族跟乌克兰民族、俄罗斯民族、哈萨克民族是一个语系，他们的舌头一生下来就是卷的，我们汉族人舌头又直又硬，所以你别小看这一个“得儿”，能弹出来就是一件了不起的事。

我说，我很怀念俄语，至今还对那个时候中学课停止学习俄语耿耿于怀，不然今天在基辅罗斯餐厅给诸位当个业余翻译，时不时地“得儿”那么一下，那才叫酷！

萧老先生用滑稽的表情看我一眼，带头拿起餐叉说，有人把我也叫八零后，我这个老八零后提议大家以粮为纲，一人先吃一片蒜香面包，然后再来一个瓜菜代，尝尝西瓜汁、红菜汤的味道！

他的小孙女儿又嘟哝着，什么以粮为纲，什么瓜菜代，我晕！

晕就对了，这就叫晕菜！萧老先生的侄子说。

阿红举着餐叉在满桌菜肴的上空巡逻了一圈儿，最后又放下来道，太奢侈了，我倒很想吃一碗他们正宗的土豆烧牛肉呢！

萧老先生又回到了那个时代，好像要把一颗玉米粒儿拉成一根玉米棒子，用力地拉长着声音说，那叫穷——过——渡——，他们笑我们平均三个人穿一条裤子，我们可不就笑他们土豆加牛肉等于共产主义嘛！

我说，真是穷过了度！还不仅穷过了度，吹牛撒谎也过了度！

大厅里钢琴声响了起来，是《天鹅湖》的芭蕾舞曲，这次在巨大的俄式钢琴前坐着一个真正的乌克兰乐师，摇头晃脑地陶醉在乐曲之中。春水荡漾，美丽的白天鹅还没出现在蓝色的湖面上，我觉得他进入得未免太快了一点儿，神情和动作都显得过分夸张。不过我仍然有些激动，甚至像季莫申科要见普加乔娃那样感到紧张，因为这预示着演出就要开始，约利亚就要唱好一朵茉莉花了。

我看了看身边的萧老先生，他右手持叉，左手举着一片缺了口的俄式列巴，缺的那一部分在他嘴里噙着，他已经兴奋得忘了咀嚼。

钢琴曲又换了一首，从大厅一角并排慢慢走出三个乌克兰歌手，两个魁伟的男人之间夹着一位年轻漂亮的女郎，男人黑色西装红色领结，女郎穿一条曳地的白色纱裙。木地板在他们脚下发出沙沙的声音，像蚕吃桑叶。我猜想这女歌手应该是约利亚，并且由这纱裙想起《喀秋莎》中的歌词，每当梨花开遍了天涯，河上飘着柔曼的轻纱。就像是意念使然，当他们并排慢慢走到我们对面的时候，开口唱出的正好是这支我们最熟悉的苏联歌曲。

不单是萧老先生，差不多所有的人都停止了进餐，坐在正方的抬起脸来，坐在反方的扭过头去，全都不出声地听着他们放声歌唱。直到第一段唱完的间隙，萧老先生的侄子才小声问我，怎么样？三位都是乌克兰的功勋演员，相当于我们中国的一级演员，不会比我们春晚上的男女高音差吧？

他跟公交车上被我让座的老年妇女一样，拿他们跟我们春节联欢晚会上顶尖级的歌手相比。我回答说，丝毫不差！不过我想知道他们的演出报酬，他们是跟我们的演员一样按月拿工资吗？

又是又不是，苏老板在乌克兰也有一家基辅罗斯公司，他们的月薪在那边公司领取，来这里的机票和住宿都由这边餐厅负担。每晚他们除了对公众的演唱，客人还可以自由点歌，点歌费每首八十元是他们的额外收入。等会儿我们也要点一首的，您想点哪一首？

我想点一首中国民歌，我看了身边的梅姐一眼，记起萧老先生的小孙女儿提出的关于百岁酒的问题，突然生出一个精彩极了的创意，我想听约利亚唱一首关于梅的中国民歌！

钢琴声又响起来了，一曲接着一曲，全都是中国人民喜欢的苏联老歌，《山楂树》《红莓花儿开》《莫斯科郊外的晚上》。当他们唱到“深夜花园里四处静悄悄”时，现在还不到深夜的餐厅里已经不再静悄悄了，有人陪伴他们一起轻声地哼着。再接下去是那首更加经典的《三套车》，这时候整个大厅变成了群声合唱，歌词也由俄文变成了中文。几个白发苍苍的老头儿和老太太放下餐叉，离席走到乌克兰歌手的身边一起唱了起来，其中一个老头儿还跟他们一起并排慢慢地往前走着。老头儿在行走和歌唱中发现了萧老先生，举起手来向他招了一招。

合唱的这几位，是不是新中国成立初期的留苏学生？我问萧老先生。

你怎么知道？萧老先生惊讶地看着我，一时间顾不上说恭喜我了。

凭感觉，我是从年纪上，还有激情。

他们都是我的同龄人，大家在这里认识以后自报家门，好几个都是留过苏的！

阿红听乌克兰歌手更加悲伤地唱到第二遍时，忍不住侧过身去对梅姐说，错了，错了，这一句是几十年前我国翻译的错版，被可恨的地主抢了去的不是老马，而是那个赶车人心爱的姑娘！

歌声随着老马或者姑娘的命运，一点一点地往下沉沦，三个乌克兰歌手并排慢慢地走完一圈儿，又并排慢慢地往回走着，夹在当中的乌克兰女郎扭过头来，对阿红挤了个眼。阿红就得意地向我们炫耀道，看，她承认我说的是这么回事！

是吗？梅姐的表情像个小姑娘，她觉得这件闻所未闻的事新鲜极了。

只间歇了一小会儿，钢琴声重新响起，这次是《费加罗的婚礼》。三个乌克兰歌手一人举着一只酒杯，唱着婚礼中《祝酒歌》的俄语歌词，又并排慢慢地走来跟大家碰杯。当他们碰到阿红的时候，刚才对她挤眼的乌克兰女郎把右手的酒杯换到左手，腾出右手向她行了一个举手礼，俄语里夹着中文问她，刚才您的话我听到了，的确是姑娘不是老马，您也会唱那个《三套车》吗？

阿红诚实地摇头，却代替我向她问道，你就是约利亚吧？下面是不是该你唱中国歌了？

乌克兰女郎也诚实地摇头，俄语里的中文说得更夹生了，对不起，我不是约利亚，我叫热娜，我是刚到中国来的，我的中国歌唱得很不好。约利亚三天前回乌克兰了，她刚结婚，她怀了孕，她的丈夫是个军人，她要回去祝他生日快乐，她跟弗拉基米尔厅长说她今晚回来还要唱歌，可是一个小时之前还没回来，弗拉基米尔厅长就只好换成我了！

她的只鳞片爪的中文在大厅里引起一阵骚乱，跟我一样，今天首次来基辅罗斯餐厅的人想吃乌克兰式西餐还属其次，主要是想听约利亚唱中国歌。现在约利亚回不来了，中国歌听不成了，有人喝过烈性的伏特加酒，趁着酒性大声地抗议说，你们为什么换人？约利亚为什么不来？基辅罗斯餐厅这不是挂羊头卖狗肉吗？我们是冲着约利亚来的，约利亚不来我们就不买单！

对，约利亚不来我们就不埋单！大家一唱一和，就这么对他们发出威胁。

钢琴一点儿不受影响地继续弹着，三个乌克兰功勋演员满脸尴尬，手足无措地站在大厅中央，唱也不是不唱也不是。我觉得挂羊头卖狗肉这话骂得没有文化，约利亚不是羊头，热娜也不是狗肉，她们都是乌克兰的好姑娘，无非是一个会唱中国歌另一个暂时不会唱中国歌。其实热娜的几首苏联歌曲唱得荡气回肠，人也长得那么漂亮，实在要对她表示不满，可以说她是姊妹易嫁，李代桃僵，也比用不能上席面的狗肉来污辱她好。

身穿白色无袖缎子旗袍的胖女领班紧急赶来，屁股和奶子三个制高点上白光闪闪，她一会儿点头一会儿哈腰，一会儿像江湖女侠一样做着抱拳的动作，直想稳住这个将会遭到破坏的局面，可能觉得餐厅也是一件旗袍，小洞不补，大了二尺五，事情一旦闹大就不好收拾了。人们却根本就不理会她所做的一切努力，大声要求老板出来解释。白光闪闪的胖女领班只好又退下去，换了她的丈夫，基辅罗斯餐厅的厅长弗拉基米尔过来跟大家对话。弗拉基米尔的男高音虽然比他中国媳妇儿要大一倍，但是较真的人们要的是道理，而不是高音，还是一片声地喊着老板亲自出来。

弗拉基米尔满脸汗珠直往下流，他用毛乎乎的手背在上面擦了一把，甩在地上碎八瓣说，大哥大姐，叔叔阿姨，各位光临基辅罗斯餐厅的朋友们哈，苏总今天不在这里，我代表苏总向你们致歉，并且决定，这一次的餐费统统打九折行不行？

不行，我们要听约利亚唱中国歌！

八五折行不行？八折？七五？再不行就七折吧！

不行，我们要听约利亚唱中国歌！

六五？六折？哎哟妈呀，六折还不行吗？

不行，我们要听约利亚唱中国歌！

那好，这次我就把苏总的家给当了哈，打个五折，只收一半算啦！弗拉基米尔脸上露出万分痛苦的表情，把毛乎乎的右手攥成一只拳头，狠狠地砸在空气中说。

也不行！我们情愿不打折，我们情愿把点歌费加到一百，也要听约利亚唱中国歌！得理不饶人的大哥大姐叔叔阿姨和所有的朋友们，看来今晚要给他们寄予厚望的基辅罗斯餐厅出一道难题了。

弗拉基米尔在喧嚣声中看见了我，也看见了萧老先生，就用一双灰不灰蓝不蓝的眼睛向我们求助。萧老先生与其说同情他，不如说是同情自己的牢友苏爱中，同时还觉得有些对我不起，他是以听约利亚唱好一朵茉莉花的名义请我来的。萧老先生避开弗拉基米尔可怜巴巴的眼光，放下餐叉叹了一口气道，唉，这个约利亚呀，她可从来没有出过这样的事，小苏这次要吃她的亏了！

他永远记着苏爱中坐牢时只有一二十岁，也永远称基辅罗斯餐厅的老板为小苏。

梅姐惊奇地对自己说，我真想看看，这姑娘到底是个什么样的人儿！

闹嚷的声音像是小了，很多人的眼睛转向餐厅的门口，那里有一个穿黑色纱裙的乌克兰女郎朝着我们走了过来，由于是逆着光的，走到近处才听到有人一声惊叫，啊，这不正是约利亚吗？天哪，约利亚到底来啦！

约利亚的胸前戴着一朵小小的白花，这朵纸做的小白花在黑色纱裙上太惹眼了，像是漆黑夜晚的一颗小星星，只是生在天边，随着夜幕的消散它也会消失得更早。我不明白她为什么要这样装扮，这个俄罗斯的麦当娜和乌克兰的普加乔娃，不可能过去是以这种风格为热爱喜庆的中国朋友带来欢乐。我不爱看大红大紫，金光灿烂，但她今晚的服饰实在太素，素得凄凉，甚至不祥。

她的脸上没有化妆，也是白的，而且白得缺乏光泽，比起朝气蓬勃的热娜逊色多了，只有她的一双眼睛像湖水一样地蓝，这才给她整个的人带来亮色，让人心中轻轻哼唱起喀秋莎和明媚的春光。人们原谅了她一定是刚下飞机，什么都来不及，欢迎她的掌声比过去更加热烈。约利亚有些仓皇地走到餐厅中央，背对钢琴，弯腰先对我们的正中席位鞠了一躬，又对左右两边各鞠了一躬，转过脸去又对弗拉基米尔也鞠了一躬，然后再一次转向我们，喘着气用中文说，对不起，我来晚了，女士们先生们请点歌吧！

弗拉基米尔立刻获得了解放，对着约利亚也深鞠一躬，鞠完他就笑了起来，对大家说话的口气硬得多了。各位朋友，基辅拉斯餐厅从来都以诚信为本，我相信约利亚会来的！约利亚既然来了，今晚餐费就不用打折了哈，点歌开始！

大家就不客气地开始点歌，《茉莉花》《采红菱》《四季歌》《走西口》《康定情歌》，点了一首又点一首，约利亚不费吹灰之力地全都唱了。我不知道是不是因为等得太久，是不是因为她黑色纱裙上那一朵小小的白花，觉得她唱得虽然美妙动听，却总还缺少那么一点儿激情，没有达到萧老先生和公交车上的老年妇女，还有弗拉基米尔以及那些情愿晚餐不打折也要听她唱歌的人夸奖她的那个高度。

萧老先生一家绝不这样认为，他的女儿和侄子抢着离席，回来时坚持要我和梅姐各点一首，说是点歌费已经交了，不唱也不好再退回来。这样我们就只好答应，我对梅姐说，其实我刚才说了，请约利亚唱一首关于梅的中国民歌！

《红梅赞》？《一剪梅》？《十朵梅花九朵开》？梅姐一首一首地考虑着说。

阿红忽然问道，你们想不想听《梅娘曲》？哥哥你别忘了我呀，我是你亲爱的梅娘……也是梅！

太想听了，就点这一首吧！我听过这一首歌，感觉今晚听这一首实在太妙了。

钢琴师换了凄婉的调门，黑色纱裙配小白花的约利亚面色哀伤地向我们走了过来，步子迈得比三个乌克兰歌手更慢。这身服装，这副神情，这支琴曲，配着这首歌词合适极了。我怀疑约利亚今晚正是为了这支歌曲而来，她怎么知道我们座上有一支梅，怎么知道我们会点这一首歌？

约利亚的歌声还没出喉，湖水一样的蓝眼睛里早已是泪光一片了。

哥哥，你别忘了我呀！

我是你亲爱的梅娘。

你曾坐在我家的窗上，

嚼着那鲜红的槟榔。

我曾经弹着吉他，

为你曼声儿歌唱，

……

这一次我们都被她的歌声感动了，没有人敢发出任何声响，害怕影响了从她口中吐出的歌词，哪怕是一个字，一个气声。整个餐厅都像莫斯科郊外的晚上，四处静悄悄的深夜的花园，夜色下约利亚的歌声是一缕凄凉的风，只有风儿在轻轻唱。

我为你违背了爹娘，

离开那遥远的南洋。

我预备用我的眼泪，

擦好你的创伤。

但是，但是你已经不认得我了，

你的可怜的梅娘。

歌声停了，餐厅里还肃穆着，突然我们听到了一声哭泣，紧接着就看见约利亚双手捂脸，飞速地转过身子。小白花不见了，黑色纱裙像一片燃尽的纸灰，很快消失在了我们眼前。

我们不知道发生了什么事，所有的人都不知道，大家互相追问着，又互相不能告诉对方答案。最后，有人就坚决地认为，约利亚是由歌中的梅娘想到了自己，想到了自己的丈夫和祖国，如同她离别了他们，他们也离别了她。

萧老先生家的保姆哭得比约利亚还要伤心，一边抽噎一边抱怨我们不该点这支《梅娘曲》。你们就是要听她唱梅，让她唱一个“红梅花儿开朵朵放光彩”也是好的，看把她哭成这个样子，她还怎么再给人唱歌哇？

我们随着人流走向餐厅的门口，去跟弗拉基米尔夫妇告一个别，顺便向他们打听约利亚跑出餐厅以后的情况。弗拉基米尔的中国媳妇儿，那个白晃晃的胖女领班脸上闪着几颗泪珠，难过地说，约利亚走了，回乌克兰了，她不会再来了！

为什么？到底为什么？萧老先生的女儿问。

那里刚刚发生一场事变，是民间组织跟政府之间的武装冲突，她的丈夫在冲突中不幸丧生了！约利亚本来应该留下参加丈夫的葬礼，但她自己不愿跟基辅罗斯餐厅违约，才乘坐飞机专程赶来，最后为你们唱一次歌！弗拉基米尔同样难过地说。

最后一晚的最后一支，就是你们点的《梅娘曲》！胖女领班存心要我们记住这事，她用手把脸上的泪珠擦掉，让自己红红的眼睛看着我们。

愣了一阵，我又问她，为了严守信用她不惜付出这么大的代价，你们给她多少报酬？

我也这样问过她哈，可她连应得的正份儿也不肯要，她说免了吧，把它埋在心里，成为一个纯洁而又永远的纪念。胖女领班说到这里，泪珠儿又要滚出来了。

还要告诉您一件事，事变发生的时候苏总正好也在现场，他的心性萧老是最知道的，一下子就卷进去了！弗拉基米尔一边叙述，两只灰不灰蓝不蓝的眼睛一边在我和萧老先生之间来回移动。听约利亚说，她临走还没得到苏总的消息，所以，大哥，我很担心基辅拉斯餐厅下一步的命运，如果，万一……不说这事了哈，大哥，你们走好，改天再来哈！

萧老先生两眼发呆，全身不动，像是得了老年痴呆，他的保姆、女儿、侄子和小孙女儿，四人从各个角度搀扶着他走出餐厅，两个守门的青年近卫军为了万无一失，也赶上前来搭一把手，一直把他送进停在门外的小汽车里。我和梅姐阿红追上去跟他说再见时，好在他的眼睛能转动了，嘴里却还不能说话，他的女儿尽量为我们宽心，她说，爸爸是为他的牢友难过，不过没事，他会好的，拜拜！

我总算是有点儿明白了，你们那一代人为什么喜欢听那种老歌！在他的侄子启动汽车以前，他的小孙女儿说了这么一句。

唉！剩下我们三人同时转过脸来，同时叹了口气。

然后我们同时招手，叫停了一辆开到基辅罗斯餐厅门前的出租车。

原载《山花》2009 年第 2 期

好大一棵树

老汉光着脊背靠在苹果树上，一不留神就睡着了，风把扣在他头上的草帽刮走了他都不知道。他梦见了儿子小的时候，他也年纪不大，他把光屁股的儿子顶在头上，仰着个脸，儿子的小鸡鸡触着了他的额头，痒酥酥的，他说你这个小杂种啊，要是撒尿可全都撒进我嘴里了啦，就用手去摸儿子的小鸡鸡有没有硬起来。可是那个东西很软，而且小得出奇，拈在手里就像一颗煮熟了的米粒儿，这下子把老汉吓坏了，这可怎么办呢，他还指望着儿子给他传宗接代，像这个样子还能传个什么代哟！

这么一吓老汉就醒了，从一个遥远的年代回到了树下，原来是摸着了一条毛毛虫，苹果树上掉下来的，还是活的，在他的头上扭啊扭的。老汉把它拈下来顺手扔在草地上，想了想又觉得便宜了它，应该把它捏死才对，不然它早晚还会爬上树去，专拣树上的嫩叶子吃。老汉一撑身子站了起来，他要去找他扔掉的那只虫子，找到了把它捏死，让它再也无法爬上树了。但他怎么也看不见了，却看见他的那顶草帽被风刮到了另一棵苹果树下，就像是故意要勾引着他过去，看看那棵树跟他看守的这棵树有什么不同。

有个什么不同呢？老汉心想，其实照他看来，果园里的每一棵苹果树都长得不错，别看它们个子不高，腰身又细，枝枝叶叶也都疏疏朗朗的，但是苹果树终究是要结苹果啊，那些树三年前就开始结苹果了，而他看守的这棵树倒是比它们魁梧，看上去财大气粗，可就是中看不中吃，核桃大的苹果都不结一个，还专门派一个人整天看守着，人家结苹果的都不用人看守，你不结苹果看守你做什么？

老汉不服气地想着，弯腰去捡草帽，黑乎乎的脊背就对着了太阳，他的脊背上印满了树皮的花纹，一波一波的就像人工绣出的图案，简直跟艺术品一样。老汉刚刚把草帽戴在头上，就听到前面有汽车开过来的声音，那声音突然又没有了，接下来他看见果园的场坪上停了一辆大轿车，车门一开，从车上首先跳下来的是镇长，身后陆续又下来了一帮子男女，男人有的穿着西装，有的穿着夹克衫，女人穿的是长裙和旗袍，漂亮得像是从电视里走出来的。老汉立刻觉得身上一热，心想他们怎么就不怕热呢？人跟人到底是不一样的，看他们把身子蒙得那么紧，可能就没长出汗的毛眼。老汉有些不好意思起来，担心那帮男女看见了他，认为他这光脊背的样子很不体面，站在那里走也不是，不走也不是，就把草帽往下拉了一把，想等他们过去以后，自己好回到那棵树下面去，接着再睡一觉。刚刚他才眯着一会儿，就被那只虫子给爬醒了。

那帮男女却不明白他的心事，要去的地方正好是他刚才靠着睡觉的那一棵树。不是他们要去，是镇长要领他们去，镇长把他们领到那棵树下，围着树干站成一个半圆形，像是一把打开的折扇，呱啦呱啦地讲着什么，脸上的表情很是严肃，两只手还比比画画。一个穿旗袍的女人忽然打断镇长的话，提出一个问题说，的确是济生同志亲手栽的吗？

镇长肯定地点着头说，的确是的，那天清早天上下着小雨，济生同志亲自挖坑，亲自把树放进坑里，接着又亲自培土，工作人员把雨伞撑开了遮在他的头上，济生同志说，让我跟我的苹果树一道接受风雨的洗礼吧！

老汉看着穿旗袍的女人愣了一下，觉得她脸上有个地方像他儿子的娘，特别地像，他想起来了，是那两条又长又细的弯眉毛，从眼睛这头一直盖到眼睛那头，儿子的娘年轻时的眉毛就是这样，镇子上的街坊邻居都称那是蛾眉。她死的那年也只有穿旗袍的女人那么大，不过她要是活到现在，也能做那女人的奶奶啦。

长得真棒啊，这个果园里所有的苹果树还数这一棵长得最棒，你看它的枝干多粗，树叶子密得连雨都落不下来！一个穿西装的男人惊叹地说着，看了穿旗袍的女人一眼，好像这句话是为她说的，想讨她好。

老汉站在远处看着他们好笑，心想一看你们就是外行，懂得个屁！如果不是镇长领着，老汉就把这句粗话说出口了。看守这棵苹果树的任务是镇长分派给他的，这棵树长得好不好跟他有关，也跟镇长有关，他不能让镇长的脸上无光。镇长只让他看守这棵树，给树浇水淋粪的任务另外交给了一帮人，那帮人害怕任务完成得不好，先是只管把大粪往树根下淋，后来进果园的人都反映说臭，镇长才让他们改用化肥。老汉很想告诉这支参观的队伍说，粗有什么用，密有什么用，那边跟它一年栽的树都已经挂果啦，可它倒好，苹果花一谢果蒂就缩回去了，像是凉水浸过的小鸡鸡一样。但是这话他更不能说出口来，参观的队伍里女人占了一半，尤其是那个穿旗袍的女人，一听这话准得脸红，准得皱起她的两条弯眉毛。儿子的娘年轻时就是这样，她不许他说这些难听的粗话。

接下来镇长领来的那帮男女就雀跃着，冲到这棵树的下面，让一个拿照相机的拍下他们跟树的合影。老汉心想，幸亏虫子把我爬醒了，风又把我的草帽刮走了，要不然这时还靠在树上睡觉呢，镇长准得踢我一脚，让我到别处去避一避，别给自己丢脸！他知道镇长是个很爱面子的人，嘴上说的是他，心里想的是这棵苹果树，并不是怕他给自己丢脸，而是怕他给这棵苹果树丢脸呢。在镇长的心里这棵树比这一个果园，比这一个镇子还要重要，就别说他这个看守树的老汉了。

老汉不想等着镇长赶他，他想趁这帮男女跟树合影的时候主动走开，等他们合罢他再回来。可是他不转身倒好，他这一转身，那个穿旗袍的女人就把他发现了。穿旗袍的女人在背后喊了他一声说，喂，那位老大爷，过来跟我合个影好吗？

穿旗袍的女人不光长得好看，说话的声音很好听，就像电视里的播音员一样。老汉的耳朵并不很背，但他以为她喊的是另一个老汉，这么好听的声音怎么会是喊自己？这么好看的女人怎么会跟自己合影？他一边加快速度往前走着，一边往左右看了一眼，他看见这大一片果园里没有别人，除了这帮参观的男女以外连个年轻人都没有，更别说能够叫老汉的了。就在他一犹豫的时候，穿旗袍的女人又在背后喊了一声，喂，那位光着脊背的老大爷，过来跟我合个影好吗？

这就肯定是叫自己了，老汉一听说光着脊背，两脚顿时就停了下来，回头一望，穿旗袍的女人果然对他直招手说，老大爷，我特别想跟您合个影！

老汉在心里说，你跟我看守的苹果树合个影就行啦，实在想跟人合，就跟镇长再合一个，跟我一个老汉合个什么影？人是年轻的时候好看，老了脸上皱得像个核桃，合影时笑吧是个豁牙子，不笑吧又是一个瘪嘴，反正是丑得很，何况自己还光着脊背，跟人家女人合进影里，洗出来可对谁都没好处。这样想着，就对穿旗袍的女人摆了摆手说，算啦，跟树合了就算是跟我合啦！

穿旗袍的女人想不到自己会遭到拒绝，情绪立刻低落下来，好像有点儿下不来台，那个穿西装的男人觉得刚才讨过她的好了，已经有了一定的基础，就趁机往她身边靠过去说，跟一个老汉合影有什么意思，要合就跟我合一个！

穿西装的男人嘻嘻笑着，眼看着跟穿旗袍的女人靠在了一起，却被她一掌推开了。穿旗袍的女人嘴里好像学着鸟的叫声说，去去去，你给我走开，去！

镇长发现穿旗袍的女人那么执着，就只好出面来解决了，他小跑着过来抓起老汉的手，像牵羊一样往那棵树下牵道，真有你老汉的，这么漂亮的大城市的女人，刚才你亲眼看见的，别人想跟她合她都不愿意呢，她想跟你合你倒不愿意了！一边对着穿旗袍的女人笑道，合吧合吧，你怎么知道他就是这棵苹果树的看守员？

看守员？穿旗袍的女人两条蛾眉动了一下，接着跳高似的往上一跳，啵啵地拍着手说，哇，原来是看守员，我可不知道老大爷是这棵树的看守员，我只想找果园里的人合个影，怎么就正好碰上这棵树的看守员了，你们这里是一棵树一个看守员吗？

当然不是，镇长回答她说，微微的笑容证明这是一个幼稚的提问。只有济生同志栽的这棵才有。

哦！很多人的嘴里发出一个惊呼，并且朝着老汉走来，像是有人把折扇往拢合着。穿旗袍的女人更来劲了，跳舞一样来到老汉身边，不断地变化着姿势，忽然啵地拍了个手，把刚才这些全都推翻了说，我跟老大爷背对背地坐在这棵树下面，摆出一个共同看守的样子，好不好？

听到说背对背，镇长这才发现老汉是光着脊背的，想脱下自己身上的衣服给他穿上，可是他只穿了一件衬衣，这么一来老汉身上有了衣服，他却是个光脊背了，这不等于看守这棵树的老汉成了他，而他成了看守这棵树的老汉吗？镇长急得一双眼睛四处地看，希望参观的队伍中有人也会发现这个问题，然后主动把身上的衣服脱给老汉。他们都穿着两件衣服，脱了外面一件，里面还有白衬衣和花领带，不是老汉赖着要跟他们的人合影，是他们的人赖着要跟老汉合影，当然是该他们解决老汉的衣服了。

可是他们中竟没有一个人发现这个问题，也可能想到了却故意装着糊涂，老汉黑乎乎的光脊背上，在树上摁满了疙疙瘩瘩的印子，像是被刮去鱼鳞的鱼，挨近膀子骨的那里还粘着一小片树皮，不管是谁的衣服穿上去了都有弄脏的可能性。老汉就这样光着脊背，跟穿旗袍的女人背对背地坐在了那棵树下，穿西装的男人眼尖手快地递过去一张报纸，让穿旗袍的女人垫在屁股下面，老汉的屁股却直接坐在淋过大粪的地上。为了不挡住头顶的光线，拿照相机的人要老汉把头上的草帽摘下来，在一只手里拿着，脸上做出幸福的表情。老汉听话地摘下草帽，把脸上的表情尽量往幸福里做，那帮人看见老汉这个样子，都发出夸张的大笑，老汉也跟着笑起来，这时听得“咔嚓”一声，就这样他跟穿旗袍的女人把影合了。

穿旗袍的女人为自己的创意高兴起来，又啵啵地拍着手，号召大家都来学习她的榜样，各想一个姿势来跟老汉合影。几个穿裙子的女人嘻嘻笑着，一时想不出更好的姿势，她们就一拥而上，叫老汉从地上站起来，包围着他集体拍了一张。再接着有的男人也这么做了，他们让老汉站着别动，一个一个地轮流去拍，这些西装革履又白又胖的人和老汉站在一起，使画面显得非常滑稽，每上去一个就会引起另外一群的哈哈大笑。镇长也笑，镇长笑的时候脸都红了，他一方面是为参观的人们高兴，另一方面似乎还有一点儿后悔，早知道是这样，镇上花钱给老汉买件好衣服穿上，那就好啦。

老汉合一个影，就在心里记一个数，他觉得自己像根木桩，一动不动地钉在树边，头顶上是太阳，又不许戴草帽，每合一个都得费出不少的工夫。老汉脸上的幸福越来越少了，到了后来简直像个傻子，恨不得马上结束这个合影的刑罚。他就这么一个一个地合着，总共合了十八个影，只剩下镇长没有合了，老汉在地上跺了跺脚，他的两条老腿都站麻了，身子僵巴巴的，而且头有些晕，再合一个恐怕就要倒了。幸好剩下的是个镇长，他认为没有必要跟镇长合影，镇长三天两头都要到果园来一趟，还怕往后见不着面吗？

镇长没有跟他合影的意思，可能也是这么想的，老汉觉得这下他该走了，就把拿在手里的草帽重新戴在头上，转过身去正要走时，一个穿裙子的女人叫住了他。老汉记得穿裙子的女人刚才集体跟他合过影的，害怕她又想好了一种姿势，要来单独跟他再合一个，心里就紧张起来，不由自主地用手去摸头上的草帽。穿裙子的女人却问他说，老大爷，您今年有多大年纪了？

老汉松了口气，把手放了下来，叉开两根指头在她眼前晃了两晃，见她没有什么反应，以为大城市的女人看不懂这是多少，又用嘴说，满八十八，过完年就进八十九啦！

哇，我还以为您只有六十多岁呢，穿裙子的女人大惊小怪地叫着。比我爷爷还大一轮，可我爷爷已经成了植物人！要不如今大城市的人都愿意往乡下住呢，住在这里看看果树，想种就种几棵，每天呼吸空气新鲜，不延年益寿才是怪了！

可别这样说，老汉在心里抵触着，他知道这个穿裙子的女人说的都是假话，这里好你们就到这里来住呀，想看果树也好，想种果树也好，都随你们便呀，又没有人拦着你们！但是老汉嘴里也学他们，笑呵呵地说着假话道，就是，就是。

不过老人家我要问您，您这大年纪怎么不在家里守着孙子，怎么要在这里守着一棵苹果树呢？穿裙子的女人说着，发觉自己算错了账，不对，不光是孙子，在乡下八十八岁的人，只怕孙子又有孙子了吧？

穿裙子的女人说完就咯咯地笑起来，是为乡下人的早婚早育感到可笑，她不知道孙子的孙子该叫什么。老汉脸上的笑容慢慢地收缩着，眼光也慢慢地暗下去，接着有些伤感地说，我哪里有孙子哟，我儿子五十年前就死了，要是我儿子不死的话，你给我算一算，我是不是该有玄孙了？

老汉要穿裙子的女人给他算一算，他自己的手指头却一抖一抖地扳了起来，老汉的手指头又皱又抽，皮包着骨头，上面长满紫色的斑块，活像在地上刨食的鸡爪子。穿裙子的女人眼睛从老汉的手上移了开去，分明是嫌他的手脏。但她责备自己勾起了他伤心的往事，就不再跟他说儿子和孙子了，想了想又把话题转到苹果树上。穿裙子的女人看了一眼领她们来参观的镇长，问老汉说，您在这里看守这棵苹果树，是你们镇长的安排吧？

是镇上的安排，镇长的眼睛迅速转了一下，脱口而出说。他猜不透穿裙子的女人了解这事有什么目的，只知道她们都是一些当官的夫人，那些男人也个个都是耍笔杆子的，所以一听这话就警惕起来。其实就是看一看，守一守，防止有人从事破坏，也不干别的什么活儿，这事很适合找个老汉，他也愿意来干这个，老汉你说是不是这样？

就是，我特别愿意来干这个。老汉说得跟镇长一模一样，不过后面再说就不同了，镇上管我吃喝，还给我钱，在这里我又能每天看到我的儿子，你说我为什么要不愿意？

穿裙子的女人皱了一下眉毛，她的眉毛没有穿旗袍的女人那么好看，像是两条黑虫子趴在眼睛上方。她试探地问老汉说，刚才你不是说，您儿子五十多年以前……

老汉用手在胸脯上使劲儿搓着，好像那里面藏着他的儿子，胸脯上的一层黑皮被他搓得发红，又皱成了一团，看上去让人提心吊胆。他的两只眼睛望着果园的对面，痴呆呆的，简直忘了这个穿裙子的女人。镇长担心老汉怠慢了参观的贵宾，就替他回答着说，五十年前为了保卫这个镇子，他儿子一人打死了九个敌人，后来自己也死了，就埋在那儿，看见没有？喏，就是对面那片墓地，那儿埋的都是当年死了的战士。济生同志就是在那次被敌人抓走的，后来才被释放出来。

队伍里发出一阵惊呼，虽然声音不是很大，老汉还是听到了。他看见所有人的眼睛都向对面那片墓地望去，一个穿夹克衫的男人向前跨了一步，把掉在鼻子上的眼镜往上推推，怕的是宽大的塑料镜框挡住视线。他的胸前没有领带，却有一个用红丝绳坠着的牌子，上面写的好像是“记者”两字。穿夹克衫的男人转过脸来，眼睛看着了身边的老汉，忽然他问，老大爷，我一定要弄清一个问题，您在这里究竟是为了看守这一棵树，还是为了看守您儿子的墓地呢？

这个问题问得很毒，只有记者才有水平问出这么毒的问题。镇长为老汉捏了一把汗，担心他会钻进对方的圈套，说出后面的一句话来，就又一次替他回答说，当然是为了看守这棵树了，这是济生同志亲手栽下的一棵苹果树，有句话是怎么说的来着？对了，看守它是一种神圣的职责！

您是这么想的吗，老大爷？穿夹克衫的男人撇开镇长，他想直接跟老汉对话。

我也说不好是为什么，老汉忘了按照镇长的口径，嘴一张就把话说成了这样。反正自到这里来了以后，我经常梦见我的儿子。那年我的儿子才二十岁，他死不久他娘就死了，全家就我一人活了下来，我要想见到他们，就只能在这里见啦！

穿夹克衫的男人深沉地点点头说，我明白了，您的潜意识里是把您儿子和树融为了一体。谢谢您，老大爷。

你搞错了，这棵树不是我儿子栽的，老汉疑惑地望着他说。

是的，这棵树不是您儿了栽的，但是我可以视同为您儿子栽的，穿夹克衫的男人慷慨陈词着，鼻尖上的汗珠都冒了出来。他用手去擦汗的时候顺便把眼镜往上推了推。您儿子如果活到今天的话，说不定也是济生同志那么大的官儿了，假设他衣锦还乡，想在果园里栽一棵苹果树作为纪念，这棵树不就成了他的杰作吗？

老汉为他这个大胆的设想吓了一跳，但他自己却也忍不住设想起来。真要是我儿子栽的树，我就不会让人这样那样地摆布它，叫它长成这个中看不中吃的样子了，我会叫它顺其自然地开花结果，苹果树就是苹果树，苹果树不是栽着给人看的。老汉没敢把这话告诉穿夹克衫的男人，他只是在心里这么说着。一想到栽这棵树的是他儿子，老汉立刻就兴奋了，心里盘算着应当采取的办法，想象它硕果累累的丰收景象。不过话又说回来了，他的儿子真要是不死，如今当了那么大的官儿，回到家乡在果园里栽了这棵树，他就不会抢着来看守它了。老汉的心里比镇长都明白，这事说是分派给他的，其实也算他抢过来的，完全是为了每天都能看一眼儿子的坟墓，他才从镇长手里接受了这个任务。

幸亏是夏天来，要是等到秋天结果的时候，你们可就要看出大问题啦！老汉看着镇长领来的这帮外行心想，他们已经参观完了这棵树，又在果园里转了一圈，然后倒背着手，在镇长的带领下往前走去。老汉满以为镇长会领着他们一直往前走，走到对面的那片墓地，看看五十年前死去的那些好汉，其中包括他那打死九个敌人的儿子。但是队伍却在前面拐了个弯，朝着停车的场坪走过去了。

老汉的心都凉了，他记着这帮人临走的时候，除了穿夹克衫的男人跟他握了个手，其余的连声招呼都没有打，穿旗袍的女人迈着跳舞的步伐向前走着，因为合影时穿西装的男人递了她垫屁股的报纸，两人到底凑到了一起，说着笑着头也不回。穿裙子的女人走在最后，老汉发现她倒是回了个头，并且还伸出手来，以为是要对自己挥上一挥，却见她从他看守的那棵树上摘下一片苹果树叶，拿在手里又往前走了。

这些无情无义的人，还别说是回到大城市里，现在就已经把自己忘啦，老汉失望地想着。他后悔不该跟他们合了那么多影，总共是十八张，光着个脊背，帽子都不许戴，花了足有一顿饭的工夫。这些合影洗出来后，还不知道寄不寄给自己呢，本来上面有自己的像，按说是应该寄给自己的，可是老汉这才想了起来，他们谁都没有问过自己的地址，也不知道自己的名字。他们只叫他老大爷，寄合影时写老大爷又收不到的！

太阳在向山下落着，果园里的热气降了一些，老汉的光脊背上感到了凉意，身子不觉打了一个寒战。因为在太阳下面晒了半天，他的喉咙发干，肚子发慌，现在得回家去吃点喝点，找件衣服披在身上，八十八岁的孤老头子，病了倒了又没人管，一到那个地步可就完啦！老汉觉得自己在这棵树下被人家摆弄了半天，到头来落了这么一个下场，这下场虽然说不上很惨，可它又好在哪里呢？

垂头丧气地走在回家的路上，老汉心里有了一个想法，他想今年就这么看守过去算了，明年开春，他去挖一棵苹果树苗栽在儿子的墓前，往后他要看守就看守儿子墓前的那一棵树，看着它好好地长大，结出苹果。再有大城市的人来镇上参观，万一参观到了这片墓地，他就抓住机会，给他们讲儿子和他们的战友，讲他们五十年前是怎么牺牲的事。

老汉的心情一点一点好了起来，这时候，太阳完全落下去了。

原载《山花》2004年第10期

谋　　杀

差不多每个晚上，熊有志都要插上后院的木门，独自坐在桂花树下，霍哧霍哧磨他的杀猪刀。磨一阵子，举起来对着月亮，看看刀的锋口。如果这晚是月底或者月初，月亮没有出来，他就把厨房里的灯泡牵到后院，挂在一根树杈上，让它屋里院里都能照见，看刀时也就对着那个油乎乎的灯泡。他坐在两块砖头子上，右手边放着一把葫芦水瓢，预备在刀口发涩的时候，从瓢里捞几滴清水浇在石头上面，接着再磨。这块磨刀的石头原本是砖形的，磨得年久，已成了一片瓦的形状，他还在上面霍哧霍哧地磨着。有时吴桂香会端了潲盆，从厨房往猪圈走，冷不丁嘟哝一声，明天没人请杀猪的，磨个啥子嘛。熊有志要么是不瞅睬她，要么就气冲冲道，哼，就不能杀个别的？有人还不如猪！吴桂香立刻不说话了，把圈里的猪喂得嗵哧嗵哧地响着。

熊有志喊叫着要杀熊有福，不是一天两天，也不是一年两年，熊家湾的人都晓得，甚至乌山的人都晓得，他的女人吴桂香不会不晓得的。熊有福自从当了村里的支书，隔三岔五地，把一个湾子的女人都搞了个八九不离十，其中吴桂香是最深入最持久的一个。在熊有志出门给人杀猪的日子里，熊有福可以随时到她家里来搞，也可以随时把她叫到他家去搞。吴桂香的脸长得好，两个奶子又翘，但是脸好奶子翘的女人，凭啥都得让熊有福搞哪？熊有志想到天上掉到地上，却咋法也想不通顺。湾子里的大人小娃，都晓得熊有福跟吴桂香的深入持久性，背地里把熊有志看作肉头，只是当面不语。有时也稍有例外，年前栽秧的季节，湾里矮他一辈的熊自山，因为争着往自家秧田放水，跟他发生口角，竟敢指着他的鼻子说，有志叔你行！你辛苦整好了水田，有福叔要天天往你田里头栽秧，你不也就认了吗？熊有志好像被人揪住了命根子，也想起对方的女人，被熊有福搞的回数不多，却也有人遇见过的，就血红着一张脸，奋起反击道，自山侄子你哪，你这水田只要是别人栽过秧的，一次跟一百次不都是一样吗？邻近田里的人都低了头栽秧，速度却明显地慢了，其中有女人被熊有福搞过的男人，也有亲自被熊有福搞过的女人，假装没听其实也都听着。熊有志晓得这里不是久留之地，说出这句有力的话后转身就走，回到家就赤脚翻倒在床上，瞪着屋顶吼吼地出气。

这样的日子不能再过下去了，这不是人过的日子！熊有志一边霍霍地磨刀，一边愤愤地想着。有时候他真想把这口气出在吴桂香的身上，按在床上朝死处捶她一顿，捶得她订下保证，从今往后再不许熊有福搞了。可是转而一想，这事不能怨女人的，脸好奶子翘又不是她的错，熊有福想要还能不给他吗？而且每次做完这事，吴桂香当天都给熊有志下一碗鸡蛋面，葱花姜丝切得粉细，漂着很多的油珠子，悄不作声地端来，又悄不作声地转身，回到厨房一个人去吃锅里的剩饭。熊有志晓得她的想法，她是觉得男人吃了亏，她得给男人些补偿。可是自己的女人被人家搞了，几个鸡蛋能补回来吗？那些体内损失体外补的说法，纯粹就是胡扯！熊有志一眼能看穿吴桂香的肠子，她是他的女人，都嫁给他两年了，若不是熊有福，他们的娃都一岁多了。他们的娃是在她肚里怀到五个半月时，生生地被熊有福搞掉的，吴桂香哭着跪着求他，晚个三五个月，把娃生下来后再搞行不？熊有福说不行，只争朝夕哪。熊有福是湾子里唯一读过高中的人，有些话吴桂香听不大懂，就在她想问啥叫朝夕的时候，熊有福再一次地把她搞了。果不其然，肚里的娃提前生了，生下来是个死的。熊有志狼一样嗷嗷地哭着，这些日子，白天黑夜他都护着她的，舍不得动她一下，不想自己护着护着，到头来还是被熊有福搞掉了。他想着吴桂香一嫁给他，熊有福就把她盯上了，闹房时别人都是瞎说胡闹，唯有他是真抓实干，把吴桂香的翘奶子都搓破了皮，然后等她做了媳妇，他就把她深入持久地搞着，直到目前。说不定明天一早，熊有志前脚出门，熊有福后脚就又来搞她了。

熊有志一直念叨着杀熊有福，若是再不杀他，吴桂香的肚子又保不住了。这次吴桂香对他发过毒誓，肚里的这娃保证不是熊有福的，而上次搞掉的那一个，是谁的还说不一定。熊有志的心里总算有了一点想头，保住这一胎的决心也就越大。在他心里，熊有福已经被他杀死几百回了，他每给人家杀一头猪，一刀子捅进去，就在心里喊一声熊有福！有天夜里做梦杀猪，那猪对他嘿嘿地冷笑，笑着笑着猪脸变成了熊有福脸，他恨得照它脖子就是一刀，不料这一刀捅偏了，熊有福笑得越加猖狂，边笑边骂他蠢得连猪都杀不死！熊有志突然大吼了一声，熊有福我要剥你皮呐！一声吼醒，看见吴桂香吓得坐在床上，身子抖作一团，哭成了一个泪人儿。他就一下子抱住了她，用一双梦里杀猪的手摸她的鼓肚皮，用脸挨着，又用嘴亲，忏悔自己曾有过往死处捶她一顿的念头。他恨自己这辈子没出息，为啥不是乡上的书记，能管着村上的支书，不许再搞别人的女人？别人的就是别人的，自己的才是自己的，就像熊自山那回气他的话，田里栽秧也各管各一块哪！熊有志下了一个大的决心，松开她的女人说，桂香，我不杀猪了，我要天天在家守着你！

吴桂香一把抓住他的手说，你发高烧了尽说胡话，不想吃饭了吗？不想活了吗？

熊有志赌气道，不吃就不吃，不活就不活，饿死也比做王八强的！

吴桂香一听这句就又哭起来，后半夜里，两人都坐在床上再没合眼。

这口气熊有志是赌不了的，在家守了三天，湾子里又有人来请杀猪了，这回来的人恰好是熊自山。熊自山明晓得上回因为秧田争水，双方都说了伤人的话，但是家里要起房子，猪不杀是不行的，就只好低一回头，亲自来请熊有志了。担心他记他死仇，不肯上门，除了让女人用红纸封了工钱，放好在枕头下面等他去拿，还预先提了两瓶子酒，让他看出自己的诚心，也有向他赔礼道歉的意思。熊自山进得门来，先喊一声桂香婶子，接着再喊一声有志叔，当着吴桂香面，不能直接说出上回骂人的事，却选了熊有志高兴的话说，你家侄媳听说桂香婶子怀上小弟娃了，早说要我来看看的，这下正巧要盖房杀猪，我就顺便来请有志叔！

熊有志原是个血气不旺的人，跟他杀猪的身份很是不符，对湾里人全都一个“忍”字当头，任谁也不敢惹的，见熊自山已有悔过的表现，自己求上门来，嘴里说了一番好话，手里还拿来两瓶子酒，更何况他也并没有错，错的不就是熊有福吗？紧绷着的脸皮早就松了，在家守着吴桂香的决心又有了动摇，再说那也不过是句气话，百般无奈时说的，男人不出门做事，天天在家守着女人，不是让人更看笑话吗？熊有志不言不语，起身去后院里收拾杀猪篮子。吴桂香忙得团团转说，有志你个笨人，就不晓得留自山侄子坐下喝口水，吃根烟，让他家的猪多活一根烟久也不行吗？

熊自山笑道，桂香婶子别忙，我不喝水也不吃烟，等你生下我弟娃，我再来喝有志叔的喜酒！

熊有志这时手里已提着篮子，站在院子外面等熊自山了，见吴桂香跟在熊自山的身后出来，就又想起那件事情，粗声叮嘱她道，把院门插好了，谁喊也不让进，我早去早回，赶回家吃夜饭的！

熊有志去熊自山家杀罢了猪，记着家里的女人，收下工钱，提了一挂猪下水，夜饭也不肯吃，饿着肚子就往家赶着。紧赶慢赶进到院里，看见吴桂香眼泪汪汪地坐在床帮子上，原来他前脚刚走，熊有福后脚还是来把她搞了。高中毕业又当过兵的熊有福能文能武，像个飞檐走壁的侠客，这回根本就不喊门，从院墙外一纵就纵了进来。熊有志把猪下水往地上一扔，就手从篮子里抄起杀猪刀，吼吼地说，熊有福！熊有福！

吴桂香说，饭在锅里。

熊有志说，熊有福！熊有福！

吴桂香说，没法守住呀！

熊有志说，熊有福！熊有福！

吴桂香说，这回不管他咋弄，我都记着把肚子护好了！

熊有志听到这话，嘴里不说熊有福了，扑过去将他的女人紧紧抱住，死命地亲着，又腾出手来打自己脸，像喊熊有福一样喊，熊有志！熊有志！你不是说好在家守着女人吗，你咋法还要去给人杀猪啊！白花花的唾沫星子喷得满屋子都是，更多的白沫堆积在他的嘴角，把从上面滚下来的眼泪给挡住了。吴桂香用她的脸给他擦着唾沫眼泪，让那些咸水漫进嘴里，一滴一滴都把它咽了下去。

吴桂香摇头说，守不住的，天天在家也守不住的，他叫我去我又咋办？

熊有志松开手问，你说咋办哪？

吴桂香头不摇了，垂下去了，早已经想好了说，你去求他，送他些啥，人说贪色的人也贪财，也贪酒，要不，你把自山侄子送你的酒，送了他吧？

的确是除了这两瓶酒，再也没啥可送的了，照这么说，倒是跟他骂过一回的熊自山，关键时来帮了他和他的女人，挽救了他们的娃。熊有志看看墙上又看看脚下，瞪着地上的一挂猪下水想，总不能把这东西送给熊有福，他终归也是个村支书哪。人活世上真贱，熊有志心里唠叨着说，自己的女人被他搞了，不去杀他，还送他酒，想起来就不是个滋味！但是想到天上掉到地上，目前也只有这一条路可走，女人没有保住，他已是个臭屎无用的男人，肚里的娃再不保住，这个臭屎无用的男人就该杀了！熊有志想到这个“杀”字，就看了一眼手里的杀猪刀，刀口上沾着一块没擦干净的猪血，已凝成了痂，由殷红变成紫黑，不像猪血倒像猪屎。熊有志记起那晚自己做过的梦，不管是梦里还是醒着，他都没把熊有福杀了，不仅没杀熊有福，还得给他送酒喝，自己都买不起的酒，自己都舍不得喝的酒送给他喝，这人真是活得贱了！

这晚没有月亮，熊有志打着一只铁皮电筒，一摇一晃地去给熊有福送酒，主意一旦打定，就得抓紧着做，早做早完，若是熊有福买他的账，答应饶了他的女人，往后他家的日子就安稳了。熊有志忘了他还没吃夜饭，只在熊自山家喝过两口凉水，为了揪下几根猪鬃，还吐了一口在死猪背上。可是出门没走多远，小肚子那里却发起涨来，里面浪浪荡荡，感觉是要撒尿的迹象，他就把电筒夹在胳肢窝里，两瓶子酒墩在脚下，解开裤子来撒。熊有志一门心事恨着熊有福，忘了这晚有风，这风又是迎面吹过来的，尿一出裤就被吹得摇摇晃晃，有几滴洒在了酒瓶子上，他惊得打了个哆嗦，赶紧把尿夹住，心里却突然冒出一个恶毒的念头，此前想都不曾想的，这念头一出来他又打了个哆嗦，刚才他想的是何不把酒喝了，把尿撒进酒瓶里当成是酒，让熊有福喝进嘴里，又灌进肚子，这个搞别人女人的人，就让他喝一瓶子别人的尿吧。

熊有志的胆子空前地大了，弯腰抓起地上一只酒瓶，用牙把瓶盖咬开，仰脸咕咚就是几口，对着电筒照照，还不到一半，咕咚又喝了一大口，却不能再喝了，若一瓶子全都是尿，滴酒不沾，就会被人认出来了，熊有福好歹是个村支书，搞了一湾子的女人都没下马，可见他是个人精。熊有志转个方向，背对着风，把掏出的家伙悬在瓶口上方，很顺利地就把他喝浅的地方填了起来，盖上瓶盖，用牙咬紧成了原状，举起来摇了几摇，又抓起另一瓶来比比，完全是一样的。熊有志的心里感到了前所未有的快活，这快活超过了他夜晚做梦杀猪，超过了他坐在桂花树下霍霍地磨刀，超过了他独自喊着要杀了熊有福的时候。

熊有志提着尿酒，来到熊有福家。还真赶巧，熊有福刚从别人家里喝酒回来，醉得眯着两眼，正靠在椅上大口哈气。白天他搞了人家女人，接着又去喝人家酒，说明他是久经锻炼，身体很过硬的。熊有志口口声声要杀熊有福，平时却怕他怕得要死，但今晚在野外喝了半瓶子酒，胆子壮了一些，见面竟不见得很怕，喊了声有福支书，把两瓶子酒放在显眼的地方，让他晓得自己没打空手。熊有福睁眼先看见酒，然后才看见人，认了好一阵子认出是熊有志，脸上就做出一个怪笑，用手指着熊有志问，你不是口口声声要杀我，咋又给我送酒来了嘛？

这话要在平时熊有志是回答不了的，今晚喝了酒后他却能行，他就索性不要脸了，嬉皮着说，你是支书我敢杀你？那不是喝了酒瞎吹牛吗！

熊有福听了这话就满意了，灿烂地笑起来道，我就在纳闷儿嘛，平时我对你家蛮照看的，你为啥子要杀我嘛？想想又问，这酒是你要送的，还是你女人要你送的？是你要送的我就不喝，是你女人要你送的我才喝哪！熊有志想着酒里一半是他的尿，就及时地回答说，是我女人要我送你的。

熊有福又眯了眼问，她有啥事想求我嘛？

熊有志看一眼熊有福的女人，这女人脸上有块巴掌大的乌痣，上面还长着一小撮打卷儿的黑毛，联想她男人搞了一湾子的女人，人品坏是一条，还有一条跟这撮黑毛也是有关系的，见她坐着不走，存心想听出这酒的来源，嘴里就吭哧着不说。熊有福对他的一撮毛女人挥挥手，大人物似的命令道，没事去睡你的觉，男人的事你莫管嘛！

熊有福的一撮毛女人就起身走了，不晓得是不是真去睡觉。熊有志心里已想好了话，这时趁着酒劲说出来道，有福支书你说的是，我女人是有事想求你的，求你从今往后不要再搞她了，湾里那多的女人，你想搞哪个就搞哪个，何必要指着她一个人，再说你都搞她这些年了，你就念她这个情分，在她身上收个尾，我们两个都感你的恩，记你的德，下辈子托生是人，还拥护你当支书好吧？

熊有福嘎嘎地笑着，酒气散得满屋子说，我还当你女人是心疼我，送我酒喝，原来还是为这个事的，这个事嘛，目前就说到这儿，容我考虑考虑，少安毋躁，让我先尝口你的酒，这是个啥子酒嘛？

熊有志就拿起那瓶灌了尿的酒，用手心遮挡着瓶盖，递到他手里说，有福支书是啥酒都喝过的人，这酒只是我女人的一点心意，味道咋样我都不晓得的。

熊有福接过酒瓶，不用起子，也不用牙，一手握住瓶颈，大指头肚往瓶盖一顶，瓶盖就顶开了，技术比熊有志高超得多。把瓶口伸到鼻子下面闻闻，鼻子却皱成一团糟说，这股子气味不对头嘛！

熊有志吓出一身冷汗，慌忙笑道，有福支书今天是喝多了，啥酒闻着都不对味，改天再喝保证就是好酒，这是我女人专门上街给你买的哪！

熊有福眼里放出红光，像疯狗的两只眼睛，又怪笑了说，是你女人送我的酒，就是喝死我也得喝嘛！就把熊有志鸡巴对过的瓶口，对住他的嘴巴，一仰脖子灌下去了一半。一撮毛女人被赶进房屋，其实没睡，却不敢出来劝阻，急得在房屋里喊道，你不能喝了，你都喝两斤了，再喝就喝死了！

熊有福歇一口气，把刚才的话又说一遍，是吴桂香送我的酒，就是喝死我也得喝嘛！又一仰脖子，后半瓶子也灌了下去。熊有志看看剩下的这一瓶酒，正想着是不是也递他手里，只见他身子一仰，人已经睡过去了。

他打着那只铁皮电筒，顺原路走回家去，一路上快活得要死，到家吴桂香已经睡了。他很想把她叫醒，对她讲熊有福喝了他尿，让吴桂香也快活快活，但他看吴桂香睡着两手捧着肚子，弓着身子睡得很沉，那样子做梦也防着熊有福的，就不打算惊扰她，决定等着明早天亮，她醒过来再讲给她听。熊有志饿着肚子忙了一天，做了不少的事情，这事对他来说可不算小，这半辈子都没做过，又紧张又激烈，把他身上的劲，把他脑子里的油都耗尽了。他实在是累了，也不洗脚，脱了衣服就上床去睡觉，人睡在吴桂香的身边，心却仍在去熊有福家的半路上，在熊有福的家里，想着他在酒瓶子里撒尿，熊有福做两回喝了，就又兴奋得在床上翻身，咯吱一响咯吱一响的。忽然想到熊有福喝了他酒，却并没明确答复往后还搞不搞他女人，不禁又忧愁起来，痛心这酒被他白喝了，虽说半瓶子是尿，余下的那一瓶半却是货真价实的酒。熊有志满脑子都是这三样东西，酒、尿和熊有福，一只空酒瓶子骨碌乱滚，后来变成一个人的头，血糊隆咚的，像是刚从他的杀猪刀上掉下来，滚到墙角就滚不动了，过去一看是熊有福。熊有志脑子里看见了这个，这是他已恍惚入睡，进入他快活的梦中去了。

天亮时吴桂香一觉睡醒，发现男人昨晚回家了，正张嘴打着响鼾，满屋子看一眼，那两瓶子酒没退回来，就证明熊有福收了，只是不晓得双方话说得咋样，熊有福批没批准。她轻脚下床，穿衣洗脸，想去院外走动走动，地里拔几个青皮萝卜，回来把那挂猪下水炖了。这么想着刚打开后院的门，就看见村口围着一堆子人，叽里呱啦地比画着，不晓得湾里出了啥子事情。吴桂香朝人堆子走过去，还没拢身就听人说一个名字，说的是熊有福，说他死了，昨天夜里，喝酒死的，那酒里下的有毒哪！吴桂香腿脚一木就站住了，立刻想起她的男人，他到底干出这事来了，他没拿刀！过去她是防着他那把杀猪刀的，想不到他却把心思用在酒里！也真是怪她，为啥子劝着他去送酒，不这样他还未必想得起来！也怪那起房子杀猪的熊自山，往常湾里请人杀猪，按规矩是给钱送猪下水，这回送两瓶子酒做啥子哪！吴桂香眼睛发直，一动不动，简直成了一根木桩。有人发现迎面走来一个女人，走着走着又不走了，定神一认，认出是熊有志的女人吴桂香，手就在暗处推搡说话的人，又挤着眼色，说话的人就赶忙闭嘴，接着散了开去，各走各的，头也不回一下。

吴桂香醒过神来，想起自己应该做的事了，要死的男人还在床上睡着，打着响鼾，她得去喊他起来，要他心里有个防备，要么是跑，要么是死不吐口。她觉得这事不能再迟，说不定眼前就已迟了，熊有志的命就在她的脚下，她的腿脚不木了，车身往家里跑，脚底快得生风。可是就像她想的那样，事情已经迟了一步，她还没拢后院的门，就看见前屋门外站着一伙子头戴硬壳帽的人，一个嘭嘭嘭敲门，另几个把手托在腰上。吴桂香想喊一声不要开门，那门却正好这时开了，熊有志一只手提着裤子，一只手搭在门栓子上，嘴里呵欠连天的，眯瞪着眼睛直抱怨说，后院出去的人，咋要从前门回来哪？

敲门的硬壳帽一步冲到他面前，瞅着他的脸问，你是不是叫熊有志？

熊有志吓一跳说，是呀。

硬壳帽说，跟我们走！

熊有志哪里晓得厉害，还犟嘴道，出了啥子事嘛？就不能等我女人回来再走？

硬壳帽冷笑说，等你女人回来给你送饭吧！

熊有志没看见他的女人就在不远处，吴桂香却眼睁睁地看着她的男人被带走了，她想这下完了，男人回不来了，早晓得是这样，就不该让他给熊有福送酒。吴桂香觉得她家的房子在转，明明是大清早，天却成了暗的，就像是要走暴一样，等她晕着头进到屋里，四壁真就漆黑一团了。

硬壳帽把熊有志带到乡里，也不让喝一口水，关了门就开始审问起来。硬壳帽问，你是不是说过要杀熊支书？

熊有志开始想不承认，见硬壳帽的眼睛很凶地瞪着他，像是已经取得了旁证，只好就承认说，我是说过这话的，可我……

硬壳帽点一点头，打断他的话问，你是不是心里这样想的？

熊有志又顺着他的话答，我是心里这样想的，可我……

硬壳帽点一点头，又打断他的话问，你为啥子要产生杀人的动机？

熊有志一听这话气就上来了，梗着个粗脖子说，他搞我女人，从嫁过来时搞起，都搞两年了，去年把我女人肚里的娃都搞掉了，今年他还要搞，我女人哭着跪着，求他过些日子再搞他都不行，我不杀他，连我女人肚里的这个娃也保不住了！

硬壳帽这回不点头了，转脸跟别的硬壳帽交流一个眼色，那个硬壳帽就在纸上写了些字，这个硬壳帽接着又问，所以昨夜你就下他的手了？

熊有志懵懂着问，我下他啥子手了？昨夜我给他送酒去，求他往后莫再搞我女人，他答应少安毋躁，不晓得是啥个意思……

硬壳帽严肃地说，不要往远处扯了，我再问你，你在酒里放了些啥子药？

熊有志有些警觉了道，你们莫不是怀疑我下了他的毒？你们可以问他本人，昨夜喝醉了酒，这时也该醒过来了吧？

硬壳帽一声喝道，不要再装模作样了，他已经醒不过来了，被你酒里的东西给毒死了，经初步化验，你的酒里含有别种物质，现在就看你坦白不坦白了！

熊有志脸色突然变得惨白，像张死人的脸，大叫起来，我坦白，我坦白，酒里有我撒的尿，我恨他，让他喝我的尿……

硬壳帽皱着眉问，你再说一遍，你还让他喝你的尿？

熊有志就又说了一遍，我真让他喝我的尿，喝的有半瓶子……

硬壳帽啪地一拍桌子道，真是胡说八道，尿能喝死人吗！

犯罪嫌疑人熊有志被关在乡派出所，这里不开他的伙食，派人带个口信，要他的女人给他送饭。带信人来到他家，门一拍就开了，像是没插，喊叫吴桂香的名字，也没人应，进去一看，吴桂香正躺在床上，小声地哼哼，原本鼓着的肚子塌了下去，屁股下面是一摊血。带信人就晓得了行情，这个脸好奶子翘的可怜女人，在熊有福的手上终究没能护住肚子，这一回娃又掉了。

原载《山花》2002 年第 8 期

臭　嘴

无论世人认为王子麟多么可笑，王子麟对世人都负责如故。那天中饭后厂子里面开会，王子麟照例窝藏在一个墙角里，坐在他斜对面的是新进厂子的白玉，白玉不断地和她身边的青工说着小话，说到快活处就露齿一笑。王子麟的眼睛一直盯在白玉的脸上，几乎一秒钟也不曾离开。白玉无意中和他的目光相遇，于是就有些不高兴了。谁都知道白玉是全厂最漂亮的姑娘，又在宣传科里搞着宣传，对外有着“厂花”之称，而王子麟却是一个四十四岁的有老婆孩子的眼睛有毛病的磨刀师傅。他的眼睛右边一只是黑的，左边一只却是白的，白的那只左眼基本上已经瞎了，看上去就像眼窝里面嵌了一颗白色的围棋子。王子麟用这样一颗白棋子死瞪白眼地盯着人家厂花，不是有点儿不合适吗？白玉立刻不说也不笑了，把嘴严肃地闭上，那意思是给王子麟提个醒儿，她这朵厂花不是那么好看的。王子麟看见白玉这样，眼睛果然转移了。但是白玉只一开口说笑，他就又把眼光向她射去，弄得白玉几度沉默。不仅如此，会场中途休息一会儿，让大家去解个手的时候，窝在墙角的王子麟一头站了起来，居然向白玉招招手说，过来我对你说句话。

白玉的眉毛轻轻颤了几颤，真就起身走到他的跟前，面无表情地问道，什么话？

王子麟说，你的牙齿里面卡了一根韭菜，你快把它剔出来。

白玉听着一愣，脸立刻就红透了，她把嘴紧紧地抿上，飞快地扫了一眼周围的人。

王子麟又说，你中午肯定吃的是韭菜馅的包子，那东西吃是好吃，就是爱卡牙齿，我的牙齿不好，所以我就不敢吃它。

白玉又飞快地扫了一眼周围的人。

王子麟接着又说，你不要忽视这件事情，我老婆单位有个女孩儿，就是因为牙齿里面卡了一根韭菜，第二天就和她的男朋友吹了。

白玉突然一个转身，向着门上贴了一个卷卷头的洗手间跑去。

从此白玉一见王子麟就脸红，低头快速走开，渐渐地他们就不说话了，见面好像不认识一样。王子麟觉得很失落，本来他还想对白玉讲讲，他老婆单位那个女孩儿到现在还蒙在鼓里，她的男朋友为什么突然不要她了，但是这下没有机会讲了。他不明白白玉怎么会怪自己呢，她应该感谢自己才对呵。

王子麟的下岗没有白玉的责任，虽然传说中白玉和厂长的关系有点暧昧。王子麟的下岗完全是因为他那双一只黑一只白的眼睛。两只眼睛的颜色不一致没有什么，问题是他经常把左边的那只白眼闭上，而把右边的那只黑眼睁着，站在地上打枪似的瞄准厂子里的那杆大烟囱，手里还捏着一根垂直的白线绳，他把白线绳吊在睁着的那只黑眼前面，让它和大烟囱的一侧成为一条直线。白线绳的下端拴着一块磨刀的砂轮，在空中有些晃悠，他就不时地用手去挡它一下。这样看过之后，他往往没头没脑地对人说，早晚的事。

什么早晚的事？听的人都莫明其妙。

这东西早晚是要倒的。王子麟望着大烟囱说。

后来就有人给厂长打了个小报告，说王子麟是拿大烟囱打比方，盼着厂子早晚垮掉。厂长认为分析得有理，因为王子麟的肚子里头有点文化，长期干磨刀的活儿肯定是有想法的，怕他扰乱军心，加上他总和别人搞不好团结，差不多隔一两天就有人来告他一状，于是在处理第一批下岗人员时，把他头一个给处理了。

王子麟的刀磨得又快又好，下岗后由两个青工来接替他的工作，那两个青工都暗暗吐舌头。别人都以为王子麟会想不通，等着要看他闹出一点事来，但是王子麟没有。他听到厂长念他的名字时只愣了一下，就把头垂下去了。

离厂那天他用一张报纸包了一块用旧的砂轮，塞在包里准备带回家去做个纪念，但是走到厂门口他想了想，又把它掏出来送回了车间。他拿走的时候没有一个人看见，而他送回去的时候大家都看见了，这样王子麟临走又落了一个不好的名声，他想偷块砂轮回家磨菜刀，被门卫抓住了，还从下岗金中罚去了三百块钱。

下岗后的王子麟到劳务市场去过几次，但是人家一看他是一个男人，看上去又有四五十岁，而且一只眼睛是黑的一只眼睛是白的，白的那只就像瞎了一样，便没有一家单位要他。最后一次有家环保公司雇环卫工，问他愿不愿意，他说愿意，事情基本上就要办成了，然而那人正往一个小本上登记他的名字，王子麟见他把自己的最后一个字写成了林，就趴过去纠正说，不是树林的林，而是麒麟的麟。那人把林字画了换上一个灵，王子麟又纠正说，也不是机灵的灵，而是麒麟的麟。那人又把灵字画了再换一个玲，王子麟急了说，哎呀我又不是一个女人，我是麒麟的麟，麒麟是一种传说中的神奇的动物。

那人这下子也急了，把手里的笔往桌上一扔说，我们不要神奇的动物，我们只要扫大街的人，我看你就算了吧。

王子麟一看形势不妙，慌忙力挽狂澜道，刚才不是已经说好了吗？你总不能因为不会写我的名字而不要我了吧？

那人“切”的一声笑道，你这人怎么这么逗呢？我刚才是没注意到你的眼睛，你这着急时眼睛一瞪我才看出来，原来你只有一只眼，你想你要是扫大街时那只瞎眼朝里，汽车来了还不把你轧个急死呀？

周围来报名的人都笑起来，恨不得快些把他淘汰了，多留下一个名额，便争着把自己的好眼凑过去，让那人在比较中验收。

王子麟这次离开劳务市场，就再也不想去了。

从劳务市场出来不远有一个游乐场，场子门口分两边摆着一些小摊子，有卖工艺品的，也有卖小饮食的，还有一个什么也不卖，却是收钱让人练靶的。这个小摊子的后墙上挂着一张大白布，白布上悬满了五彩气球，摊子上放了一把手枪，有人过来问是怎么个打法，摊主就说，交一块钱打五枪，全部打光再奖五枪，不想打了就发一个奖品。奖品一般用钥匙链或者纪念章一类的小玩意儿，琳琅满目地摆了一摊。王子麟百无聊赖，就凑过去看那人打枪。

那人交一块钱，一枪都没打中，又交一块钱，又一枪都没打中，嘴里说声“我操”，扔下手枪怏怏走了。王子麟觉得好笑，就咧嘴笑了一下。

摊主见状就问王子麟说，也想玩儿几枪？

王子麟拿起那支手枪，翻来覆去地看，又用手把枪头上的准星掰了掰。摊主见他掰手枪的准星，脸上立刻就变了颜色说，想玩儿你就交钱，不玩儿就走人。

王子麟从兜里摸哇摸的，摸出两张五角的钱说，试试看吧。

摊主收了钱，发给他五粒子弹，王子麟举枪在手，推弹上膛，闭上左边的那只白眼，用右边的那只黑眼从准星里瞄住白布上的气球，叭的一枪打炸一只红的，叭的一枪又打炸一只绿的，接着又是三枪打炸了剩下的黄蓝橘三只气球，然后放下手枪，笑笑地望着摊主。

摊主也笑，但是脸上的笑没他自然，指着摊上的钥匙链和纪念章问他道，你要哪种奖品？

王子麟说，再来五枪吧。

摊主就只好又给了他五粒子弹。只听得五声枪响，王子麟又一连打炸了他的五只气球。王子麟还要再打五枪，摊主心都疼了，火速摇手说，不让你打了，再打你会把我的气球全部打光，你快拿了奖品走吧，我破例奖你两个。他给王子麟拿了一个钥匙链，又拿了一个纪念章，把手往前挥着，走吧走吧，你快走吧。

王子麟笑一笑，只收了他一个钥匙链，没要他的纪念章。

摊主觉得今天吃了亏，心里不能平衡，看他走了以后，就对一个新来打枪的游客说，刚才这个人百发百中是有原因的，你没看他一只眼睛是黑的一只眼睛是白的，他其实是个独眼龙。俗话说得好，一只眼会打枪，打只麻雀止心慌。所以他是神枪手。

谁知王子麟眼睛不好，耳朵却灵，在三米以外就听到了这句话，他忽地一头又折回来，走到这个小摊前说，你这么说就不是事实了，明明是你的手枪准星是歪的，让我给你掰了一下，要不然我还不是白送你一块钱？

说这话的时候，新来打枪的游客已经打到第三只气球了，摊主的脸上一红一白，只怕他的话被人听见，悄悄对他作一个揖，小了声说，刚才和这人说了一句笑话呢，大哥别怪！

王子麟听他道了歉，就转身走了。

王子麟回家在门口转了两天，第三天从废品站买回一只汽油桶，他在汽油桶的屁股上挖了一个洞，桶内筑上泥巴，只留出大暖瓶粗一个圆孔，用一根细钢筋绕了个护窗样的栏杆，嵌在圆孔中部，使其成为一只大煤炉子，他就用这炉子卖起烤白薯来。开张的头一天，他从早到晚卖了二十八斤烤白薯，刨去买生白薯的本钱，不算炉子和煤的间接成本，总共赚了三十六块钱。他心里暗自欣喜，有一种柳暗花明的感觉，照这么干下去，一个月赚一千块是不成问题的，比在厂子时的收入多了一倍。

他继续卖烤白薯，这天下午正卖得热火朝天，坐在旁边的一个补皮鞋老头突然蹲着走过来，扯一下他的裤脚说，来了。

王子麟还没意识到老头儿是什么意思，这时迎面走来两个戴大盖帽的，一直走到他的汽油桶前，一个问，有证吗？

王子麟说，证是有一个，不知道作不作数。说着拍一拍手上的泥巴，从兜里摸出一个下岗证，递给大盖帽说，人家说了，可以一边办着一边干着。

那人看一眼他的下岗证就不再问，另一个耸耸鼻子说，来两个烤白薯吧。

王子麟就挑了两个最大最好的，放在秤盘里称了一下，翘翘的三斤二两。王子麟说，算三斤吧，给六块钱就行了。说着把两个烤白薯从秤盘里拿出来，各自包上一片旧报纸递到他们面前。

两个人同时一愣，接着相互看了一眼，一个说，我来，就掏出三张两块的票子放在他的秤盘里，然后一人接过一个烤白薯，一路剥着皮走到补皮鞋的老头儿那里，让老头儿用手摇机缝他们鞋盖上挣脱了的线。

两人缝好鞋盖走了，补皮鞋的老头儿对王子麟说，明天你得换个地方了。

王子麟问，这里生意不是很好吗？

补皮鞋的老头儿说，你干吗要人家的六块钱呢？我还专门扯了一下你的裤脚！

王子麟就明白了，悻在那里想着问题。他总觉得补皮鞋的老头儿说得太玄，再说汽油桶做的煤炉子太重，换个地方也不是很容易的事，就宁可还在这里试试。第二天补皮鞋的老头儿没来，就好像有心回避昨日的预言。王子麟正卖着，昨天来过的那两人又来了，果然一来就通知他说，你不能再在这里卖烤白薯了，再卖我们就没收你的全部收入，并且连人带炉子带烤白薯都带走。

王子麟因为已有心理准备，便不再卖，在那两人的协助下，把煤炉子搬到一架手推车上，怏怏地把它推回家去，就像那天游乐场门口那个白花两块钱一只气球也没打中的人。

王子麟申请卖烤白薯的营业执照很晚也没有批下来，天气渐渐由冷变暖，他买来作原材料的生白薯眼看要烂，他就把它分期分批蒸了，当作饭吃，一家人吃了几天，吃得他哽哽咽咽，老婆和女儿不停地打嗝儿。吃完之后还没有执照的消息，烤白薯看来是卖不成了，王子麟只好另谋生路。

在无聊的时候他的脑子里也会出现一些好玩儿的事情，比方那天在游乐场门口用手枪打气球，他于是设想自己也摆那样一个小摊子，吸引人来打枪，但是又怕被人白打了气球又领奖品，赚不来钱反倒蚀本，因为他不能把枪的准星弄歪。在这样的犹豫徘徊中，一个月的日子很快就过去了。

他还总想着厂子里的事情，差不多每天晚上都要梦见那杆大烟囱。一天深夜，睡梦中的老婆突然被他一把扯醒，只见屋里灯火通亮，王子麟光着身子坐在床上，一白一黑两只眼睛睁得鼓出眼眶，那只扯她的手劲大极了，急得呼哧直喘道，快走哇！你快给我走哇！

老婆见他两眼瞪着屋顶，以为吊灯会掉下来，又以为房子要塌，吓得要死，慌忙喊着女儿的名字，光脚就往地上跳，这时却见王子麟恐惧的眼神渐渐变得恍惚，盯在对面的墙愣了一阵，忽地一头倒下去，又钻进被子里面睡着了。

女儿惊惶地跑来问她妈妈，出什么事啦？

王子麟的老婆此时方才明白，气得瞪着他说，你爸他发癔症，没事了！

后半个夜晚老婆基本上没有睡成，天亮以后爬下床来，把昨夜的事说给王子麟听，王子麟愣怔了很久才说，是吗？

老婆用手一点一点地指着他的那只好眼说，我警告你，不许你再吓我们母女两个了！

但是这事是不能警告的，第二天睡到半夜，王子麟又开始了，几乎和昨夜一模一样。老婆这次被他扯醒之后，只把懵懂的眼睛使劲挤眨了几下，就立刻向他一掌推去，王子麟发起怒来，瞪着黑白二眼大声喊道，你为什么打人？我要你走你为什么打人？喊着喊着眼神就变得恍惚，过一会儿又倒下去睡着了。

老婆被他折磨得快不行了，她一夜一夜地刚刚睡着就被他扯醒，然后听他大喊一气重又睡去。天亮以后她再一次警告他，他依然愣怔很久才说，是吗？王子麟的老婆记得王子麟过去是没有这个毛病的，完全是下岗把他弄成了这个样子，因此她恨王子麟，也恨下岗。她不知道往后的日子怎么度过，白天白天没有事做，晚上晚上没有觉睡。

王子麟一天比一天瘦，由于夜里惊慌恐惧，大叫大嚷，白天他就精神疲惫，恍恍惚惚。一个双休日里，老婆下决心带他去了一次医院，医生听完她的描述，给王子麟做了几个试验过后，证明目前还不是精神分裂症。

这是神经高度紧张引起的，医生诱导着他，你好好地回忆一下，你是不是一直担心会发生一件什么可怕的事情？

王子麟回忆了一下说，是的，我总想着厂子里的那杆大烟囱就要倒了。

医生说这个病最好的医生不是医生，而是自己，建议他试着调整一下思维方式，多想一些轻松快乐的事情，最后给他开了几瓶安神醒脑的中成药，让他先服服看。

王子麟听说自己不是精神病，身体就好了一半，接过处方去药房划了个价，一看要一百多块，他就不再去缴钱取药了。按规定下了岗的人员医药费还可以在厂子里报销百分之多少，可是他这辈子都不想再到厂子里去了。

王子麟遵照医生的说法，试着去想轻松快乐的事情，他想轻松快乐的事情只有那次在游乐场门口用手枪打气球，是他英明洞察，一举看破了摊主在手枪准星上玩儿的把戏，把那里扳了几下，就弹无虚发。十枪十中，一块钱打炸十只气球又挣得一只钥匙链，临走还得了一句“大哥别怪”。想到这里他简直快要笑了。

然而再想下去，他就又想起在劳务市场八次没人理他，最后一次好在有人答应登上他的名字，不料却把那个“麟”字一连写错三个，并因此使他到手的工作又出现变化。接着又想起卖烤白薯，他只烤了两天半就被人家赶走了，害他白花八十块钱买下一只汽油桶，全家吃了几天蒸白薯也没吃完，到底还糟蹋了二十多斤。由此他自然又想起申办卖烤白薯的执照，直到现在还没有消息。王子麟轻松快乐不成了，他叹了一口气。

当天深夜他又把老婆从梦中喊了起来。

老婆已被他折磨得筋疲力尽，痛苦不堪。王子麟的下岗在经济上带给她的压力，本来她已快承受不住，现在又在精神上对她进行这样残酷的打击，她实在是有些忍无可忍。在一天夜里再一次被王子麟喊起来后，她终于一掌把他打醒，并且愤然提出，明天她就带着女儿回娘家去住。

王子麟想了又想，默默无言，第二天一早他对老婆说，你要上班，女儿要上学，只有我是一个闲人，还是我走吧，当作是我们和和气气地离了个婚。说完这话，王子麟开柜拿了几件衣服，就出门走了。

他走在街上，每一步都想着今后的日子，一只好眼满世界地张望，希望眼前出现一条生路。他耐心地观察沿路水泥电线杆上贴着的纸条，但它们多半是求租房屋和寻找亲人，以及包治阳痿一类的内容，与雇工毫无关系。这时他突然记起，那天从医院看病出来，医院门口贴着一张广告，上面说住院部需雇一名夜间勤杂工，性别要男，年龄不限，工作是烧锅炉，时间是从晚上八点到凌晨两点。当时他和老婆都为这张广告喜了一跳，但又一想，凌晨两点其实就是半夜三更，下了夜班他怎么能够回家呢？而现在他已没有家了，他可以索性就在锅炉房里待到天亮，白天再找个地方睡一觉，因此这个勤杂工真是非他莫属。

王子麟信心百倍，赶到那家医院的住院部一打听，果然这份工作还给他留着，他立刻登记报名，当天晚上八点就走马上任。医院是管医治眼睛的，却没有在乎他的眼睛，这一点比劳务市场好。

王子麟在医院烧了一周锅炉，第八天下午去接班的时候，他在走廊上看到一位年轻姑娘，身穿一套白色住院服，右边的胳肢窝里夹着一支木拐，从女卫生间里一倾一倾地出来。那姑娘远看很像厂子里宣传科的白玉，他就不由得多看了她几眼，不料等那姑娘走到近前，竟真的是白玉。王子麟一下子呆住了。

与此同时，白玉也认出了他，嘴里惊叫一声道，王子麟你在这里做什么？

王子麟说，我给医院烧锅炉啊，又问她，你的腿是怎么了？

白玉紧紧地盯着他的脸，很久没有言语，后来才小了声说，看来你是真不知道，厂子里那杆大烟囱倒了，死了三个伤了七个，那天我随张科长刚回厂子，砸下来的水泥砖有一片正好飞在我的腿上，算我这辈子命不好，被它碰上了。白玉声音越来越小，说到最后就变成了哭。

王子麟一听厂子里的那杆大烟囱果然倒了，两只眼睛立刻瞪得滚圆，一黑一白鼓出眼眶外面，接着脸上的肌肉就开始一下一下地抽动，那模样好像抽筋。这样瞪着眼抽了一阵，他问白玉说，是哪一天的事？

白玉哭着说，就是上一个月。

王子麟略一推算，正是他每夜梦见烟囱倒下来的那段日子，顿时就傻了一般，身子摇晃起来，即将要倒的样子。

白玉说，幸亏你走了，你要在厂子里说不定也碰上了，这都是命啊。说着又哭起来。

王子麟喉咙里吭吭地响着，似乎想答话又答不上来。过了一会儿，他忽然咳下嗓子，小声问白玉说，你现在谈了朋友没有？

白玉抬起泪脸，哽咽地说，我成这样子了，谁还跟我谈呵？

王子麟嗓子里刚才存了一句话，正要说我让我老婆给你介绍一个好的吧，却猛地想起他的老婆已经和他离婚了，话就这么一下子卡在了喉咙里面。又过了一会儿，他总算找到一句话说，你会好的，你还是一朵厂花，只是谈朋友不可太心高。

白玉嘴里嗯嗯地应着，觉得心情好多了，这时她忽然想起什么，问王子麟说，王师傅，最近我才知道一件事情，你的那只眼睛是加夜班磨刀时，砂轮上的铁碴打坏的吗？

王子麟问，你听谁说？

白玉说，我在广播室的一堆旧稿子里无意中看到的，可是翻看广播记录，那篇稿子却忘了播。

王子麟说，眼睛瞎了，它能给我播好吗？要是能播好，我就要它一天到晚地播，它不播我也要它播。

白玉听他说出这样的话来，一时就无言了。

锅炉房里有人喊着交班，伤员房里也有人喊着查号，这一老一少两个残疾人发觉已在走廊里站得太久，就默默地对望一眼，然后分别回到自己的地方。

原载《山花》2008年第4期

坐公共汽车指挥交通的黑呢子礼帽

世界妇女大会在中国召开的前一个时期，这路公共汽车的每一个站牌上，突然都宣布无人售票，具体的做法是，乘客从中门上，从前后两门下。中门的上车口为此安装了一个铁皮箱子，供没有买月票的乘客往里面丢钱，无论路途远近。坐一站也罢，坐到头也罢，统统都是五毛，好像选民投票。政策也宣布了，铁皮箱子也安装了，钱也丢进去了，多的也不找了，票也不撕了，不过每辆车中门后面的高台子里，却仍然坐着一个女郎或者儿郎，在那里不停地喊哪喊的，时而还站起身来把别人扒拉一下。

于是乘客就有话说了，说这路原本有人售票的车，号称无人售票之后，如今终于叫作有人不售票了。

也不知究竟是怎么搞的，反正目前到处都是怪事。

这路无人售票车从始发站开出两站之后，停在一个繁华地段，要下车的乘客都遵守着新的规定，拨开人丛向前后两门靠拢，而把中门让给上车的乘客。大概谁也没有注意到，这时靠近后车轱辘的地方站着一位先生，等着后门的人都下了以后，他竟一个抬步，从从容容地从那里迈了上来。

这位先生看上去有三十六七的样子，头戴一顶黑色的呢子礼帽，身穿一套黑色的纯毛西装，右手拄着一根黑色的直把手杖。他从后门上来时眼睛丝毫都不躲闪，反而主动向高台子里面的女郎看去，手杖把脚下的车板捣得“咚”的一响，随着这一响嘴里也发出一种吃饱了打嗝，或者累着了叹气那样的声音。

坐在高台子里面的监票女郎本来还没有发现他，她是听到这两声响后，眼光才向他循过来的。

那位先生，请你从后门下去，再从中门上来。

干吗呀，这是干吗呀？人上都上来了，你这是干吗呀？戴黑色礼帽的乘客说。从哪个门上不是一样呢，真是的，你这是干吗呀？

他嘴里抗议着，一边抓住车上的不锈钢扶手，一边四下寻找座位。车上所有的座位都坐满了人，他决定就近安下身来。贴在后门边的一张座位上坐的是一男一女，两个说笑的年轻人像是一对谈朋友的，戴黑色礼帽的乘客用木杖把男的往里面拨了一拨。

往那边挤一挤吧，亲热点怕什么，小青年长得挺帅的嘛！他说，也不经过人家同意，就用屁股把那年轻人推了过去。

后半车的人都笑起来，觉得这个黑色礼帽很幽默的。

要他从后门下去再从中门上来的监票女郎忍了一下没有忍住，竟也冰释前嫌地笑了。车子的后门终于和前面两门一样，“哐”的一声关上，接着大智若愚地开动起来。监票女郎开始履行她的职责，抽查上车乘客的月票。

那位先生，把你的月票拿出来看看。

对不起，我的月票忘记带了。戴黑色礼帽的乘客说。

那就请你掏五角钱。

对不起，我的钱夹和月票是放在一起的。戴黑色礼帽的乘客又说。

这次不仅是后半车的人，连前半车的人也一道笑了，他们觉得这人不仅仅是幽默，而且简直是一种风度和资格。也许他是有目的，有来头的，他是不是一个从上面下来调查什么公共交通问题，或者服务质量问题的人呢？

坐在高台子后面的监票女郎大概也是这么想的，因为从现在开始，她脸上的表情变得优美起来，说话的嗓门子也低了两度，腔调变得温柔而又亲昵，就像收音机里的播音一样。

这路车又停了一站，从中门上来几个乘客，其中有一位是老太太。老太太上车的样子非常艰难，上车以后四处张望，却没找着一个座位。戴黑色礼帽的乘客的眼睛这时正盯着司机的手，似乎对那突然不动的手很有意见，猛然一停的车子把他震得身子一颠，他才发现车子已经停了。他一扭头，眼睛正好看见了那位还没找到座位的老太太，便抬起手杖，拨了拨坐在对面的一个和自己年龄相仿的人，并且把头往外一偏，示意他站起来，让出屁股下面的座位。

老太太您来坐吧，他不等人家做出反应，就向老太太热情地招着手说。

坐在他对面的年龄相仿者在他的脸上看了一会儿，嘴里含糊地说了一句什么，才慢吞吞起身让出座位，自己就靠在这个座位的椅背上，居高临下地盯着他头上的黑色礼帽，眼睛里闪出一种似觉可疑的冷光，时而还皱一下眉头。

谢谢你啊，老太太一路摸着椅背，两脚拐拐地走过来，在那个空出的座位上坐下了，一个劲儿地感谢戴黑色礼帽的乘客，根本就没看一眼这时靠在椅背上的那个人。谢谢你啊，我尽遇到好人。

戴黑色礼帽的乘客把手杖夹在两腿之间，腾出手来对老太太摆了一摆，表示不用谢，这都是他应该做的。

接着他的眼睛又转到车厢里其他的地方去了。那个靠在他对面的椅背上站着，一直在他头上冷冷研究着的人，这时候一边嘴角向斜上方提了一下。

车上的人，在戴黑色礼帽的乘客眼睛望来的时候，都变得儒雅起来，有同伴的就轻声交谈着，脸上普遍氤氲着一种和平的微笑。戴黑色礼帽的乘客目光像鱼一样在车上的人丛中穿行，他时而还微微欠一下身子，伸长脖子重点看看某处，似乎还想发现一个正把手伸向乘客钱包的小偷，然后用他的办法进行处理。但是眼前往往没有发生他所想象的事情，于是他又坐下来，一副很失落的样子，目光又游向另一个地方。

坐在高台后面的监票女郎表现一直很好，车子开了又停，停了又开，车门关了又开，开了又关，她的眼睛的任务是盯住从中门上车的乘客的手，那些手大概采取两种姿势，一种是亮出兜里的月票，一种则是往铁皮箱里当啷一声丢进钱币。一切都很正常，这路公共汽车在大街上平稳地行驶着。

这车开得不错，不错！戴黑色礼帽的乘客独自说道，完全是一种表扬的语气。自从没有在车上发现小偷以后，他的嘴张了又合，合了又张，好像一直想说点什么而又没有什么可说，现在他就抓住了开车这个话题，说的时候还扭过头去，向前看了一眼四平八稳的司机，实事求是地表扬着。

开得不错，他又说。

这路车继续向前开去，先后又停了两站之后，车头拐了一个方向。

是不是要到十字路口了？喂我说，前面是不是十字路口那一站？戴黑色呢子礼帽的乘客突然警觉起来，扭过头去问坐在高台子后面的监票女郎。

几乎与监票女郎同时，至少有半车的乘客都热情回答他说，就是，就是。监票女郎还关切地问了他一句，先生您在那一站下吗？

我要在那一站下车，我在那里有点事情。戴黑色礼帽的乘客说完这话，侧过脸去用手拍拍身边被他挤得不成样子的两个小年轻儿。你们坐好了，他说，还是你们两个坐吧。说着他站起身来，把头上的礼帽轻轻按了一按，然后一手摸着沿途的椅背，一手拄着手杖，摇摇晃晃地直往中门走去。

满车的人都很隆重地目送着他。坐在高台子后面的监票女郎见他快要靠近铁皮箱的时候打了一个踉跄，伸手就拉住了他的胳膊，就像对待一位老人或者孕妇。

小心啊，她欠了一下身子说，小心别摔着了！

我没带月票，钱夹子和月票是放在一起的，戴黑色礼帽的乘客回头对监票女郎说。

坐在高台子后面的监票女郎对他笑笑，又说了一句，小心啊。

车停在一块站牌下面，戴黑色礼帽的乘客抢在地上的人上车之前，“噌”的一下就跳了下来。他的身子被上车的人挤成了扁的，西服的两襟向后面翻起去，黑色的礼帽差点掉了。他一手把它按在头上，用手杖在人流中拨开一条一条的腿。

就在这个停车的地段，十字形的大街中央有一小块空地，无数辆各色各样的汽车在它的周围奔跑鸣叫。

戴黑色礼帽的乘客站在路边，皱了一下眉头，突然间横穿车流，迅速地跳到那块空地上站着，右手平举起那根手杖，忽左忽右地挥动起来。在他那顶庄严的黑色礼帽下面，他的脸色忧郁，目光坚定，手杖在他的手中行云流水，出神入化，好像一支操纵着大型交响乐团的指挥棒。

这时有一条汉子气喘吁吁地向这里奔来，一路上见着行人就问，请问您看没看见一个戴黑色礼帽的先生？他的，他的，他的，他的这里有点儿问题！

汉子用手指着自己的脑袋，急得快要疯了。

原载《山花》1997 年第 11 期

黑夜里的老拳击手

周日的早晨，楼长刚刚起床，手里的裤子才套上一条腿，就接到本楼一个女人的举报电话。楼长你到底管不管？你到底是管还是不管？女人尖锐的嗓子像锥子一样向他扎来，我家隔壁放录像的声音大得要命，天天晚上都是这样，简直就是一座战场，我们全家睡着了又给吵醒了，不信你来住着试试！

楼长一手拽着裤腰，一手举着话筒，冷静地问道，是吗，你住几层几号？

女人却一点儿也不冷静，我住九零八号！我不住九零八号，还有哪个倒霉的住九零八号？

楼长急着要腾出手来穿裤子，就劝她说，你先把电话挂了，等我穿好裤子就去问问是怎么回事。

女人又唠叨一阵才把电话挂了。但是楼长的另一条裤腿还没穿上，电话又响了，楼长拿起来说，我不告诉了你，等我穿好裤子就去问吗？楼长说到这句口气突然变了，原来你不是刚才那个，有什么事你说吧。

这次也是一个女人，这个女人比刚才那个温柔，她把愤怒变成了幽默。昨夜我家的吸顶灯从楼顶上突然掉下来，正好落在西瓜上，两样都破了。我打电话找安装公司，公司说是不是住在你头顶上的有第三者插足？我说不知道，反正够凶的。

楼长笑道，我明白了，你的意思是说你的楼上夜里很吵。你住几层几号？

女人说，好像是八零九号，你听，他把我都吵糊涂了，我连住哪里都记不得了。

楼长那只提裤子的手都酸了，也劝她说，你先把电话挂了，等我穿好裤子就去问问是怎么回事。

楼长坐下来一边穿着裤子，一边眨着眼想，九零八号的隔壁是九零九，八零九号的楼上也是九零九，两个女人状告的不是同一户人吗？想明白后接着又想了一会儿，这下却又糊涂了。九零九号是一个独居，里面只住着一个刚退休的老头儿，都六十岁的人了，是个搞政工的，支部书记什么的，一身上下瘦得像根鱼刺。

楼长想着笑了起来，这么个老家伙，就是想有人插足也没人跟他插，想跟人打架也没人跟他打呀。而且老头儿好像也不喜欢看武打的录像，要说他看电视里的《夕阳红》节目倒还有可能，不过《夕阳红》里的老头儿老太太练剑练拳，谁个出声哪？

就像各级比楼长更大的官员应付下面一样，楼长穿好裤子以后并没有就去问问是怎么回事，而是进卫生间去撒了一泡折磨了他后半夜的尿，放水冲了臊气，接着又刷牙，洗脸，出门去小摊上吃早点，买两根油条一碗馄饨吃了，打一个嗝又擦一把嘴，然后回到楼里。他站在门口还想了一会儿，好像有什么事情他给忘了，但他终于没把埋在油条和馄饨下面的那件事情想起来。

直到晚上，直到那两个女人的电话一前一后又打来的时候，楼长才猛地想起他今天清早的许诺。九零八号的女人厉声问道，你不是去问问怎么回事了吗？问了怎么还是那么回事？八零九号的女人却催促他说，你快去亲临现场吧，电视连续剧又开始啦！

这次楼长立即出发，让电梯工直接把他送到九层。

在走出电梯的这一瞬间，他又有点犹豫起来，但只是这一瞬间，他很快就向九零九号的方位走去了。

他一路打开楼道所有的电灯，经过九零八号的门口，发现那门早已拉开了一道一掌宽的缝隙，一个女人愤怒的窄脸正好嵌在门缝中，俨然是在迎接着他，看见他来那女人挤一个眼，又把一只手伸出来弯着往那边一指，就缩进去把门关了。

随着她的插门声，楼长听到了她刚才所指的另一间房里发出的更大的声音。那声音沉闷而又有力，果然有些像是两个女人形容的那样。

楼长蹑手蹑脚走到门外，侧了脑袋把一只耳朵贴住门板，对里面那可疑的声音做进一步的测听。他的脸一下白了，紧接着他转身就走，他的步子迈得急促而又慌乱，走过九零八号房门之后，两脚分明就变成了跑。

大约过了十多分钟，两名全副武装的警察在楼长的带领下，跑步来到这个门口。屋里决斗似的声音依然响着，一名警察双手握枪闪在门外的墙角，另一名警察则右手把枪端在胯下，左手把门敲了三下，嘭，嘭，嘭。

屋里的击打声戛然而止。隔了一会儿，九零九号房的门从里拉开了。屋里没有灯光，一个又矮又瘦的影子隐在门缝中，嘶哑着嗓子小声问，你们找谁？

门外的三人同时喊道，把灯打开！

“啪”的一响，屋里的灯就亮了。矮瘦的影子变成了一个老头儿，上面穿着一件背心，下面穿着一条大裆短裤，再下面是一双塑料拖鞋。老头儿满头大汗，气喘吁吁，两只老鼠眼里露出迷惘的神情。

你们找我？他的眼睛避开警察，却转过去问楼长。

屋里还有什么人吗？楼长问他。

没有啊，什么人也没有啊，老头儿一定累得不轻，现在还把气喘得呼呼地响。我是一个孤老头子，他知道的。他用手指一下楼长，让楼长证明他的身份。

那你在和谁格斗？警察将手枪插入枪套，斜睨了紧急报案的楼长一眼。

我还以为有蒙面人来行劫，谋你的财害你的命呢。楼长尴尬地说。

他们迎着灯光，鱼贯而入。一走进屋里就看见从客厅通往卫生间的门框下面，吊着的一只沙袋还在一甩一甩着，就像荡秋千一样，是刚才挨过打的。

沙袋是用一只旧牛仔裤的裤筒缝制的，一尺五六寸长，从膝盖到脚跟的部位，石磨蓝的裤筒上似有几个用黑色圆珠笔描出来的字，走近细认，字有三个，是“王子儒”。

这是一个什么人？楼长指着那个名字，好奇地问。

你是问他吗？老头儿说。他的气喘匀了一些，这时候抬起一只手来擦了把汗。这人是华贸公司的总裁，可是二十年前他是一个什么臭玩意儿，说捆就一绳子捆起来，说打就一拳头打趴在地上，见了我们骨头都是酥的，目前他竟成个人物了！

楼长和警察惑然地看他一阵，接着互看一眼，三人一起笑了起来。

你这样打王子儒，王子儒就倒了吗？楼长好不容易把笑止住，以后可不能再这样，闹得你的隔壁和楼下夜里都不能睡觉！

再闹我们可就要来干涉了！警察补充说，看你是个老同志，今天我们就不批评你了。

老头儿嘴里喏喏地应着，等到三人走了以后，他又照准“王子儒”

打了一拳，由于用力过狠，他龇咧着嘴摇摇手腕，过一会儿又踢了一脚。他踢的时候由于用力过猛，身子失去重心，打了一个踉跄险些摔倒在地。

后来他就把“王子儒”从门框上卸下来，抱在怀里四下打量一阵，无处可放，就“嗵”的一声扔在沙发上面了。

不许我打你，我坐你该是可以吧？老头儿自言自语着，他的尖屁股立刻响应号召，往后一撅就坐了上去。

“王子儒”因为是用牛仔裤筒做的，肚子里又装满了沙，加之老头儿的屁股光骨头没肉，坐上去硌得慌，老头儿龇咧着嘴，索性使劲蹭了几蹭，将它左右蹭得扁了一些，方才感觉像个坐垫。

次日一早，楼上有人看见这个又矮又瘦的老头儿穿着一套好料子的西装，胳膊挽着一只菜篮子，从菜市场上一拐一拐地回来，篮子里装着一条鲜鱼，一块豆腐，一袋花生米，还有一瓶二锅头酒。

他的两只老鼠眼睛红红的，可能昨夜没有睡好。

原载《山花》1997 年第 11 期

文外闲聊

很早以前读过契诃夫的一篇小说，名字叫《跳来跳去的女人》，如果把那个女人改成男人，那就是我。多年以来我一直在编书和写书之间跳来跳去。我的工作习惯和原则与很多编辑作家是不一样的，身下是一条河，多数人采取的办法是双脚踩在两条船上，左右平衡，齐头并进，上岸后往往能双手同时拾起两枚美丽的贝壳。

开个玩笑，这样的人如果从事双轨恋爱，一定会是成功的高手。我却不行，我想我一进入双轨，必然会手忙脚乱，漏洞百出，我是一个笨家伙，必须一心一意地做一件事情。我踩的不是船，而是跳石，想做作家时就跳过去，想做编辑时就跳回来，我觉得它俩一个在彼岸，一个在此岸，根本就不是一个方向，在一分为二的时候它俩是一对亲密的兄弟，但一旦合二为一，立刻就变成了敌人。所以当读者读到我编辑的大量图书和杂志时，我夜里睡觉都在想着别人的作品，而我的名字也会及时消失在刊物的目录中，什么时候它又重新出现，那一定是杂志社和出版社出了问题。

编杂志的悲喜剧，至少何锐先生会有同感。几年前我编过一份选刊，曾经因一位女作家笔下死了一个放羊的小女孩，受到主管领导的批评，英文版的刊物上，译文中那个小女孩最后又活了过来。选刊销路不畅，印刷厂恶狠狠地逼着要钱，傅活先生和我自己掏了几千块钱。

用私人的钱给公家买单，这件事想起来挺幽默的，听着就像是作家的虚构。有一期的胶片在送往工厂的途中，小偷认为是钱给偷走了，发现不是又扔在车上，被一位雷锋式的司机捡着，为了及时出刊，我乘车去取回来，同时给好司机开了一个表彰大会。

后来刊物的赞助商因非法集资而进了公安局，粮尽弹绝，刊物这才停了。不过我至今还认为这位爱好文学的老板用他龌龊的钱干了一件高尚的事。我之所以聊这些闲话，意思是为编辑叫苦，尤其是自己也会写作的编辑。刊物一停，傅活先生气得到《小说选刊》任副总编，我则高高兴兴地跳到彼岸去写小说。但是好花不常开，单位变革，不久又跳回此岸开始编书，付出的代价比编刊还大，策划和主编了几千万字的图书，自己又一个字也无暇写了，偶有一篇，却是序言或者评论之类，发表在报纸上，为他人的作品摇旗呐喊。

时断时续的原因还有一个，那就是对文学的未来想得太多。由于从事着把中国文学介绍到国外的工作，更容易看到双边文学的距离和走向世界的艰难，有了太强的功利心的浮躁，又极容易从野心勃勃转为自卑和懒惰。后来却想，谁也不想去向谁要奖，一心要生下一个天才的人，那孩子在世人的眼里往往凡俗，甚而至于是个痴呆。

人只要有着正常的生育能力，不可能一见神童便去堕胎，而绝对会维护为自己生下一个孩子的人权，纵然自己的孩子也许比不上别人，或者也许被别人认为比不上别人。没有任何功利色彩，有的只是创造的快乐。当然啦，生的时候，孕育的时候，应该尽可能地使一把劲儿，争取生下来比谁都好。搞文学的人，写小说的人正是如此。

小说是什么？小说就是小声地说，而不是大声地说。大声说话是做报告，是训话，是有特权的人发表最高指示，别人不愿听，但是不敢不听。小说家可没有那样的特权，他的话是靠艺术吸引听众，靠真诚善良和美丽。不是征服，而是吸引。有理不在声高，好听也不在声高。他的人物，他的故事，他的叙述技巧感动了同时代的人，他就是一个优秀的小说家，死了以后还能继续感动后代的人，他就是一个伟大的小说家。

作家需要生活，这句话是真理的同时也是废话，就像说人要吃饭一样。生活就是生命的活着，生命只要活着就要接触事物，就要爱与被爱，因此就有创作的资本和创作的冲动，如果生命都没有了，人都死了还怎么能写小说？过去有人对生活的狭义理解，是炼钢、挖地和扔手榴弹，其实生活无处不在。

天才的小说家能写出不朽的童年，不能说久远的、安静的、自在的、没有某种热烈场面的生活就不是生活。要让鲁迅不写未庄，沈从文不写边城，那简直是不可思议。据说沈从文新中国成立后曾被送去过井冈山，回来后却改行研究起了服饰，研究起了花花朵朵和坛坛罐罐。小说家根据自身的气质和个性，心中各自都有一片圣洁的土地，他愿意种什么就种什么，适合种什么就种什么，你不愿意吃可以不买他的账，胁迫和干涉人家是不对的。文学从来就不应该是一个人说了算，当时说了算的一些东西，现在还能说了算吗？

想不通作家的生活怎么会枯竭，怎么会没有东西可写。只要打开门窗，生活就会像空气一样扑面而来。我刚发表在《山花》杂志的小说《玩儿阿基米德飞盘的王永乐师傅》，里面有个王永乐师傅就是自己按响门铃走进我的房间的，他的原型是我们楼下的一位老维修工。小说中的诸多奇事，除了在暗中保护用砖头打汽车的老英雄属于虚构，其余的确都是他干的，修漏水的厕所，玩儿阿基米德飞盘，读《四个主义并存的中国》，用粉笔在地上写“寂寞寒窗空守寡”，等等。

他也的确挨过一个人的耳光，不过那人不是生活中并不存在的寡妇何若花小姐。他喜欢看我写的小说，他将离开此楼的消息是他悄悄告诉我一个人的，说那话时他有些滑稽地怪笑着，但是向我望来的一双小斜眼里明显闪过一丝悲凉，我想这一定和他受到的羞辱有关。我不用闭上眼睛，只要一想到他，那副悲凉的怪笑立刻会浮现在我的面前。

身边的生活中随时发生的一切事情，全都可以为我所用，它们像幽灵一样随风飘进我的小说，增加小说的情节，丰富小说的氛围，甚至还能改变小说的结局。这篇小说写到大半的时候，在我们住宅楼的对面，几个盗墓贼发现了一座汉墓，公安局又发现了盗墓贼，一时间门前热闹起来，仿佛是恶作剧，我忽然想把这事栽一点儿在倒霉的王永乐师傅的身上，就在老英雄的阳台上预放了一块酷似汉砖的凶器。小说本来的结尾是主人公挨了打后悄然失踪，汉墓群的发现，使他又在公安局里多待了一段日子。我想如果在快要完稿的那两天里，有另外的一件事情打动了我，也许小说的结尾又不是这样了。

我有两个写短篇小说的朋友，南方一个名叫聂鑫森，北方一个叫阿成，他们一人写了好几百个短篇小说，而且至今仍在蓬勃地生产着。我喜欢他们的短篇，前者像欧·亨利，后者有契诃夫之风，二位都生活在当代城市，笔下诱人的风景却永远是边远的古镇和乡村。我在英、法文版的《中国文学》杂志上写文章赞美过他们，盛产主义和流派的国外不太器重它们的粗糙的复制品，而宁可为有特色的中国小说蓝眼一亮。

现代是指一种观念，而不是时间，过于喧嚣的滚滚红尘，恰恰需要中国画式的简约神韵。他们的短篇小说清澈明净，味醇意长，虽然从来没有大红大紫，但是浮华散去，尘埃落定，最终留下的必将是他们。

昨天我偶尔打开电视，看见一位写报告文学的作家正对记者揶揄，作家成了坐家，坐在家里写作。作家不坐着写怎么着写？一定要像海明威一样站着写吗？不在家里写在哪里写？在首长安排的五星级宾馆里写吗？一天到晚在外边采访的那是记者，写报告和写小说毕竟不是一回事情。聪明的小说家一般不会去拥抱漫无边际的地球，而宁可要一口熟悉的井，他从小喝这口井里的水长大，老死的那一天也是这口井里的水为他净身。

正如坐在家里并不等于不关心现实，满大街乱跑也并不等于热爱生活，打开生活的麻袋，从中挑出几个像样的东西，这一份最起码的安静当然是必要的。小说家往往比当事人更能还原生活，除了人物的行为还有心理，并且让广大的读者信服，这就是思想和艺术的秘密。

现在下岗文学又成时尚，几乎众口一词，下岗人员的命运惨不忍睹，异国管理者的残酷令千夫所指。然而现实违背了一个萝卜一个坑儿的原则，萝卜太多了，坑儿只有几个，而且那块种萝卜的土地本来是应该种白菜的。春天盲目播下的种子，收获痛苦恶果的秋后到了。

如果仅仅是陪同下岗者进行人道主义的哭泣，那么作家还不如祥林嫂。作家代表的是一种先进的思想，有眼力的作家可以发现通往历史的隧洞，看见历史的脚步走到今天方才成为现实。将两者割裂开来仅取结果，那分明是浅薄，谴责的锋芒只会指错罪魁。当然，过剩的萝卜们是无辜的，但是萝卜是小人参，真正的好萝卜终究可以卖出好价钱。因此即便表现下岗，至少应有一点哭泣以外的内容，比方说历史和社会，还有人性。

每月我会收到很多杂志，我把它们随意打开，阅读时并不一定按照级别的高低，以及目录安排的顺序。往往我会先读一些短的，文字有特色的，幽默而动人的作品，哪怕它发表在小刊物上，位置也比较靠后，作者是一些陌生的名字。有的小说先声夺人，配很大的图画和很长的评论，作者的名字也响当当，但是看不多久就觉得上了贼当，于是我便为后面的未名青年打抱不平。

我知道一篇小说享有殊荣的原因很多，其中有一个原因是无须任何原因。可悲的是文学并非体育，球员射门未进，裁判员不敢判他进了，而文学的评论员却敢，他们经常漏掉好球，而把一心踢到自己怀里的球夸得不亦乐乎。从一般的道理上讲，裁判员一旦加入球员的队伍，赛场就会大乱无疑，奥运史上这样的事情似乎还发生得不多。文坛则不然，文学的裁判员太多太滥，也太任意，“一百个观众眼里就有一百个哈姆雷特”这句伟大的名言，足可以掩饰一切平庸和不公。

中国文坛失去天才已有了七十多年，仿佛是对历史的讨债，二十世纪末的中国天才辈出。有一位老作者面壁三十年，完成了一部百万巨著，小说经我鼎力相助得以出版，老作者效法狂人李敖，挺进京城，大声疾呼要得诺贝尔奖，吓得我倒退八丈开外，连感谢也不敢要了，逢人就申明此事与我无关。

还有一位更老的作者，其父是慈禧太后的表亲，因为作品的题材和作者的身份，这部文句欠通的作品经我从头到尾改写一遍，又另取书名后一版再版，更老的作者一边向北京原市长签字赠书，一边说他的著作权受到了侵犯。于是我明白我又做了蠢事，编辑的崇高有时也是犯罪，它使作者产生一种被迫害妄想，倘若大作没有受到瑞典汉学家的高度评价，其幕后必有阴谋。

修改他人的作品比创作自己的作品更苦更累，而且没有自由，有一种厨子给主妇打下手的委屈和别扭。其实有些目下当红的作家，文法不通，错字连篇，遇上好编辑会小心翼翼地为他补拙，不幸落在同等功力的编辑手里，就原样不动地端出去喂给读者。当红作家常常是很得意的，觉得小说有很多人看，却不知道人家看的只是他的故事，故事是小说的一部分，民间有不少口若悬河的故事大王，可惜他们都不是小说家。

我佩服二十世纪三十年代的文人，一个个博学多识，写出的文章字字珠玑，妙趣横生，饱读之后拔笔著文，全不似今人的急用先学，立竿见影，甚至不读书而只靠生活，靠那点儿东张西望的鬼机灵劲儿。

文坛现在正刮着一股有意思的风气，谁是泰斗就向谁宣战，以此显出武功的相等，人家于文中穷其一生，自己则一战而成英雄，即便战败也是第二，仍强于其他同辈者流。这个办法很有点儿调皮捣蛋，也有渊源可溯，三十年代就有多位青年在鲁迅面前高挑起一面战旗，存心要把病中的倔老头儿气个急死。

可是我就偏爱读他的小说，以至于认为迄今无人能匹。如果你是一个诚实的人，当你鼓足勇气，拔剑走到他的面前，你会突然地打个哆嗦，发现你原来远不是他的敌手，他小说中的人物在黑暗中向你发出阴森的冷笑，他美丽的语言鬼气四射。

现在文坛上主义不少，流派很多，但它们之间的界线却语焉不详。一个被大家公认的作家一会儿被扯进这个主义，一会儿被扯进那个流派，往往还有同一位作家或者同一篇小说，同时被多个主义和流派奋起争夺，被多种理论和版本所反复收录。作家颠三倒四地取着稿费，自己也弄不清是怎么回事，心想只要给钱就行。

这样的主义应该改为主意，流派应该叫作帮派才是。主义和流派本应该与作品同时产生，在西方它们每一个的后面都站着一尊与众不同的哲学思想，而我们中国只有一个哲学，谈起思想也会色变，评论家就喜欢把外形大致相似的东西装进一只麻袋，比方说鸡蛋、汤圆和乒乓球。

读者是不讲流派和主义的，抓起一个先尝一口，味道不对就给扔了，管你是张三李四还是王二麻子。因此我有时候宁可相信亲爱的读者，读他人的作品也爱注以普通读者的朴素的目光。

我在三十多年前开始发表小说，写的时间更早一些，在国内出了五十几本书，国外出了三本，另一本正在翻译之中。跳来跳去跳到今天，估计会在写作上落下帷幕。我曾经非常想当一名专业作家，有一次已经当上了，但是不久就换了新单位，还有一次差点儿又当上了，单位却把我及时地捉拿归案。

现在好了，我居然可以退休了，鉴于特定的历史原因，我参加工作的年龄从十五岁时算起，如今已有了四十多年，按照三十年工龄可以退休的国家政策，我早已成为中国最年轻的退休干部。我初步决定用写作来填满以后的日子，并且称自己为退休写作者。退休写作者的概念不是作者退休，而是退休以后才能写作。

中国的专业作家制度弊病很大，我的家乡湖北有位从事专业的一级作家，却多年发表不了一篇末级作品，周围人戏谑他“异技做假”，有一次他把一部八方退稿的长篇小说悄悄地寄给我，要求我帮他出版，可以免付稿费，但不要对别人说，尤其不要对他身边的我的朋友们说。那一刻我真是难受极了，这样的专业和一级作家何其尴尬；业余写作则太辛苦，就在我的办公室里，有一位二十四岁的小同事，因为写诗与工作的矛盾以及其他诸种痛苦，有一天就自沉于万泉河中，如他的遗诗所言，“成为众尸中最年轻的一位”。

自由撰稿人其实是最不自由的一族，作品不能换钱买米和付房租，心里不慌才怪，保住品格还是先保住性命，那得看他的良心和实力。因此我将断定，退休写作者的日子是很幸福的，享受革命前半生的剩余价值，能写就写，稿费寄来当赏钱，忽有一日江郎才尽，不写也就罢了。

原载《山花》2002年第10期

何　锐（代后记）

公元2000年，中国文学出版社解体前的最后一套书，是由我策划、何锐主编的黄果树丛书。那是二十世纪的最后一年，何锐执编的名刊《山花》又没钱了，半夜十二点许，他一个电话打了过来，忧心忡忡地说，明年怎么办呢？我给他出了个主意，让他把几年来的《山花》整理一下，根据栏目，编成十本书，取名就叫黄果树丛书，我给他出版，我再找个人给他投资印制发行，他的任务是写个总序，感谢一下黄果树集团，把这套丛书献给他们，明年办刊的钱就找他们要。何锐说，好嘛好嘛。就把电话挂了。

何锐打电话不同于全世界任何一个人，主要有两点，第一，开头没有问候语，结尾没有客气话，直接说事，给我搞个稿子，搞个好稿子。或者就是，这期某某某有个稿子，是个好稿子。然后就讲这个好稿子写的什么，为什么好，讲完就挂了，给人的感觉，他一天到晚，一年四季，一生一世都在外面搞好稿子，而不搞别的事情；第二，搞好稿子没有时间约束，半夜就半夜，凌晨就凌晨，什么时候想起来什么时候搞，声音低沉而又短促，给人一种神秘虚幻的感觉。有次我妻子一觉醒来，忽听我在客厅跟人说话，她问，谁呀？我说，贵州的何锐。她说，就是上次你俩在黄果树瀑布下面合影，长得像小泉纯一郎的那个老爷子？我放下电话说，下巴没小泉尖，像《渡江侦察记》里的陈述。

我要黄果树丛书的投资人无论如何赶在年底之前印出此书，以便何锐新年向人献礼。紧锣密鼓，这套丛书如期印了出来，但是给我惹了一个不小的麻烦，投资人为了节省成本，离开北京，在河北高碑店的印刷厂进行印刷，因为没开出准印证，版权页上的印制单位，就随便安了一个印刷厂。

黄果树丛书刚一问世，立刻有人揭发检举，新闻出版局就派人找我来了，气冲冲的，一人扛着摄像机，一个举着话筒。我请他们坐下，关上门说，你们别搞这个，要搞这个我就走，看样子你们都是读书读刊的人，你们知道出书办刊有多么难吗？你们知道中国期刊界有个名叫何锐的工作狂吗？他自风华正茂的青年时代离开可爱的家乡天府之国，去到多民族的边远贵州扎根落户，如今都白了少年头，为了给你们弄点儿精神食粮吃一吃，儿女没有工作他也不管，老婆生病他也不顾，到处求人赞助，出书向人献礼，北京的价太高，印书的钱不够，这才铤而走一次险。

这二位青年应该是被何锐所做所为感动了，他们把可怕的行头放了下来，起身走了，还跟我握手道别。我怀着万般复杂的心情，给何锐打了一个电话，我说十本书出版了，要他马上来一下。很快，何锐乘坐飞机来了，我没对他说这件事，时至今天也没有说，对他说除了让他不安，让他有负疚感，让他用低沉而短促的声音说“妈的”，别的都是枉然。何锐跟投资人见了个面，喝了他带的茅台（他跟茅台酒厂有一种神秘的关系，经常都有茅台酒喝），提了一捆样书，又坐飞机走了。过了几天，依然是半夜十二点许，一个熟悉的声音从贵州传来，这次异常地洪亮，二十五万，分两次给，一年够了！

何锐请我去贵州，参加《山花》《大家》《作家》《钟山》四小名旦联网作品讨论会，以及女性文学研究会的学术报告会。我开会是假，看黄果树瀑布是真，吃花江狗肉是真。贵阳有一座吃城，名叫鼎罐城，为苗人所开，城中全是饭庄酒家，清一色的古式建筑，中心一个露天竞技场，有绝色女子倾情献艺，来此的客官可以吃一吃，喝一喝，出去看一看，听一听，还可以趁着醉意与优伶同台吼唱。

何锐将我等请到这里，刚一入座，两个苗女立刻抱着竹筒碎步跑来，竹筒内是城中自酿的好酒，只供客饮，绝不外销。苗女问过众位客官的尊姓和职位，美目盼兮，巧笑倩兮，即兴编出劝客饮酒歌，又生动，又押韵，赛过中国某个时期的著名诗人，第一个对准的是何士光。

何士光于二十世纪末皈依了佛门，不吃生灵身上的肉，仅吃少许清油炒的鸡蛋，酒也尽量喝得斯文。苗女不知就里，尖着嗓子唱："喜盈盈来笑盈盈，何主席来到鼎罐城，阿妹敬酒何主席尝，一筒酒来一筒情。"何士光瞪着海碗粗细、一尺多长的竹筒，苦巴着脸不敢下口，苗女便一个揪住他的耳朵，一个把竹筒往他嘴里灌。临到何锐，苗女问过姓氏身份，齐声又唱："喜连天来笑连天，鼎罐城来了何主编，阿妹敬酒何主编尝，筒如海来情如山。"何锐害怕揪耳朵，赶快就喝，小宝宝似的听阿姨话。

当晚何锐喝得兴起，不回府了，陪我睡在一个房间，大谈如何地搞稿子，谈到半夜方才睡下。刚刚入梦，突然电话铃声大作，只见何锐一个鲤鱼打挺，从床上纵身而起，摸着话筒，问了几句川黔混语，面皮紧张起来，说声好嘛好嘛，挂了电话，对我说，妈的，家里发现了老鼠，要我回去打。我说，嫂夫人是用隐语，不要你钻到别人洞里去了，半夜三更回去打什么老鼠！何锐立志要走，我只好为他放行，趴在窗口，目送着一位夜不归宿的老主编，弓着个背，一边慌乱地扣着扣子，一边快步奔向夜色下的街头。贵阳十月的午夜不像通宵达旦车水马龙的北京，出租车很少出没，老主编步行往家奔去，去给夫人打老鼠，宁可自己不睡，也要让她放心地睡个好觉。

何锐到北京来，晚上可以尽情地睡觉，养足精神，翌日凌晨起来去逛书店。何锐来北京的第一件事，二十世纪是到王府井新华书店，二十一世纪是到西单北京图书大厦，直奔一层大厅的西方哲学专架，一去两眼贼亮，双腿不移，用老舍的话说，种在那里了。

我们每次都在那里约会，整整一个上午，一人怀里抱一摞书出来，去旁边的火锅店里吃自助火锅。坐在桌边，他迫不及待地看他买来的书，努力睁大一双近视的眼睛，像做面膜一样，把书贴着脸皮，一行一行地看，也不夹菜在锅里煮。说是自助，还是要让小姐一样一样地侍候，羊肉都涮黑了，汤底都煮干了，蜡烛都烧熄了，他还在看书，需要大声地催促他吃，他才说好嘛好嘛，把书换成筷子。

其实何锐并非不懂美食，毕竟是从贵阳的鼎罐城里培养出来的刁钻角色，有一次只有我们两人，他拎着自带的茅台酒，找到一个去处，把菜谱像做面膜一样贴着脸皮，挪上挪下好一阵子，最后点了一个鱼头。放下菜谱，他对我说，这是蝶鱼，有脸，脸最好吃。我听着一愣，可叹我今生吃了无数条鱼，还没有尝过鱼脸的味道。

到了新的世纪，我们再度合作，经我策划，他任主编，出版了一套“走遍中国丛书”，其中一卷《走遍名城》，全是曾在《山花》发表的名城游记。想着是走遍中国的名城，而《山花》上还没有一篇记述台北的文章，于是我替他请我台湾的朋友杨耐冬老先生，赶写了一篇描写台北的散文。

然而智者千虑，必有一失，想不到书出来后，按照合同，样书与稿酬由主编统一寄付作者，有作者却说没收到书，也没收到稿费，出版社得知此情，紧急追究。我认为这件事情不告诉何锐不行，就打电话告诉了他。何锐大惊，觉得十分对不起我，说，还有这事？让我问他！俄顷，何锐电话打过来道，说清楚了，样书是什么时间寄的，稿费是什么时候寄的，他听着不回答，默认了！

说完这事，三句话不离本行，他又开始说稿子。他说，搞个稿子，要好稿子，短一点的。

本世纪初，何锐终于到了耳顺之年，终于要离开他的那朵用好稿子扎成的山花了。但他好像是在做最后的挣扎，在离开前的最后一年越发疯狂地抓了一批好稿子，其中有江苏女作家范小青的《城市简史》，这个短稿子获得了本届鲁迅文学奖。

颁奖会在鲁迅的故乡绍兴举行，何锐应邀而去，就在这次颁奖会上，看稿子要把眼睛贴在纸上的何锐，夜色中在返回宾馆的小路边一脚踩空，瘦骨嶙峋的身子摔到坎下，多皱的前额摔掉了一块颅骨，佝偻着的后背骨头也摔断了。当我在北京得到这一噩耗的时候，他的手机响了很久没有人接，后来是一个年轻人的声音问我是哪里，我说我是北京的野莽，年轻人“哦”了一下，说他是何锐的学生，知道我也知道我与何老师的关系。我就抓紧时间了解情况，何锐的学生告诉我说，鲁迅故乡的医生已经把他垂危的生命抢救过来了，并且还把那块颅骨保留好了，放在一瓶药水里泡着，计划在危险期过了以后安回原处。

但是等他的危险期过了以后，第二年要实施安回颅骨的手术，那块药水里的颅骨已收缩变形，不能圆满地盖回去了，最后医生在他的前额装进了一块从美国进口的钛，那东西据说比钢板还结实，还能透气。我想起在他年轻时中国流行的一首歌，是歌唱革命者的：“这力量是铁，这力量是钢，比铁还硬，比钢还强”，我想这比钢铁还要强硬的东西，不就是钛，不就是何锐吗？

脑袋里安装了钛的何锐半夜里又给我打电话了，还是要给他一个稿子，一个好稿子，他说他就编这一期就不再编了。我说你的脑袋都摔成那样了还要看稿子，还能看稿子吗？他说，比原来还管用，稿子只看一遍就能记住里面的人物和故事，清醒得很，夜里一点瞌睡也没有了。这话让我听着害怕，想起二十世纪曾经使用的电灯泡，里面的钨丝被烧断以后，通过摇晃搭接起来，重新装上去比过去更亮。

我给了他一篇稿子，是个好稿子。不过不算短，有两万多字，名叫《枪毙》。这个稿子直到他退休也没有发出来。我以为他那摔破以后用钛补起来的脑袋并不像他自己说得那么好使，不是记忆力摔弱了，就是鉴赏力摔差了，一定是把我的好稿子《枪毙》给枪毙了。

没有想到，几个月后，我收到一本《山花》杂志，“枪毙”二字赫然排在小说栏目的头题。接着，他培养的接班人冉正万从网上给我发来一封信，问我“野莽老师，杂志收到了吗”？我立即回信说收到了，请正万代我向老爷子请安。

原载散文集《墨客》2008 年 9 月